BLACKOUT

CARLOS FAJARDO CALPE

BLACKOUT

Círculo de Lectores

A Chelo, Carlos y Lucas

Nos hemos convertido en la generación más inútil que jamás haya pisado el planeta. Fuimos educados para vivir en un mundo que desaparecerá muy pronto.

ROB HOPKINS

Mi abuelo viajaba en camello, mi padre viaja en coche, yo viajo en avión, y mi hijo viajará en camello.

PROVERBIO ÁRABE

–¿Para qué te calzas las zapatillas? –le dice un excursionista al otro cuando se acerca un oso–. No puedes correr más que el oso.

–No he de correr más que el oso. He de correr más que tú.

PROVERBIO AMERICANO

1

A los diecisiete años, nadie debería jugarse la vida a diario.

Y para nosotros sigue siendo eso, un juego, mientras descendemos a toda velocidad por la ladera sobre nuestras bicicletas de montaña, los brazos tensos como cables de acero, la mirada inquieta, que escruta en todas direcciones. En esos momentos no hablamos entre nosotros, no hace falta. Gaby y Clara se detienen a media pendiente, sin bajarse de sus monturas, atentos a cualquier peligro. Mara y yo, como siempre, hacemos el trabajo duro.

Los coches están allí. Quince o veinte, parados de cualquier manera en mitad de lo que fue la carretera, ahora totalmente devorada por la tierra y la vegetación. Una parte de mí todavía recuerda la fascinación por las marcas y los modelos deportivos, cómo me quedaba con la cara pegada a la ventanilla cuando nos adelantaba un Porsche o un Ferrari en aquellas mañanas de caravanas eternas camino de la playa, mi padres en los asientos delanteros, ella con la mirada perdida a través de la ventanilla, él concentrado en el programa deportivo de la radio.

Ahora todos los coches son iguales. Tumbas de metal, cubiertas por un polvo democrático e implacable. Sólo nos interesa lo que hay dentro.

Mara ya ha abierto dos maleteros con su ganzúa. Es rápida y eficaz. Yo soy más bruto: utilizo una palanca de hierro. El primer maletero apenas se resiste, tan sólo emite un quejido metálico cuando hago fuerza con la palanca. Alguna pieza salta por los aires, pero los muelles todavía cumplen su función y la puerta se abre de forma suave. El maletero está vacío, pero incluso en éstos siempre hay algo que aprovechar. Bolsas de plástico, herramientas, un chaleco reflectante... Con el segundo tengo más suerte. Todavía están dentro las maletas. Las maletas de alguien. Mis ojos se desvían hacia las ventanas, totalmente opacas por el polvo, que me impide ver el interior.

Es posible que alguien siga allí, después de cuatro años. Trato de convencerme de que está vacío, que sus ocupantes decidieron alejarse caminando en busca de ayuda, o de agua, y dejaron sus maletas en el coche para no cargar con ellas. Quizás alguien se quedó dentro: la madre con una niña pequeña, un bebé, el abuelo, quién sabe.

No me dan miedo los muertos, ya no. Pero creo que es una cuestión de respeto. Es como cuando se hundía un barco en la Segunda Guerra Mundial, y en vez de sacar todos los cuerpos, los dejaban allí y declaraban el barco lugar de sepulcro, como un cementerio. Es más práctico, y no deja de tener un punto solemne. Lo hicieron con el *Arizona*, en Pearl Harbor. Nos lo explicó Mario, que sabe mucho sobre esas cosas, y a los Buscadores nos pareció una gran idea. Desde entonces, nos sentimos un poco mejor dejando allí todos esos coches; son lugares sagrados. A veces los abrimos, a veces no. A veces nos hemos encontrado cadáveres, esqueletos o incluso auténticas momias en los lugares muy secos, donde los cuerpos se deshidrataron rápidamente. La mayoría están recostados en los asientos de atrás, como si aún durmieran. Pero quiero pensar que siempre los tratamos con respeto.

Una de las maletas está llena de ropa de niño. Escojo un par de camisetas que pueden irle bien al hijo de la señora Merle. En la otra hay un pequeño tesoro: un neceser con champú, que parece del caro, cepillos de dientes y maquinillas de afeitar. Y algo todavía mejor: un par de libros, de cubiertas algo desgastadas pero con muy buena pinta.

–¡Lucas!

Mara me llama. Acaba de abrir una furgoneta y ha desparramado por el suelo un montón de mantas y alfombras de colores chillones. Seguramente era el vehículo de una familia india o paquistaní. Se ha puesto una especie de sari y está bailando algo que se supone debo identificar como la danza del vientre. No le queda demasiado bien con esa pinta de chicote que tiene: el pelo rubio cortado de cualquier manera, la camiseta negra y los pantalones de camuflaje. Le sigo el juego, sonrío, levanto un pulgar en señal de aprobación. No quiero que vuelva a decirme que parezco un viejo a mis diecinueve años, aunque ella sólo tiene dos menos que yo. A veces me olvido de que es la mejor compañera que puedo tener en este trabajo y de que me ha salvado la vida por lo menos un par de veces.

Encontramos algunas cosas más: dos pares de buenas botas, un extintor que a lo mejor aún funciona, mapas de la región, un gorro de lana, siete pares de calcetines, dos latas de atún caducadas y, lo mejor de todo, un botiquín de viaje con aspirinas, yodo, gasas e incluso material de sutura. Mi madre se pondrá contenta.

El silbato de Gaby interrumpe la fiesta. Mara y yo cruzamos una mirada cómplice y seria. Dejamos abiertos los maleteros de un par de coches, para recordar que ya los hemos visitado cuando volvamos a pasar por aquí. Cargamos nuestro botín a la espalda, montamos en las bicicletas y nos reunimos con nuestros amigos, que están ya con un pie en el pedal.

–¿Qué pasa?

Clara señala con la cabeza en dirección a un perrito que está ahí delante, a unos seis metros de nosotros. Mara sonríe, baja de la bicicleta y se acerca con cautela. Es superior a ella: le encantan los perros. El chucho está sucio y tiene el pelo enmarañado, pero todavía lleva un collarcito rojo del que cuelga una chapa dorada con su nombre.

–*Kentucky* –dice Mara–. Pobrecito ¿quién te puso ese nombre?

El animal mueve la cola; parece alegre.

–Mara...

–Venga, Lucas. Éste parece una monada. Además, cuando mueven la cola así quiere decir que están alegres. No sabes nada de perros. ¿Quieres venir con nosotros, *Kentucky*?

Desde el promontorio que hay detrás de *Kentucky*, aparece otro perro. Negro, más grande, sin collar. Ya no resulta tan mono. Se pone al lado del primero y se queda mirándonos.

Mara retrocede un poco.

Llegan dos, tres, cuatro perros más, y se agrupan en torno al pequeñín. En el aire queda flotando un gruñido contenido, tenso. Me recuerda al sonido que hace el viejo Raúl cuando está pensando. ¿Piensan los perros? Un quinto perro, un animal grande y oscuro lleno de heridas, se suma al grupo. Lleva algo entre las fauces, pero no lo veo bien. Me acerco un poco. Ahora sí.

Es una mano. Una mano humana.

–Mara...

–Sí. Vámonos.

2

Algunos la llaman La Comunidad, otros El Refugio, pero para nosotros es simplemente La Granja. Porque eso es lo que es: un montón de tierras de cultivo, establos y casas de piedra y madera, todo rodeado por una doble valla de alambre de espino de tres metros de alto. Mario dice que la levantaron en una sola noche, más de cincuenta hombres trabajando a contrarreloj. Justo a tiempo para la Noche Triste.

Desde la carretera, o lo que una vez fue la carretera, es imposible verla. Dos colinas llenas de pinos la ocultan de la vista, pero cuando llegas a la cima se presenta en todo su esplendor. El olor de las jaras nos da la bienvenida en cuanto pasamos la última colina. Los huertos, en esta época del año, son un espectáculo de verdes y rojos. Si el viento sopla en la dirección correcta, puedes oler los animales: los corderos, las vacas y los cerdos atrapados dentro, como un extraño zoológico en un mundo donde ya no hay zoológicos.

La primera verja se abre antes de que lleguemos, lo cual quiere decir que están alerta. Mara vuelve a acelerar, intentando entrar en el recinto antes que yo, vencedora de una carrera inexistente sin ningún tipo de premio. La segunda verja se abre ya, dándonos la bienvenida a casa.

–¡Alto ahí, contraseña!

Gus, el vigilante de guardia, está plantado en mitad de la

entrada. Alto, moreno, vestido con ropas de camuflaje y con una escopeta de caza en las manos, parece salido de una película de acción de esas antiguas, de los ochenta. Mara y yo cruzamos una mirada cómplice.

Levanto las manos.

–Está bien, nos has pillado –le digo–; somos espías de Corea del Norte. Exijo que nos lleves ante un oficial superior.

–Eres muy gracioso, chaval –contesta.

Pero veo que no le ha hecho gracia. A lo mejor no sabe dónde está Corea del Norte. Y bien mirado, qué más da; lo más probable es que ya no exista.

–Venga hombre, no juegues más a los soldados y déjanos pasar, que estamos reventados –le pide Mara, sonriendo.

La expresión de Gus se suaviza enseguida. No es más que un niño grande –tiene casi la misma edad que yo–, pero el arma que lleva en las manos no es ningún juguete. Hace unos meses, un Buscador que regresó demasiado tarde y volvió por el camino equivocado recibió un disparo que casi lo mata. Mi madre estuvo seis horas con él, operándole en la mesa del salón para sacarle perdigones de las tripas. No podemos correr riesgos.

–¡Gus! –grita una voz ronca desde el otro lado de la verja–. ¡Que entren esos dos de una vez!

Con una exagerada reverencia a Mara, el vigilante se hace a un lado y nos deja pasar. El dueño de la poderosa voz está allí, frente a la casa principal, esperándonos.

Mario pretende ponerse serio, como cada vez que un equipo de Buscadores regresa. Jamás parece complacido, todo lo que conseguimos nunca es suficiente: «No habéis traído medicamentos, faltan un montón de cosas, las bicicletas están hechas una porquería...», pero no puede evitar esa sonrisa de alivio al vernos volver de una pieza. Es un hombre grande, con una panza que algunos consideran ofensiva en los tiempos que corren pero que yo creo que es un milagro, manos enormes, barba cana y una incipiente calva. Sólo tiene treinta y cinco años, y siempre asegura que el pelo se le cayó en una sola noche. Todos sabemos en cuál.

–¿Cómo ha ido la cosa?

–Llegamos hasta la carretera nacional –le digo–. Un poco más lejos que la última vez, quizás un par de kilómetros.

–No me gusta que os alejéis tanto. Ya sabéis...

Estamos en uno de los cobertizos adyacentes a la Casa Grande. Es apenas un cuartucho, con paredes de madera y techo de paja, como casi todas las construcciones de este lugar. Lo utilizamos de almacén, aunque más bien parece un museo algo disparatado, con las paredes llenas de herramientas, bidones y todo tipo de piezas de metal que algún día servirán para algo. Alguien tuvo la idea de colgar un póster de *Los Vengadores*, que siempre me quedo mirando porque fue la última película que vi en el mundo en el que se podían ver películas.

–En los coches aún había cosas de valor –le interrumpe Mara–. Pero si nos quedamos en la zona que ya hemos explorado, no vamos a encontrar nada.

Mario levanta una ceja. Nunca tengo claro si nos ve como exploradores o como niños. A lo mejor él tampoco lo sabe.

–¿Algún problema? –pregunta mientras repasa nuestras mochilas con aire profesional.

–Perros –señalo–. Una manada pequeña, seguramente la misma que se encontraron Ray y Nadia la semana pasada.

–No tuvimos que usar el ahuyentador –interviene Mara, mostrando el silbato especial para espantar perros que le regaló su madre–. Salimos disparados en nuestras bicis y los dejamos atrás.

Mario la escucha, pero me mira a mí. Estoy seguro de que mis padres habrían pagado por saber cómo hace este hombre para leer mis pensamientos.

–¿Algo más que queráis contarme?

Mara se sienta sobre la mesa, haciendo tintinear el montón de herramientas que están sobre ella. La luz espesa que entra por la ventana juega con sus rizos rubios. Últimamente me fijo demasiado en este tipo de cosas. El aire parece más espeso, cargado de plomo.

–Uno de los perros tenía algo en la boca –explica ella.

Mario levanta una ceja.

–Una mano humana –me adelanto.

Mario frunce el ceño y emite un ruido extraño con la boca, como si estuviera sorbiendo un flan. Es lo que hace siempre que algo le desagrada.

–¿Era una mano... reciente?

–No estoy hablando de un esqueleto –contesto–, era una mano humana normal, ¡la mano de alguien que estaba vivo unas horas antes!

–Lucas... –me advierte Mara.

Me inclino hacia Mario y dejo reposar mi mano sobre su grueso brazo, hasta que me mira a la cara.

–Sabes lo que quiero decir. No es la primera vez que encontramos pruebas ¡Queda gente ahí fuera! ¡A lo mejor dentro del mismo valle!

Mario me aparta con suavidad pero con determinación.

–Lucas, hace más de dos años que no llega nadie. Ya sabes que Isaac...

–¡Isaac se equivoca! –grito un poco demasiado fuerte.

Lo que acabo de decir es lo más parecido a un delito dentro de La Granja. Tanto Mario como Mara miran alrededor, asegurándose de que nadie me haya oído.

–Isaac se equivoca –repito en voz baja–, ahí fuera queda gente. Siguen ahí, vagando por los bosques. Y puede que...

–¡Cállate! –La voz de Mario, cuando se pone serio, cortaría el discurso de cualquiera. Yo no soy una excepción, pero al menos le mantengo la mirada–. ¿Cómo crees que Isaac ha conseguido mantener viva a la gente de esta comunidad? –Se esfuerza por no alzar la voz–. Cuando se fue la luz, cuando comenzó a escasear la comida, cuando llegaron cientos de personas hambrientas a quitarnos lo poco que teníamos... Dime, ¿cómo lo hizo?

–Han pasado cuatro años, Mario...

–¡Con disciplina! ¡Con una disciplina de hierro! –se contesta a sí mismo–. Tomó decisiones difíciles, horribles incluso, pero nos mantuvo vivos. Y a pesar de toda esa palabrería bíblica, en el fondo sigue teniendo razón. Es peligroso salir del valle. Es peligroso encontrar a otras personas, que sepan que estamos aquí, que tenemos comida. La gente, Lucas, es nuestra enemiga. Es duro pensarlo, pero es así. Así de claro. Los que vaguen por el bosque no son asunto nuestro. Y mucho menos los que vivan fuera del valle.

–Eso es fácil de decir cuando no has dejado a nadie fuera.

Mara se incorpora y se acerca a mí, como si estuviera lista para interponerse entre los dos. Mario cierra los ojos y deja escapar un pequeño bufido antes de responder.

–Lucas, no eres el único que has perdido a alguien. Te lo he dicho muchas veces, no puedo imaginar lo que pasaste en la ciudad cuando todo empezó, pero ahora estás aquí, eres uno de los nuestros. Tú y tu familia formáis parte de esto, y para bien o para mal has de cumplir las normas. Es la única manera de salir adelante en el mundo que nos ha tocado vivir.

–Tú no piensas igual que Isaac, Mario. A ver cuándo te atreves a admitirlo.

No soy justo con este hombre, y lo sé. Pero la justicia no tiene nada que ver con la vida en La Granja. Le doy la espalda y salgo de la casa, dejando la puerta de madera abierta tras de mí. Enseguida escucho los pasos apresurados de Mara, que trata de alcanzarme. Cuando estoy enfadado camino muy deprisa.

–Lucas, espera...

Consigue detenerme a unos diez metros del cobertizo. Atraemos un par de miradas curiosas de gente que pasa por delante de nosotros; en este lugar es imposible apartarse de los demás durante mucho tiempo. El señor Lavinsky, que empuja a su mula cargada de leña, la señora Truman con su hija, con fardos llenos de patatas de la reciente cosecha, el viejo Cullen, que vagabundea como siempre, agitando su vara de avellano contra un enemigo invisible. Los conozco a todos y todos me conocen a mí, todos somos presos en la misma cárcel.

–Ya sabes lo que quiere decir Mario. –Mara suaviza su voz a propósito para calmarme. Siempre le resulta, desde el día que la conocí.

–No se puede vivir siempre con miedo, Mara. Algún día habrá que salir de aquí.

–Es posible –dice ella. Está plantada frente a mí, apenas a unos centímetros. Pocas veces la veo con esa expresión tan seria; siempre está de broma, incluso cuando las cosas se ponen feas ahí fuera, en las carreteras. Ahora es diferente–. A lo mejor tienes razón, Lucas, pero todavía no. Todavía no somos lo bastante fuertes ni tenemos información sobre lo que pasó, sobre lo que está pasando en las ciudades.

–¡Vamos Mara! Yo vine de allí ¿recuerdas? Yo viví aquello y lo sé mejor que nadie.

–Mario está de nuestra parte, hombre. –Se acerca, cómplice, para que sólo yo pueda oírla. Logra el efecto contrario, porque al tenerla pegada a mí no oigo ni una palabra. O casi–. Recuerda que es él quien nos permitió montar los Buscadores. Si fuera por Isaac, no saldríamos nunca más a buscar suministros. Y si fuera por tu madre –añade–, tampoco.

–Sí, salimos por ahí en nuestras bicicletas, revisamos sótanos y maleteros, y traemos galletas y pasta de dientes y papel higiénico y, de vez en cuando, una botella de whisky. Espera, olvidaba que el alcohol también está prohibido ahora. Pero jamás salimos del valle. No tenemos ni idea de lo que hay ahí fuera, Mara, ¡han pasado cuatro años! La gente podría haberse organizado, puede que tengan electricidad otra vez. Y nosotros seguimos aquí como... ¡como en la Edad Media!

–No sé a lo que estarías acostumbrado antes, Lucas, pero la vida que llevamos aquí no me parece tan mala. Tienes comida, y un techo bajo el que dormir. ¿No te acuerdas de cómo llegaste?

Ya lo creo que me acuerdo. Recuerdo el miedo, el frío y el hambre, recuerdo cómo lloraba desconsolado. También recuerdo la cara de aquella niña rubia, más pequeña que yo pero tan serena y tranquila, y cómo me cogió la mano y me dijo: «Tranquilo». Y recuerdo a los que dejé atrás, al otro lado de la verja.

La ira se esfuma, se evade a través de los poros de mi piel, en un proceso silencioso y extraño que me deja totalmente exhausto. Me siento, o mejor dicho me derrumbo, sobre uno de los gruesos troncos que alguien acaba de traer del bosque y que esperan ser convertidos en leña. Mara duda unos segundos antes de sentarse a mi lado.

Me fijo en cómo mantiene la distancia, en cómo su mano duda unos instantes antes de posarse, leve como una mariposa, sobre mi hombro. Ahí fuera, entre las calles medio comidas por la hiedra y llenas de perros salvajes, es la mejor compañía que puedo tener. Alegre, valiente, segura. Pero últimamente las cosas no son como antes. Aún nos reímos, claro, pero ya no reposa su cabeza en mi regazo cuando hacemos un alto para descansar, ni terminamos las discusiones con aquellas peleas falsas en las que a veces acabábamos revolcándonos por el suelo. A veces pienso que, al crecer, en algún momento mudamos la piel como hacen los reptiles. Un buen día, un contacto inocente, un apretón en el hombro o en la rodilla, un abrazo antes de partir, el simple gesto de apartar un mechón de los ojos del otro... no sé cuándo las cosas comenzaron a complicarse, pero es así.

–¿Qué, Lucas? ¿Vas a aterrizar de una vez?

–No sé, Mara. Para ti es distinto. Tú ves las cosas diferente. Has nacido aquí, en el valle. Eres de una de las Cinco Familias. Todo en esta tierra forma parte de ti. Pero yo he dejado muchas cosas ahí fuera. Cada vez que salimos, tengo que hacer un esfuerzo para no continuar más allá de la carretera.

–¡Buf! –suspira–. Venga, hombre, no seas loco. ¿No hay nada que te retenga aquí? ¿Nada por lo que valga la pena quedarte en este valle?

–Bueno, hay algo, sí. Podría haber algo.

Levanta las cejas exageradamente, poniendo esa expresión cómica que sólo me reserva a mí. Sus enormes ojos verdes llenan el mundo. Me hipnotizan.

Nunca había visto nada tan hermoso. Hace un segundo estaba hablando con Zack por la tableta, como hacemos todas las noches aunque acabemos de vernos en el instituto. Y de repente, la azotea entera se ha iluminado de verde, de rojo, de azul.

En cuestión de segundos, se vuelve más intenso. He oído hablar de esto, lo hemos estudiado en clase. Es una aurora boreal, como las que se ven en el norte de Canadá, en el Ártico. Una sábana de luz, una ola de colores que serpentea por el cielo, ocupando todo el horizonte. Me quedo hipnotizado, perdido en esa especie de marea celeste. Se extiende prácticamente por todo el cielo, hasta donde alcanza la vista. En el edificio de enfrente veo a muchas personas asomadas a las ventanas, saliendo a las terrazas. La aurora aumenta de intensidad, hasta alcanzar un rojo brillante que parece increíble. Luego comienza a desvanecerse.

Recuerdo que tengo el iPad en mis manos. Zack sigue conectado. Nuestros mensajes se cruzan.

–¿Has visto eso?

–¡Mira al cielo!

Por un momento pienso en avisar a mis padres; no deberían perderse esto. Pero no puedo moverme, mis pies están clavados en el suelo de la terraza. Comienzo a teclear un mensaje para Zack.

La pantalla del iPad se funde a negro.

–Pero ¿qué...?

De repente, la tableta está caliente, tanto que tengo que soltarla. La veo caer sobre las baldosas como a cámara lenta, rebotar y quedarse quieta, humeando. ¿Puede estallar una de estas cosas? Seiscientos dólares que se van a la basura. La luz de casa comienza a parpadear. También la del edificio de enfrente, que se refleja en el suelo, y la que llega desde el salón de casa, en el piso de abajo.

El mar de luces de la ciudad, que ocupa todo mi horizonte, aparece y desaparece. Una, dos veces. Luego, todas las luces se apagan. De golpe. En un instante, la oscuridad es total. El apagón ha sido masivo y simultáneo, y hasta donde alcanza mi vista sólo hay negrura. Siento un vértigo repentino, extiendo los brazos intentando encontrar un punto de referencia: la mesa, las paredes, lo que sea. Pasados unos segundos, comienzo a discernir contornos y formas. Las paredes, el suelo, mi propio reflejo en el cristal de la puerta: todo tiene un extraño color. Me doy cuenta de que la débil iluminación proviene, en exclusiva, de la aurora boreal que sigue dominando el horizonte tras la línea de edificios. Es de un tono rojizo, como si toda la ciudad estuviera metida en uno de esos estudios de revelado antiguos que he visto en las películas.

–¡Mamá, estoy aquí en la terraza! –Mi voz actúa por su cuenta.

–Pero ¿qué diablos haces ahí? –grita mi padre

–¡Baja con cuidado, es un apagón! –dice mi madre.

Pero no es un apagón normal. Algo no cuadra, y no sé qué es. Algo extraño está pasando. Me acerco al borde de la terraza, tanteando la pared. Me asomo a la que es una de las calles más concurridas de la ciudad.

Un chirrido de frenos, después otro. El inconfundible ruido de coches al chocar, el crujido de la chapa aplastada, gritos de miedo y otros de furia.

Y luego nada. Es absurdo, imposible, pero parece como si todos los coches hubieran apagado sus motores y sus luces a la vez.

3

¿Si no hay nada que me retenga aquí? Las palabras exactas suben por mi garganta pero se quedan atascadas en algún punto. En el momento en que salgan, mi vida en este lugar cambiará para siempre. Y tal como están las cosas, no creo que sea para bien.

–¡Mara! ¡Lucas!

Ahí llegan los Buscadores, oportunos como siempre. La caballería. Gaby, el último chaval rechoncho del mundo civilizado, va el primero, con su caminar que recuerda al de un potro, como los que doma su padre. Detrás viene Clara, la pelirroja, la mejor amiga de Mara y la única chica de su misma edad en toda la colonia. Ray y Víctor cierran el grupo. Ray parece salido de un catálogo de ropa vaquera: un chaval de dieciocho años alto, de mandíbula cuadrada y espaldas anchas. Siempre camina con la cabeza en alto y mira directamente a los ojos. En mi otra vida, en el instituto, seguramente jamás habríamos cruzado una palabra amistosa. Yo me habría burlado de su sencillez a la hora de hablar y él de mi poca habilidad para el fútbol. Ahora valoramos otro tipo de cualidades.

Víctor es otra cosa. No es un Buscador, sino uno de los Vigilantes, por eso nos mira a todos un poco por encima del hombro. Tan alto y corpulento como Ray, luce su brazalete negro con el mismo orgullo con el que lleva siempre encima su escopeta de dos cañones, colgando a su espalda.

Mara se levanta en cuanto los ve llegar. Víctor se adelanta al resto, le pasa una mano por la cintura y la atrae hacia sí. Se besan en los labios con cierto decoro, con rapidez; es más un trámite que un auténtico beso. Siempre lo hacen cuando Mara regresa de una misión. Y Víctor siempre me mira después de hacerlo, para dejar las cosas claras. Lo están.

–Habéis encontrado perros –dice Ray, y no es una pregunta.

–Y restos humanos –añade Víctor.

Me mira como si yo tuviera la culpa. Gaby se encoge de hombros. «No pasa nada –le digo con la mirada–, tampoco era un secreto.» Aquí nada es un secreto.

–Isaac ha reforzado la vigilancia –explica Víctor–, y no me extrañaría nada que prohibiese vuestras excursiones. No podemos arriesgarnos a que llegue otra oleada de refugiados a La Granja. –Trata de no mirarme cuando dice esto último, pero noto su atención como si lo estuviera haciendo.

–Pero necesitamos los suministros –objeta Mara.

–Tenemos todo lo que necesitamos para vivir –observa Ray.

–Veremos qué opina Mario de eso.

–Ya verás lo que dice Isaac...

El silbato de entrada interrumpe nuestra conversación.

–¿Otra patrulla? –pregunto–. ¿Ha salido alguien más hoy?

–Debe de ser el Piojo –contesta Ray–; ése nunca pide permiso.

La verja se abre de nuevo y ahí entra. Metro y medio, apenas cincuenta kilos de peso, pero aparece como si fuera el amo del mundo. Baja de un salto de su bicicleta y la deja caer en medio de una nube de polvo. Las cuatro liebres y el zurrón lleno de pequeños tesoros que acarrea deben de pesar tanto como él, pero camina como si no llevara ninguna carga.

–Mírale –dice Ray, mientras el chico se acerca a nosotros–. Trece años y se cree un tipo duro.

–El Piojo es el mejor explorador que hay en esta granja –le contesto–, y estaría encantado de tenerle en mi grupo, si no fuera porque él siempre quiere salir solo.

–Una vez –interviene Mara–, llegó a la granja con un perro enorme muerto a la espalda. Era un animal más grande que él, y lo había degollado de un tajo. Lo traía porque le había mordido y quería que alguien le dijera si tenía la rabia.

–Si tuviera padres no le dejarían comportarse así, como un salvaje –dice Ray.

–Si tuviera padres –replico–, no sería el Piojo.

Los demás asienten. Para casi todos nosotros, el apagón significó un cambio de vida. Al Piojo, que tenía entonces nueve años, aquel día se lo arrebataron todo. Su casa, sus amigos. Sus padres.

Se detiene un segundo al pasar frente a nosotros. En su pelo castaño, apelmazado por la falta de lavado y la exposición continua al viento, el sol y el polvo, se han formado una especie de rastas naturales. La piel de sus brazos y piernas es de un color cobrizo, pero su cara, en las pocas ocasiones en que mira de frente, es una máscara pálida. Una mezcla extraña en la que las diferentes partes no acaban de encajar. Tiene mejillas redondas y los labios sonrosados de un niño, pero los ojos de un viejo que ya lo ha visto todo en la vida.

–¿Qué has traído, Piojo? –le dice Clara–. Además de la cena, quiero decir.

El chaval parece dudar durante un instante, y tengo la sensación de que el niño que sigue siendo aflora para desaparecer enseguida. Mete la mano en el zurrón y nos deja ver algunas de sus joyas: un bote de leche condensada, un abrelatas y dos cepillos de dientes aún nuevos, dentro de sus cajas.

–¿No hay chicles? –pregunto.

El Piojo tiene la extraña habilidad de encontrar siempre goma de mascar. Es su único vicio, que sepamos. Además, es un buen producto para comerciar, porque ayuda a muchos adultos que aún no han superado el hecho de que hace años que no se fabrican cigarrillos.

Por toda respuesta, mete la mano en uno de los muchos bolsillos de su roído chaleco varias tallas grande y saca un paquete de chicles. Se lo tira a Clara, de forma despreocupada, como si lo hubiera hecho al azar. La pelirroja lo atrapa en el aire.

–Gracias Piojo.

–Bah, los de limón no me gustan. Además, no te los he dado, sólo los he tirado en tu dirección.

Clara sonríe. El chaval vuelve la cara un poco demasiado deprisa y sigue su camino, con aires de *cowboy*, hasta el rincón de la granja donde vive últimamente, junto a la verja de alambre de espino.

–Ése está colado por ti –ríe Mara, y su amiga esboza una media sonrisa.

–¿La señora Calloway lo ha dado por perdido? –pregunta.

–¿Y qué iba a hacer? –contesta Mara–. Ese chico es incontrolable. Se ha escapado cada noche desde que intentó adoptarlo.

–Vive como los lobos –comenta Gaby–. Me pregunto cómo será dentro de diez o quince años.

–Y yo me pregunto cuántos como él viven ahí fuera –añado.

Llevo mi bicicleta hacia el cobertizo. El viejo Raúl, nuestro mecánico, está allí como siempre, agazapado sobre algún artefacto metálico lleno de cables y bujías tan muerto como los trozos de carne que se secan al sol unas puertas más abajo, en dirección a la Casa Grande. El cobertizo de Raúl es una casucha de madera y uralita, situada en las afueras de la aldea de cabañas que se levanta en mitad de los terrenos de La Granja, rodeada de campos de cultivo y de los corrales de los animales. Aquí siempre huele a excrementos de cabra, a paja húmeda. A la derecha, al fondo, se levanta la Casa Grande, donde se alojan los miembros de las Cinco Familias fundadoras. Al otro extremo está el castillo.

Raúl me sonríe y su cara se llena todavía más de arrugas. Tiene la piel curtida por los años y por el sol, a pesar de que se cubre con una gorra de béisbol con el anagrama de alguna marca de fertilizantes, apenas legible. Masca algo que asegura que es tabaco.

Lo saludo con la mano mientras dejo mi bicicleta en el soporte especial que alguien dejó allí hace años, cuando las bicicletas todavía eran juguetes, y él me contesta con un casi imperceptible movimiento de cabeza. Raúl es una de las personas más felices de La Granja. Antes del apagón, trabajaba como funcionario en uno de los pueblos del valle, tramitando papeleo todo el día. Sólo se sentía bien, asegura, en el garaje de su casa, reparando máquinas y construyendo muebles con su enorme colección de herramientas. Según dice, soñaba con una vida en la que pudiera dedicarse a eso durante todo el tiempo. Desde hace cuatro años, su sueño se ha hecho realidad, y eso no es algo que muchos puedan decir hoy día.

La rutina del mantenimiento me ayuda a dejar la mente en blanco y alejar un poco el regusto amargo que me ha quedado tras discutir con Mara. Me gusta pensar que soy un poco como aquellos vaqueros del oeste que se ocupaban de cuidar a su caballo antes que nada, después de recorrer millas y millas de territorio apache. Ajusto los tornillos de los pedales, limpio y engraso la cadena, los platos y los piñones. El dibujo de las ruedas está muy desgastado. Paso el índice por encima del caucho, casi completamente liso. No tenemos ruedas de repuesto.

–Ponle la rueda de la de Andy.

Raúl no me ha mirado. Parecería que no ha dicho nada, con la mirada concentrada en la extraña pieza de maquinaria que tiene entre las manos y que limpia casi con obsesión.

–Venga, no puedo hacer eso.

Ahora levanta la mirada.

–Coge la rueda de la bicicleta de Andy y ponla en la tuya. A nadie le va a servir de nada que te rompas una pierna ahí fuera.

Arrastro mis ojos, casi a la fuerza, hacia el espacio reservado a Andy. Su bicicleta está ahí, por supuesto. Sigue sucia y con el manillar desviado, tal como la encontró Ray aquel día, casi en el límite del valle.

–No fue culpa de nadie –murmura Raúl, haciendo ver que está de nuevo concentrado en lo suyo–. Él sabía igual que tú que no hay que separarse del grupo. Siempre fue un cabezota, ese chaval, desde que era un renacuajo. Recuerdo como si fuera hoy a su madre buscándolo por todas partes.

–Puede que regrese. A lo mejor no le pasó nada, sólo decidió marcharse del valle y buscar algo ahí fuera.

Raúl casi sonríe.

–A lo mejor. Entonces, cuando vuelva, le devuelves su rueda. Pero ahora ponla en tu bicicleta.

Andy. Rick. Melania. Quién sabe por qué la gente desaparece. Es absurdo preocuparse por tres o cuatro nombres cuando has visto derrumbarse ciudades enteras, cuando te has cruzado con ríos de muertos tirados en las cunetas. Tiene algo de incómodo, de egoísta. Andy fue el último en esfumarse de La Granja, hace tres meses. Recuerdo un chaval que desapareció en mi barrio cuando yo tenía unos diez años. Se organizó una buena, con la policía llamando a las puertas, anuncios en televisión y carteles por toda la ciudad. Imagino que siempre ha desaparecido gente, sólo varía la reacción de los demás. Andy, Rick y Melania pueden estar muertos en el fondo de un acantilado, o viviendo felices con algún otro grupo más allá del valle. Imposible saberlo. Ya me cuesta acordarme de sus caras.

Está comenzando a atardecer y la gente vuelve de los campos, cansada y sedienta, pero feliz de haber pasado un día más juntos y seguros. La puerta norte está aún abierta. Los Vigilantes controlan la entrada de los carros tirados por bueyes y atestados de maíz que ahora habrá que almacenar. Se supone que debería tranquilizarnos verles ahí, en lo alto de las torres de madera, con sus gafas de sol, sus sombreros y sus fusiles de mira telescópica. Por algún motivo, a mí me producen el efecto contrario.

Es la hora de volver a casa, pero paso de largo la pequeña aglomeración de chozas. A esta hora, si no tengo ninguna tarea encargada, siempre me dedico a pasear por el castillo.

Es un palacete enorme construido a comienzos del siglo XX por un millonario con aires de grandeza apasionado por la Edad Media. Dicen que lo trasladó piedra por piedra desde Inglaterra. Desde mucho antes del apagón ya estaba medio abandonado, con sólo dos o tres habitaciones habitables y el resto lleno de polvo, moho y grietas. Al principio yo pensaba que el castillo, y todo lo que hay en La Granja, pertenecía a Isaac. Luego me explicaron que ese hombre barbudo y de aspecto severo tan sólo era el administrador, a cargo del ganado y de los cultivos, y que vivía en la que ahora llamamos Casa Grande. Después del apagón, nadie ha vuelto a saber nada del auténtico propietario de las tierras. A veces juego a imaginar dónde estará. Gaby dice que la gente con mucho dinero tenía más posibilidades de pasarlo mal el día del apagón. Casi diría que le divierte pensar en ello. Es posible que el dueño de todo esto cayera del cielo con su avión privado, que su yate quedara a la deriva en alta mar, que su cadáver siga atrapado en el ascensor en el piso veintidós de uno de los hotelazos de lujo que frecuentaba. En cualquier caso, si asomara la cabeza por aquí hoy día estoy seguro de que recibiría una perdigonada.

Me gusta el castillo, me gusta el aire oscuro, frío y lóbrego de sus pasillos. Es mucho mejor que los cobertizos en los que habitamos.

Todos los miembros de las Cinco Familias viven junto a Isaac en la casa grande de piedra. Al principio, algunos de los nuevos sugirieron acondicionar el castillo y vivir en él, pero Isaac se opuso. Dijo que tenía grietas, que no era seguro, pero yo sé que lo cierto es que prefiere que sigamos en los cobertizos, como un poblado medieval en torno al castillo. Estoy convencido de que le habría encantado nacer tres siglos atrás y ser uno de los pioneros que llegaron a estas tierras.

A Mara y a mí nos gusta entrar de vez en cuando, explorarlo, descubrir muebles antiguos y cuadros de personas muertas con aire de haber sido importantes. Es necesario ir con cuidado porque hay ratas grandes como perros, pero sabemos defendernos de ellas. De las paredes cuelgan espadas y escudos, y hay una armadura medio oxidada en el salón central. Incluso las cosas que están fuera de lugar, como los lavabos con sus signos de «Hombres» y «Mujeres» o las cámaras de seguridad que ya no sirven para nada, tienen su encanto. Es como meterse dentro de una película.

Como siempre, subo hasta lo alto de la torre. Sopla un viento frío, y el aire es tan puro que duelen los pulmones. Desde allí puedo ver nuestro pequeño mundo en toda su extensión: un universo cuadriculado de huertos, árboles frutales y chozas. Más allá, fuera de la barrera de alambre de espino, los campos de cereales que hemos comenzado a labrar este año, después de tantos meses sin que aparecieran nuevos refugiados. A continuación, la mancha verde del bosque, y algunas de las manchas blancas y marrones de los pueblos del valle que hemos recorrido tantas veces en nuestras bicicletas. Y a lo lejos, la barrera de montañas que nos protege del mundo. Nuestro refugio, nuestra prisión.

Tengo una foto de mi madre, de hace cuatro años. Estamos en la costa, en la playa, aunque es invierno a juzgar por los abrigos que llevamos puestos. Mi padre no está, supongo que era él quien hacía la foto, pero tampoco lo echo de menos. A veces, en la cama, miro la imagen, para no olvidar cómo éramos. Mi madre parece diez años más joven que ahora. Y no son sólo las arrugas en las comisuras de los labios, o las bolsas bajo los ojos. Es esa expresión de angustia constante que arrastra, un miedo indefinido que se le ha metido como un parásito debajo de la piel. La forma en que me toca la cabeza y los brazos, buscando alguna herida oculta, la manera que tiene de cerrar todas las puertas y ventanas de la cabaña, como si sirvieran de protección. Igual que ahora.

–Estoy bien, mamá. Ha sido una salida rutinaria.

–Cómo va ser rutinaria, salir por esos campos de Dios en bicicleta. Debía de estar loca el día que te dejé hacerlo.

–Si voy con Mara, que tiene casi dos años menos que yo. No es peligroso...

–Mara se ha criado aquí, es diferente. ¿Y si tenéis un accidente, y si...?

–Deja al chaval, que ya no es un niño.

La voz de mi padre me sorprende. No me había fijado en él, sentado en una caja ante una banqueta de madera que le hace de mesa, comiendo un plato de judías. Viste una americana de traje de color marrón, llena de remiendos, y una camiseta gris cubierta de manchas. Ha perdido mucho pelo desde que llegamos, y como la mayoría de los hombres aquí luce una barba mal cortada, casi totalmente blanca.

–Me gusta ser un Buscador –comento, intentando que mi voz suene lo más adulta posible.

–Es tonto, el chico –reniega mi padre–. Yo me tiro todo el día en el campo, sembrando patatas, arando –unas cuantas judías se le escapan por la comisura del labio– como una mula, a cambio de qué, de un plato en la mesa y un techo de paja. Mira mis manos. Me muestra sus manos llenas de callos y heridas, y estoy seguro de lo que piensa–. Son unas manos hechas para firmar cheques y para acariciar el volante de un deportivo, no para destrozarlas en un trabajo medieval.

–Trabajas como todo el mundo –le contesta mi madre–. Y si no te gusta, ya sabes cuál es la opción.

Mi padre murmura algo y baja la mirada, de nuevo en busca de su cocido. Todavía tiene en la frente la cicatriz de aquella noche frente a la verja, como si su piel no quisiera dejarle olvidar lo cerca que estuvo de quedarse fuera. Parece un animal abatido. Imagino que para él supone una tortura diaria; él, un hombre que siempre se había considerado el motor de esta familia, del que dependíamos para todo. Aún recuerdo cuando le recriminaba a mi madre que no dejara el trabajo en la clínica, cuando le decía que él ganaba en un mes lo que ella en un año, y que era mejor que al niño lo criara su propia madre y no una canguro hondureña.

En La Granja sólo hay un médico, y ésa es mi madre. Cuando ella habla, los demás escuchan. Cuando pide algo, Isaac pone a todo el mundo en marcha hasta que lo consigue. Supongo que hay muchas formas de vivir un mismo hecho dentro de una familia, porque yo me siento orgulloso de ella y mi padre, por el mismo motivo, está empezando a odiarla.

–Te he traído algunas cosas útiles.

Me gustan los golpes de efecto, de forma que acompaño mis palabras con un gesto y dejo sobre la mesa el pequeño botiquín que hemos encontrado esta mañana, en uno de los coches. Mi madre me mira, lo abre y examina con mano experta el contenido.

–Analgésicos y antibióticos. No está nada mal, hijo. Y esto... ¡fíjate! Antiinflamatorio. Y hace poco que caducaron.

Rebusca un poco más entre los medicamentos y detecto una mueca de decepción que apenas dura un instante.

–¿Te hace falta algo especial?

–Siempre faltan cosas. Pero esto es perfecto, Lucas. No sé qué haríamos sin vosotros.

Desde que todo cambió, he descubierto que el ser humano es muy frágil. Jamás habría imaginado que una persona pudiera morirse de una apendicitis, de una herida infectada, incluso de una diarrea. Berta, la maestra oficial de La Granja, suele recordarnos que una gran parte de la humanidad siempre ha vivido así. Está segura de que los bosquimanos de África o los yanomami del Amazonas todavía no se han enterado de que al mundo se le han fundido los plomos. A veces dice que tendríamos que organizar un viaje, a una de esas comunidades amish, sólo para explicarles que tenían razón, que todo el mundo vive ahora como ellos. Lo decía medio en broma, hasta que alguien señaló que, a estas alturas, las granjas de los amish ya habrán sido saqueadas hasta el último grano de trigo y la última gallina, como todas las demás. Todas menos la nuestra.

–Me alegro de que alguien reconozca el mérito de los Buscadores –digo, sonriendo–. ¿Sigues pensando que debería quedarme en la granja, mamá?

–Está bien, Lucas, ya hablaremos –contesta ella–. Come algo y luego ven a verme a la clínica; estaré allí toda la tarde.

–No sé por qué lo llamas clínica si no es más que un establo de mierda con cuatro colchones –masculla mi padre.

–Lo llamo clínica porque es el lugar donde trabajo, y es lo único que tenemos –le replica ella. Parece que va a irse sin más, pero en el último momento se vuelve hacia él–. Y si algún día apareces por ahí con medio pie arrancado de un golpe de azada, espero que le muestres más respeto, Alfred.

Todos sabemos que la clínica es más que eso. Es, desde hace casi un año, la casa de mi madre. Comenzó a quedarse a dormir allí por trabajo, cada vez más a menudo, pero a nadie se le escapa que Mario vive en la puerta de al lado, y que el matrimonio de mis padres se fue a pique con la misma rapidez con la que nos adaptamos a nuestra nueva vida. Más de una vez me ha ofrecido trasladarme allí con ella, pero después de todo esta choza es mi casa y, la verdad, aunque jamás imaginé que diría esto, no quiero dejar a mi padre solo.

En cuanto ella sale, mi padre se echa la mano al bolsillo y saca una pequeña botella de vidrio. Bebe con avidez, aunque por su expresión le debe de estar quemando la garganta.

–¿Qué pasa? –me suelta.

–Nada, nada... ¿Es bueno?

Me alarga la mano, invitándome a probar. No me apetece nada, pero siento la necesidad de disfrutar de algún momento de complicidad con este hombre, aunque sea compartiendo a escondidas un trago de alcohol infecto.

El líquido me abrasa el esófago hasta las tripas, pero trato de aguantar el tipo. Sin embargo, una lágrima furtiva me delata. Eso hace sonreír a mi padre.

–Lo hacen Joseph y unos cuantos chicos, a escondidas. Al ayatolá Isaac no le gustaría si se enterase...

–¿Y cómo se hace? –finjo interesarme.

–Caña de azúcar, unos tubos, yo qué sé. Ésos lo hacen desde siempre, desde antes de que pasara todo. Oye, puedo confiar en ti, ¿no?

–Claro.

–A tu madre ni una palabra de esto.

Por fin acaba su plato y se mete en su habitación. No han pasado ni dos minutos cuando le escucho roncar, un sonido profundo y repulsivo que llena toda la choza que llamamos casa. Sé que no tengo derecho a quejarme, hay quien está peor. Muchos, los que no tienen la suerte de ser hijos o maridos de la doctora, viven en el dormitorio comunitario.

Y luego, claro, están los del otro lado de la verja.

–Eh, tío. Sé que me estás escuchando.

Está aquí. Hacía mucho que no venía a visitarme, casi ni me acuerdo de la última vez. Es de noche, por supuesto, y aunque no hace frío me tapo hasta el cuello con la manta que huele a establo y a humedad.

–¿No quieres hablar? Antes hablábamos mucho. Continuamente. ¿No lo recuerdas?

–No estás aquí.

–Vamos, haz un esfuerzo. Puedes verme.

Tiene razón. A pesar de que sólo entra un fino rayo de luz a través de las cortinas, distingo su figura en la habitación. Está sentado en un rincón, a unos cuatro metros de mi camastro. Es pequeño y gris, y muy delgado, pero claro, sólo tiene catorce años. Siempre los tendrá.

–¿Estás...? –La pregunta quiere salir de mi boca, pero le cuesta–. ¿Estás...?

–¿Muerto? ¿Por qué piensas eso, Lucas? ¿Crees que no pude sobrevivir? ¿Que me mataron las bandas de asesinos y ladrones, las jaurías de perros, el hambre, la sed, el cólera?

–No fue culpa mía.

–No, claro... –Un reflejo blanco que podría pasar por su sonrisa, pero está muy oscuro–. Tú sólo hiciste lo que todos. Te salvaste, Lucas.

Me doy la vuelta, de cara a la pared. Por un instante imagino que se ha levantado y se acerca a mi cama, pero me niego a volverme. Su voz suena ahora más cerca.

–Sí, ignórame. Sólo soy un sueño. Pero nos dejaste, Lucas. Nos dejaste al otro lado de la verja. A mí, a Beth. ¿Te acuerdas de Beth? ¿No quieres saber lo que le pasó a ella?

Me tapo la cabeza con la manta.

–Para eso tendrías que salir de tu granja, Lucas. Salir ahí fuera, ¿No te acuerdas ya de cómo eran las cosas? ¿No te acuerdas de cómo te salvé la vida?

Bajo a la calle. Han pasado dos días desde la aurora boreal, y creo que si sigo un minuto más en mi casa, con mis padres y sin luz, me volveré loco. El barrio es el mismo, los vecinos también, pero todo parece diferente. No hay coches circulando ni luces en los semáforos. El enorme rótulo de neón de la cafetería de al lado de casa está apagado, las persianas metálicas, bajadas. También el restaurante chino está cerrado, y un grupo de orientales –cocineros y camareros, supongo– están de pie frente a la entrada principal, en actitud desafiante. Recuerdo un reportaje sobre los disturbios de Los Ángeles en los años noventa; debió de ser algo muy parecido.

Paso junto a un abuelo que avanza hacia el contendedor de basura con una bolsa en la mano. Lo que la gente tiró ayer sigue ahí, rebosando de las grandes cajas de plástico. Algunas bolsas están ya en el suelo. Unos metros calle abajo se encuentra el camión de la basura, abandonado, con el depósito medio lleno de desperdicios y las puertas abiertas. El abuelo lo mira, desconcertado, y luego emite un gruñido de disgusto y deja su bolsa en precario equilibrio sobre el montón.

El camión de la basura no pasó anoche. Me imagino cómo será ese montón de basura dentro de una semana, de un mes. El abuelo se vuelve a su casa, caminando muy despacito.

La tienda está cerrada, como imaginaba. Me ha costado muchísimo convencer a mis padres de que me dejaran salir a buscar comida; tienen miedo, dicen que la gente se vuelve loca en las calles cuando pasa algo así. Pero es nuestro barrio, el de siempre, con los vecinos de siempre. No puede cambiar tanto en unas horas. Recuerdo a la dueña, una señora oriental gorda y siempre sonriente. Mamá dice que es china, pero creo que es coreana. La imagino a oscuras, dentro de su tienda, asustada. Tiene una gruesa verja metálica, que puso después de la última vez que entraron de noche a robarle. Meto la mano a través de los barrotes y golpeo el cristal varias veces, sin resultado. Parece que no hay nadie. El escaparate refleja a un tipo delgado, con una chaqueta de piel negra, que se acerca con cautela. Me vuelvo despacio para no darle la espalda. Un poco más atrás, una pareja de aspecto extranjero –él con una larga barba, ella con rastas– avanza muy despacio hacia nosotros. Tengo la sensación de que todos llevan un rato aquí, frente a la tienda, esperando algo.

–¡Señora! –grito, pero está claro que no hay nadie dentro. Vuelvo a golpear el vidrio, ahora un poco más fuerte.

El hombre delgado me imita y golpea el cristal con los nudillos, como he hecho yo. Me lanza una mirada rápida, de esas que evalúan la amenaza que representa el otro, y luego la emprende a patadas con la verja. Me aparto, sorprendido, y la pareja aprovecha para ocupar mi lugar y comenzar a golpear también la verja de metal. Otro tipo está ahora dando estirones desde el otro extremo, tratando de abrirla. Se acercan más personas, y no quiero quedarme a formar parte de esto. ¿Lo he empezado realmente yo? ¡Si sólo trataba de llamar a la puerta! Espero que la señora Chong no esté realmente dentro de la tienda.

Lo mejor será acercarme al centro comercial. Está a unas dos manzanas de casa, pero es grande y tiene servicio de seguridad. Compruebo que llevo los dólares, arrugados, en el bolsillo de mi pantalón. Paso junto a las oficinas del banco. Los cajeros automáticos son masas de plástico arrugado, quemados por el mismo fenómeno que abrasó mi tableta. La idea de que nos quedemos sin dinero en casa me produce una extraña sensación. ¿Es posible vivir sin dinero?

Otras personas caminan en la misma dirección que yo. Nos miramos, desconfiados, sin hablar entre nosotros. Sorteamos los coches empotrados en las farolas o cruzados en mitad de la acera. Somos cada vez más. Una señora acelera el paso, después de mirarme. Un tipo gordo y descuidado, detrás de ella, la imita. Acabo corriendo yo también, sin saber muy bien por qué.

Lo descubro en cuanto llego. Una masa enorme de personas está entrando en el centro comercial. Sin luces, sin refrigeración y sin cajas registradoras, la compra se convierte en una actividad de riesgo. Hay cuatro encargados y un tipo gordo con el pelo engominado y bigote que parecer ser el jefe, o al menos alguien que debe cobrar mucho más que los otros, por el empeño que pone. Los encargados se dejan la voz intentando poner orden, mientras la gente, en los pasillos, se deja llevar por la oscuridad y el pánico de quedarse sin nada, y comienza a llenar sus carritos de forma compulsiva. Muchos envases de comida y botellas acaban reventados en el suelo.

Resbalo en un charco de leche y vidrios rotos, y acabo con el trasero en tierra. Creo que no me he cortado, pero tengo la chaqueta hecha una pena. No hay ni un solo carrito disponible, y comienzo a llenarme los brazos de latas y cajas de cereales de un estante cercano. Apenas se puede ver nada con la mísera luz que entra por las pocas ventanas que hay. Tengo una sensación absoluta de irrealidad, como si estuviera protagonizando mi propia película.

Dos señoras de mediana edad, tan parecidas que podrían ser gemelas, están peleando en uno de los pasillos. Al parecer las dos han cogido a la vez la misma caja de latas de conservas. Aprovecho para robar el carrito de una de ellas, aunque me digo a mí mismo que no es exactamente robar, ya que aún no hemos pagado nada.

Empujo mi carrito por un pasillo oscuro, lleno de gente. Huele a sudor humano y a una mezcla de salsas y aceites de conserva procedente de los muchos botes de vidrio estampados contra el suelo. Resbalo, avanzo, empujo con mi carro todo lo que se pone por delante. Topo con una pareja de chicos jóvenes que están vaciando el estante de las botellas de alcohol. Uno de ellos llena el carro mientras el otro defiende el pasillo, con una barra de metal en la mano. La gente se detiene al llegar a ellos y, sin pensarlo mucho, se desvían hacia un pasillo lateral.

El mostrador de la carne está abarrotado. Uno de los empleados, con su delantal y su gorrito blancos, permanece sentado sobre él. Es un chico joven, apenas algo mayor que yo, y casi parece divertido.

–Coge lo que quieras, chaval. Hoy la carne es gratis. Total, se va a echar a perder dentro de unas horas...

Dos hombres tiran de una ristra de salchichas desde extremos opuestos, y trozos de carne picada vuelan en todas direcciones. Una mujer camina con un conejo despellejado en la mano, sujetándolo por las patas traseras. Cuando pasa a mi lado veo que tiene manchas de sangre en su vestido. Parece salida de alguna tribu de África. Me acerco a la sección de los embutidos y elijo cuatro paquetes de jamón envasado al vacío, porque supongo que es lo que más tiempo se conservará.

Tengo el carrito casi lleno, pero aún queda sitio para algunas latas más: alubias, lentejas, cajas de cereales, leche condensada, pasta... Me permito el lujo de poner cuatro pizzas de beicon y maíz, mis favoritas, en el montón. De camino a la salida, paso por el estante de las bebidas. Los dos chicos duros ya se han marchado, de forma que me agencio la última botella de sherry que quedaba, para mi madre. Le encanta.

En las cajas, los empleados intentan impedir el expolio, pero nadie está por la labor de sacar la comida de los carritos, y sin electricidad no hay forma de comprobar los precios o abrir las cajas registradoras, de forma que acaban cobrando un precio fijo por carrito lleno: setenta dólares. Sólo hay un guardia de seguridad, supongo que el único lo bastante responsable o lo bastante tonto para haberse presentado en el trabajo en un día como hoy. Se mueve nervioso de un lado a otro intentando detener a la gente que trata de sacar su carro a empujones. Muchos lo consiguen. Dejo un billete de cien dólares sobre la cinta de la caja y salgo sin que nadie me detenga. Tengo la sensación de que es sólo un trozo de papel, sin ningún valor real.

En el aparcamiento, frente a la entrada del centro comercial, un policía a caballo intenta poner algo de orden, pero la gente lo esquiva con sus carritos rebosantes de productos y se marcha corriendo. Es el primer policía que veo desde el suceso y tiene una pinta horrible: sin afeitar, con cara de agotado, imagino que después de haber estado toda la noche recorriendo la ciudad.

Cuando ya me alejo me topo con otro policía. Éste va a

pie y es una chica bastante joven. Quizá por eso me atrevo a acercarme a ella.

–¿Sabes qué es lo que está pasando?

–Vete a casa, chico, no se puede estar en la calle.

–Pero ¿qué ha pasado?

Me mira por primera vez y parece aprovechar para respirar un segundo, como un corredor que se detiene en plena carrera.

–No sabemos nada. No hay comunicaciones, ni funciona ningún vehículo. Nada funciona. Mira, estamos intentando evitar el pánico hasta que alguien nos dé instrucciones.

–¿Y si las instrucciones no llegan nunca?

–¿Qué?

–Si no vuelve a funcionar la radio, ni el teléfono, ni nada, ¿qué haréis?¿Qué hará la gente?

Abre la boca y se queda helada, como una estatua de uniforme, su mirada clavada en la mía. Estoy seguro de que no ha tenido tiempo de pensar desde que comenzó el caos. Sigo mi camino, ella vuelve a gritar a la gente. Yo sí que sé qué es lo que harán. Cuando su familia, su madre, su padre o sus hijos tengan hambre, también ellos saldrán a buscar comida, como todos. Y si han de usar sus armas para conseguirla, lo harán.

4

Me despierto de madrugada, con el ladrido de los perros.

Me lavo con el agua fría de la palangana de porcelana, y me afeito con cuidado porque la maquinilla está ya muy gastada. Mentalmente, apunto «buscar cuchillas de afeitar» para la próxima salida de los Buscadores. Todavía me sorprendo un poco cada mañana al verme en el espejo, me pregunto qué aspecto habría tenido si hubiera seguido con mi vida anterior, todo el día sentado en el instituto, frente al ordenador o en el sofá. Levantar sacos de patatas ha resultado tan efectivo como levantar pesas. Que hayan desaparecido todos los donuts y Coca-Colas del mundo también ayuda. Me recojo el pelo largo y negro con una cinta y sonrío porque, con lo bronceado que estoy, parezco más un guerrero indio que un granjero. Sólo me falta algún tatuaje, pero no queda nadie que sepa hacerlos. O al menos eso dice mi madre.

Aún no ha salido el sol pero la granja ya está en plena actividad, como siempre. Hombres y mujeres cuidan de los animales, recogen la paja del corral, sacan agua de los pozos, van y vienen de los campos. Los encargados de seguridad también resultan bien visibles, haciendo su ronda a lo largo y ancho de la verja que nos separa del mundo. Veo pasar a Gregor, mano derecha de Isaac, montado en su precioso caballo blanco. Antes de que todo pasara, era policía en el pueblo. Aún conserva su pistola y la gorra de su uniforme, como si quisiera mantener su autoridad. Hay que reconocer que tiene un aspecto impresionante, montado a caballo, con su fusil automático reposando sobre la silla, como Wyatt Earp en aquella película. Al principio, cuando comenzaba a acostumbrarme a la vida aquí, quería ser uno de los suyos. Desde que comenzó todo se hacen llamar la Milicia del Noroeste, o la Milicia a secas. Algunos de ellos ya se dedicaban, desde hace años, a coleccionar armas y pasar los fines de semana haciendo el idiota en los bosques, con trajes de camuflaje. A quejarse todo el día del gobierno, de los impuestos, de los extranjeros. Desde que estoy aquí les oigo repetir «ya os había avisado» al menos una vez al día. Casi parece que son felices de que la civilización haya retrocedido doscientos años. Ser de la Milicia tiene sus ventajas, como que has de pasar menos horas cultivando el huerto o cuidando de las cabras. Mi madre me dijo que ni loca me dejaría llevar un arma. En realidad casi nunca se utilizan, porque ya nadie fabrica cartuchos. La cantidad de munición que queda es casi un secreto de Estado, aunque los de la Milicia aseguran que es suficiente. No sabemos cuándo vamos a necesitarla otra vez, como en la Noche Triste.

Yo pensaba que estaba destinado a permanecer toda la vida encerrado aquí, arando el campo. Si algo le debo a Mario, es haber montado los Buscadores. Al principio, los adultos se encargaban de las salidas. Entonces aún había cosas útiles que se encontraban cerca de La Granja, pero luego las distancias que había que recorrer se fueron haciendo más y más grandes. Hasta que alguien se dio cuenta de que los jóvenes, en nuestras bicicletas, podíamos ir tan lejos y tan rápido como cualquiera y que éramos mucho más útiles como

Buscadores que como labriegos. Mi madre, por supuesto, se opuso, pero ella es la primera que nos da las gracias cuando traemos medicinas, aunque sean unas simples aspirinas.

Llego hasta el corral de las cabras, el más grande. Los animales deambulan, despreocupados de todo, ajenos al ruido de la veintena de personas que se reúne allí, aprovechando el espacio. Tumbados sobre la paja, son casi todos jóvenes, y en el centro, como siempre, está Berta. Antes de que todo sucediera, era maestra, o catedrática o algo así. La imagen la acompaña: tiene unos cincuenta y pico años, el pelo blanco siempre recogido en un moño y unas gafas redondas, con un cristal roto que seguramente jamás podrá reparar.

–Ésa es la verdad –está diciendo ante una audiencia entregada–, la triste verdad. No sabemos ni sabremos nunca qué es lo que sucedió.

Saludo a Mara con una ligera inclinación de cabeza, y ella me responde igual.

–Tengo una teoría –dice Mara, levantando la mano como si estuviera aún en el instituto.

Berta le sonríe.

–¿La teoría de tu amigo Lucas otra vez?

–En realidad no es mía –interrumpo, y todas las cabezas se vuelven en mi dirección–, sino de un amigo mío. Y no es una teoría más. La culpa es del Sol. De una llamarada enorme que, por casualidad, salió escupida en dirección a la Tierra.

–¿Y por qué no nos quemamos? –pregunta Clara.

Es de las que están siempre preguntando, queriendo saber qué ha pasado y qué queda del mundo ahí fuera. Puedo entender que Ray esté enamorado.

–Pues no lo sé –contesto con sinceridad–, mi amigo decía

que el fuego no llega hasta la Tierra, sólo el pulso electromagnético que produce.

–Lo que yo no entiendo –continúa Clara– es por qué el gobierno no intentó nada. ¿Cómo se puede dejar a la gente sola en una situación así? ¿Dónde estaban los políticos, la policía?

–El problema nos lo creamos nosotros mismos –contesta Berta. Deja a un lado el libro de matemáticas que tiene en la mano. Habrá pasado como siempre: intenta empezar una de sus clases y termina discutiendo sobre el mismo tema. Como si hubiera otro–. Si Lucas tiene razón –continúa–, y se produjo ese pulso electromagnético, eso quiere decir que no podían repararse las máquinas, porque las máquinas necesarias para las reparaciones tampoco funcionaban, y los técnicos no podían trasladarse de un lugar a otro.

–Pero es que ni siquiera lo intentaron –insiste Clara–. Nadie se organizó, nadie dijo lo que había que hacer.

–Ése, querida, fue el gran problema. Vivimos, vivíamos, en un mundo masificado, enorme, muy complejo, y totalmente dependiente de las comunicaciones. Cuando fallaron los teléfonos, los ordenadores, las radios, no hubo forma de comunicarse, y por lo tanto de organizarse. Y piensa que el lapso de tiempo hasta que la situación se vuelve caótica es muy pequeño. Todos visteis lo que pasó en tan pocos días. Cuando no tienes comida, ni agua, lo único que piensas es en la forma de conseguirlo. No hay tiempo para nada más.

–Eso decía Zack –añado–: «Estamos a nueve comidas del caos» era una de sus frases favoritas. Supongo que alguien lo había calculado.

–Isaac dice... –Todas las caras se vuelven hacia el chaval rubio y flacucho que está al fondo, apoyado en la pared.

Tom habla poco, pero sus frases siempre empiezan con un «Isaac dice»–. Isaac dice –repite– que esa noche fue un castigo de Dios. Nada de plasmas solares. Un castigo de Dios por todos los males de la humanidad.

–Todo tiene una explicación científica –interrumpo–, los dioses no tienen nada que ver en esto.

–¿Y no podría Dios haber enviado esa llamarada solar? –pregunta Tom.

Berta pone una de sus muecas de agobio: la clase se le escapa de las manos cuando sale a relucir la religión.

–Si Dios ha montado todo esto –le digo, mirándole a los ojos–, ¿por qué te ha dejado vivir a ti? ¿Eres tú mejor que los millones que han muerto ahí fuera? ¿Lo somos alguno de nosotros?

–Isaac dice...

–Isaac dice que se acabó la clase –resuena otra voz desde la entrada. Víctor está ahí plantado, con su chaleco de camuflaje y su escopeta al hombro–. Y si no lo dice –añade–, lo dirá en cuanto sepa en qué perdéis el tiempo.

–A lo mejor deberías volver tú a las clases, Víctor –le contesta con tranquilidad Berta–. Recuerdo que eras un buen alumno.

–Tonterías –responde el guardián con desdén–. Eso es para críos. Ahora me dedico a defender la verja, para que vosotros podáis estar tranquilamente sentados, charlando.

Me dedica una mirada burlona, y me deja claro que me incluye en el grupo de los débiles, que en su escala de valores están a muy pocos pasos de los inútiles. Se marcha dejando la puerta abierta, y una agradable brisa recorre el establo y limpia un ambiente que de pronto se había cargado mucho.

–Es un buen chico –sonríe Berta a su audiencia.

–Pero es que tiene razón –observa Clara–. ¿Para qué sirve

estudiar geografía, historia o matemáticas? ¿Es que alguien va a buscar trabajo fuera de aquí?

Berta sonríe antes de contestar.

–Lo que somos ahora, cariño, es la suma de siglos y siglos de historia. De millones de pequeños avances, en el lenguaje, en las costumbres, en la ciencia. Avances que se han podido ir acumulando hasta ahora gracias a una estructura social compleja, que dedicaba tiempo y recursos a la educación. Esa sociedad se derrumbó una madrugada, hace ya casi cuatro años. –La antigua maestra hace una pausa para recorrer con la mirada las caras jóvenes que hay a su alrededor.

»Quedamos pocos. Aramos con bueyes, porque los tractores no funcionan. No tenemos dónde comprar pesticidas ni fertilizantes, ni pienso para los animales. Nuestras técnicas de ganadería y cultivo han retrocedido hasta el nivel de la Edad Media. Y como sucedía en esa época de la historia, la mayoría de nosotros nos pasamos el día consiguiendo comida para llegar al día siguiente, y apenas tenemos tiempo de nada más. Si no realizamos el esfuerzo de preservar el conocimiento ahora, luego no podremos hacerlo. En una generación no quedará nadie capaz de explicar quién era Alejando Magno, o cómo se hace una regla de tres. En dos o tres generaciones más, nuestros descendientes apenas sabrán usar una tercera parte del vocabulario que usamos ahora. No les hará falta. Si no nos esforzamos en transmitir el conocimiento... vuestros hijos vivirán igual que hace mil años.

Una campanada interrumpe su discurso. Todos se ponen en pie de forma automática. La asamblea va a dar comienzo.

5

Me parece increíble que Isaac fuera, hace apenas cuatro años, un campesino. Un hombre que cada mañana cogía su tractor y salía al campo, y que mataba sus tardes jugando a naipes y bebiendo whisky. De alguna manera, debe de haber tenido siempre ese instinto, un talento innato para la escenografía, para la oratoria, sólo que antes no tenía más audiencia que las ovejas y las vacas. En cierto modo, el apagón le ha dado la oportunidad de su vida.

Ahora lo veo ahí, en el pequeño claro de césped que separa la casa principal, su casa, del establo y de los precarios dormitorios de la mayoría. Apoyado en su buena mesa de roble, levanta las manos dando a todos la bienvenida a la asamblea. Tiene unos sesenta años, según dicen. Podría ser, por su barba canosa y las arrugas de su frente y sus manos, pero sus brazos fuertes y su torso poderoso, como de toro, le alejan mucho de la imagen que tengo de un viejo. Isaac fue el primero en darse cuenta de la gravedad de lo que pasaba, el primero en intuir que miles de habitantes de las ciudades llegarían hambrientos y sedientos al valle, a las puertas de su granja. Reunió a las cinco familias del valle, y las convenció de tomar decisiones drásticas, brutales y rápidas. Los demás aceptaron dejar sus tierras y ampliar las de Isaac hasta lograr un terreno sostenible y que pudiera protegerse. E Isaac se convirtió en su líder natural.

Cuando llegué aquí, apenas tenía quince años. Los días anteriores, y de hecho toda mi vida anterior, me parecen ahora un sueño.

–Hermanos y hermanas –comienza.

La multitud se apiña más para escucharle mejor. Un gorrión se posa sobre la mesa, e Isaac le dirige una sonrisa amable. Nadie habla ni hace el menor ruido hasta que el pajarillo remonta el vuelo. Puedo ver en las caras de más de uno que lo toman como una señal.

–Hermanos y hermanas –repite–. Tenemos motivos para estar satisfechos, un día más. La cosecha ha sido buena. Hay verdura y fruta para todos, y forraje para nuestros animales. Tenemos leche y huevos frescos cada día, tenemos incluso pan recién hecho gracias a la buena de Genia –su mujer, pelo recogido, vestido gris, puro hueso y siempre un paso por detrás, sonríe con modestia–, y también al horno de piedra que han construido los hermanos Connor. –Más sonrisas tímidas de los dos antiguos obreros de la construcción, situados en primera fila.

»Nuestros pozos continúan dando agua fresca y limpia. Incluso podemos iluminar nuestra casa por las noches, gracias a Dios y también al bueno de Raúl y sus lámparas de aceite.

Ni una palabra a los que nos jugamos la vida saliendo ahí fuera a por suministros. No me sorprende.

–Pero no podemos bajar la guardia, amigos. –Las medias sonrisas desaparecen de los rostros–. Tenemos indicios de que vuelve a haber forasteros merodeando no muy lejos de aquí. Ya sabéis a qué nos enfrentamos. Me refiero a la gente que ha sobrevivido estos años ahí fuera, lejos de cualquier comunidad organizada. Matándose entre ellos, asaltando las granjas que no han tenido la suerte o el espíritu de ánimo de la nuestra para mantenerlos a raya. Me refiero a los salvajes.

Un murmullo nace de la multitud y va adquiriendo fuerza. Isaac lo acalla con un simple gesto de la mano.

–Desde hoy habrá doble guardia en torno a la verja. Y todos los miembros de la Milicia irán armados. Y no más salidas de exploración por el momento, si no es con mi previa autorización. –Ahora lanza una fugaz mirada en mi dirección, que le sostengo con algo de esfuerzo–. Recordad todos lo que sucedió una noche como ésta hace casi cuatro años. Si estamos aquí, si seguimos siendo una comunidad con futuro, es gracias a lo que hicimos aquella noche, y las siguientes. Dios nos puso a prueba y pasamos esa prueba. No le decepcionemos ahora.

–Amén –grita alguien.

Muchos se santiguan.

Me escabullo por una esquina.

Me gusta moverme por La Granja cuando hay asamblea. Está desierta, toda para mí. Siempre había pensado que la vida en el campo tenía esa ventaja sobre la ciudad: que no estabas continuamente rodeado de gente. Pero en La Granja, dentro de la verja, somos más de doscientas personas, una especie de campo de concentración voluntario. Estamos vivos, sí, tenemos comida, seguro, pero ¿eso es todo? ¿Vale la pena sacrificarlo todo por la seguridad?

Una pareja corre hacia el establo. Se acercan un poco más, ignorantes de todo lo que no sea ellos mismos. Son Ray y Clara, ahora puedo verlos mejor. Creo que ya eran novios antes de que pasara todo, en el pueblo que hay a la entrada del valle. Ray es uno de los Buscadores desde el principio.

No se puede decir que seamos amigos, creo que desprecia un poco a todos los chicos de ciudad, pero es un tío honesto y siempre va de frente. Clara es la mejor amiga de Mara. No quiere saber nada de aventuras fuera de La Granja. Como yo, ambos aprovechan cada ocasión de intimidad. Los veo desaparecer tras las puertas de madera, con envidia. Recuerdo que yo también estuve enamorado una vez. ¿Cómo se llamaba aquella chica del instituto? Julia, eso es. ¿Qué habrá sido de ella? Ni siquiera recuerdo su rostro ahora. Cuando trato de hacerlo, siempre se me aparece el de Mara. Será porque paso con ella tantas horas al día. Meneo la cabeza, como si los pensamientos fueran briznas de paja que puedo sacudirme. No me conviene nada pensar en la novia de Víctor de esta manera.

Entro en la casa principal. Allí está mi madre, sola, sentada a la gran mesa de madera donde comen las familias fundadoras, el epicentro de este microcosmos. Está tomándose una taza de té, a pesar del calor. Lleva el pelo suelto, descuidado sobre su rostro.

–Lucas, ¿no estás en la asamblea?

–¿Y tú?

Sonríe y me indica que me siente a su lado. Durante unos minutos, dejamos pasar el tiempo, disfrutando del silencio.

–¿Nunca piensas en Zack y su familia? –pregunto a bocajarro.

En sus ojos leo la respuesta, mezcla de ternura y pena.

–Claro que sí.

Esboza una media sonrisa, una de esas sonrisas tristes que son peores que el llanto. No hace falta que me lo diga, porque ya sé lo que piensa. Que claro que es injusto. Que la justicia no tiene nada que ver con la supervivencia, con la vida. Que no podemos hacer nada frente a eso.

–¿Crees... crees que están muertos?

Su silencio, apenas un segundo de duda, constituye una respuesta contundente a mis oídos.

–No lo sé, cariño. Recuerda cómo fue aquel viaje, lo que vimos. Sin comida, sin agua potable, con toda esa gente como locos, de un lado para otro... Espero de todo corazón que encontraran otro lugar como éste, un sitio donde poder vivir seguros. Isaac asegura que deben existir aún más granjas como ésta al norte, más allá de las montañas. Que alguna ha debido organizarse como lo hizo ésta. A lo mejor pudieron llegar hasta allí...

Ha posado su mano sobre la mía, y me acaricia el dorso. Solía hacerlo para tranquilizarme cuando yo era pequeño. Ya no funciona.

Nos quedamos un rato en silencio, disfrutando de la soledad y el silencio. En La Granja, es un lujo que pocas veces podemos permitirnos.

–¡Empujad! –grita Isaac.

Y lo hacemos. Somos al menos veinte personas que tiran de ese cable, haciendo chirriar la polea. Poco a poco, la torre va levantándose, se yergue palmo a palmo. Gruñimos por el esfuerzo. Noto un empujón en la espalda y me vuelvo a tiempo de ver a Mara, que se ha colocado detrás de mí, abriéndose paso como siempre en la vida, a empujones. Lleva unos viejos guantes de jardinero, más efectivos que los trapos que manejo yo, para no dañarse las manos con el cable.

–¡Venga, un esfuerzo más! –vuelve a gritar Isaac. Y lo hace con la autoridad que le da ser el primero en la fila de personas que asen el cable.

Algunos gritan por el esfuerzo, y la torre, nuestro molino de viento, se levanta finalmente como impulsada por una mano mágica. El armazón de madera de roble se suma a nuestros gemidos con un crujido que suena a victoria. Ya corren a apuntalarlo, se mueve lentamente la hélice, allí arriba. Bienvenida la energía eólica. Iba a ser la energía del futuro de todas maneras, o al menos eso decían.

Un grito de alegría recorre la plaza cuando la primera ráfaga de viento hace girar las aspas del molino. Me abrazo espontáneamente a quien tengo más cerca, y claro, es Mara. La levanto del suelo como si fuera una niña. Ella sonríe, no parece tener prisa por separarse de mí. La dejo en el suelo, un poco más despacio de lo que sería normal.

–Se acabó bombear agua –me dice–. El molino de viento hará este trabajo.

–No sabré qué hacer con tanto tiempo libre.

Me mira y, una vez más, desaparece el resto del mundo. Sopla para apartar uno de sus rizos rubios, que le cae sobre los ojos. Un gesto que le he visto hacer un millón de veces. Lleva una camiseta de tirantes y pantalones de camuflaje, la misma ropa que más o menos llevamos todos los Buscadores, pero en ella parece distinta, más sensual, incluso más seductora. No puedo apartar los ojos, y también ella debe de haber visto algo distinto en mi mirada. Retrocede un paso, mira alrededor, diría que algo ruborizada.

–¡Eh tíos! –Gaby se acerca. El esfuerzo ha dejado su piel pálida casi del mismo color cobrizo que su pelo. Sonríe mientras se seca el sudor de la frente con la parte baja de su camiseta, tan usada que ya casi no puede leerse el logotipo de Star Wars–. ¿Qué vamos a hacer ahora? –pregunta.

Mara y yo nos miramos, como si nos hubieran pillado en algún tipo de acción ilegal.

–¿Estáis sordos? –continúa–. ¿Los Buscadores se quedan sin trabajo y a vosotros os da igual? ¡Pensé que éramos un equipo!

–¿De qué estás hablando?

–¿No lo sabéis? Isaac ha disuelto nuestro grupo. Ya no podemos salir a buscar suministros, a partir de ahora es cosa de los chicos de Gregor. Dice que es mejor que se ocupen hombres de verdad. Supongo que se refiere a los que llevan armas.

–No tenía ni idea –contesto–. Pero no te preocupes, Gaby. Nadie nos va a retener aquí durante mucho tiempo.

–Di lo que quieras, amigo –responde, más sombrío–, pero ya me veo metido en estiércol hasta las rodillas cada día.

Mara se ha separado un poco de mí, aún no sé cómo, y ahora mira hacia el suelo.

–Ya verás, nos las apañaremos para volver a salir –intento animarla.

–Somos el mejor equipo –responde–, no pueden prohibirnos hacer nuestro trabajo.

Los tres nos quedamos en silencio, mirando las hélices de la torre eólica, que dan vueltas, alegres.

–Esto ya está –observa Gaby–. Vamos a dar una vuelta.

Caminamos durante un rato sin rumbo fijo. Algunas mujeres sirven limonada en las mesas de madera de la plaza, entre los gritos de alegría de los que han sudado con la torre. Pasamos de largo la zona de árboles frutales donde los niños recogen higos, riendo como si fuera un juego, y continuamos hasta el lugar donde el riachuelo cruza la verja y forma un recodo dentro de nuestro territorio. Allí hay un par de mujeres lavando ropa, arrodilladas en la orilla, con sus pastillas de jabón artesanal. Clara está con ellas, tendiendo camisas y calzones de unos alambres. En cuanto nos ve deja la tarea y se une a nosotros, ignorando las protestas de las otras.

Nos descalzamos y sumergimos los pies en el agua fría y clara. Nos gusta sentir cómo los renacuajos se deslizan entre los dedos de nuestros pies; me los imagino maravillados por aquellas cosas enormes y blancas que han invadido su mundo.

–Habrá que ir pensando en una profesión alternativa –señala Gaby. Sólo Clara sonríe, supongo que por educación–. Tu novio ya tiene claro que quiere ser policía –le dice él a modo de respuesta.

–Ray no quiere ser policía. Ya no existen los policías.

–Ya me entiendes –replica Gaby–, guardián, vigilante o lo que sea. Es lo que le va.

–Te equivocas, gordo –contesta Clara–, Ray y yo teníamos nuestros planes antes de que pasara esto.

–Si erais unos niños –comento.

–¿Y qué? –Clara pone cara de ofendida–. Ya éramos novios en el instituto. Teníamos pensado montar un rancho más al sur, a la salida del valle. Siempre que pasábamos por ahí lo decíamos, es el sitio más hermoso del mundo. Y la verdad, puede que aún lo hagamos.

–Yo quería ser bióloga –dice Mara–, como mi abuela. Trabajaba en la universidad; era la mujer más inteligente que he conocido. Siempre decía que era una lástima que mi madre se quedara en el valle, y más por culpa de un hombre.

Sus ojos pierden brillo al recordar a su padre. Lo único que sé de él es que no era una buena persona, y que murió en los días siguientes al apagón.

–Yo quería ser arquitecto –explica Gaby, removiendo sus pies regordetes y salpicándonos a todos–. Ahora he pensado en reconvertirme. Seré arquitecto, pero al revés.

–¿Y eso cómo se entiende? –pregunta Ray.

–Me dedicaré a estudiar cómo se destruyen los edificios, en vez de intentar construirlos. Tiene mucho más futuro. ¿No os habéis dado cuenta de cómo crecen las grietas cada vez que visitamos uno de los pueblos? Dentro de unos años no encontraremos ni una sola casa intacta. Las raíces se cuelan por las ventanas, y cuando llueve mucho el agua se mete en los cimientos. Hasta la mierda de los pájaros puede corroer el metal y hacer que se derrumbe una casa.

–Los arquitectos no estudian la mierda de pájaro –le suelto.

Estoy de mal humor, como todos los días que no salgo de La Granja.

–¿Y tú, Lucas? –me pregunta Mara.

–Nunca he sabido lo que quería ser –le contesto, sin desviar la mirada del arroyo–. Sólo sabía lo que no quería ser. No quería dejarme llevar por lo que dijeran los demás. Me peleaba con mis padres, con mis maestros, con todo el mundo. Supongo que era idiota. Parece que hace un millón de años.

–¿Cómo podías saber que todo iba a cambiar? –pregunta Mara.

–¿De verdad ha cambiado todo? ¿Estáis seguros?

He cambiado las clases del instituto por un arado, las paredes de mi piso por un cobertizo de madera. No voy a acabar atrapado en una oficina, prisionero de un sueldo, pero he acabado en una granja, prisionero de un plato de gachas. Y lo único que de verdad quiero está fuera de mi alcance.

–¿Por qué estás siempre de mala leche, Lucas?

Odio a Mara cuando hace esas preguntas. Sobre todo, porque estoy seguro de que conoce la respuesta.

–Tienes que abrirte más, hombre –insiste–. Compartir las cosas. Somos tus amigos.

–Claro –contesto mientras me levanto–. Luego nos vemos, voy a darle un repaso a mi bicicleta.

Me alejo de ellos. Voy a pedirle a Raúl algo de trabajo en el taller, o a ayudar a alguien a levantar otra torre de madera, o lo que sea. Necesito cansarme.

Casi todo el mundo está todavía en la plaza central, lo que supone un alivio porque me permite unos minutos de soledad. Paso junto al castillo, y rozo con la mano la vieja pared de piedra para contagiarme de algo de su calma.

Giro en la esquina y me topo con un muro de carne. Una cara me mira desde un palmo de distancia.

–Víctor, ¿qué diablos quieres...?

Me golpea en el estómago, un puñetazo sólido como una roca que parece querer atravesarme en dos. Tenía el abdomen totalmente relajado, y he expulsado hasta la última partícula de aire. Me doblo como si mis rodillas fueran de papel y caigo al suelo. Abro la boca y fuerzo la garganta, pero algo se ha cerrado dentro de mí y no consigo que entre aire en mis pulmones. Desde el suelo sólo puedo ver las botas camperas de Víctor, y escucho su voz como si estuviera muy lejos.

Dos manos curtidas me agarran por la camisa y me levantan en vilo. Víctor me apoya contra la pared, y es entonces cuando consigo tragar aire, con un ruido parecido al de una aspiradora industrial. Sé que tengo la cara roja como un tomate, y noto las lágrimas que se deslizan por mis mejillas.

–¿Nadie te ha dado la noticia? –Me dice muy tranquilo, como si no acabara de golpearme–. Mara y yo vamos a casarnos. Será algo oficial, Isaac lo anunciará en la próxima reunión.

Recupero la compostura y lo aparto de mí de un empujón. Cierra los puños como si fuera a golpearme de nuevo, pero ahora estoy preparado. Ve algo en mis ojos y parece que se lo piensa mejor.

–Estoy harto de verte revolotear cerca de ella todo el día, niño de ciudad. –Mastica las palabras y las escupe–. Mara va a ser mi mujer y no quiero que te le acerques ni que la toques. Sé muy bien lo que quieres de ella, pero no tienes nada que hacer ¿lo entiendes?

–¿Ella ya lo sabe? ¿Lo de la boda? –pregunto, más por plantar cara que por otra cosa.

Pero la expresión de Víctor me dice enseguida que ha sido un tiro a ciegas, pero que ha acertado.

–Mara y yo somos novios desde siempre, imbécil. Todo el mundo lo entiende menos tú. Isaac ha dicho que a partir de los dieciséis todas las mujeres tienen que formar su propio hogar; son las normas de este sitio, te gusten o no.

Hace ademán de marcharse; ha dejado clara su postura. Pero se detiene un momento. Levanto de nuevo la guardia.

–Aquí estás de más. Eres un refugiado de mierda como esos que echamos a tiros. Sí, yo ya estaba allí con mi escopeta, cargándome muertos de hambre como tú, por si no lo sabías. Gentuza que no había trabajado de verdad en toda su vida y que quería quitarnos lo nuestro cuando las cosas se pusieron feas. Os veía venir al valle, con vuestros todoterrenos de miles de dólares, construiros chalés enormes en la montaña, con piscinas, con televisores gigantes. Os merecéis todo lo que os ha pasado. Si tu madre no fuera médico...

Me río, y eso le enfurece aún más.

–Eres increíble, Víctor. La primera persona que conozco que es más feliz en el mundo que nos ha quedado. Debías de ser muy desgraciado antes de que todo se fuera a la mierda.

Vuelve a atacar. Es más alto y pesado que yo, pero más lento. Esquivo su directo de derecha, que se estrella contra la piedra detrás de mí. Escucho el crujido de sus nudillos. Hay que decir en su favor que no deja escapar ni un quejido.

Pivoto a su izquierda y le encajo un golpe en las costillas. Le doy con toda mi furia, con la rabia contenida no durante el día de hoy, sino durante cuatro años. Ahora sí que gruñe, pero aguanta el golpe y agarra mi brazo con los suyos. Por unos segundos, los dos nos movemos en círculo, agarrados como una pareja de baile alocada, hasta que consigo golpear su rodilla con mi bota. La fuerza centrífuga nos lanza a los dos por el suelo.

–Déjalo, hombre. –Ray aparece de no sé dónde y agarra a Víctor por los hombros.

Él tampoco parece muy dispuesto a continuar la pelea; se deja sostener firmemente por su amigo, que de todas formas tiene fuerza de sobra.

–Dejadlo ya los dos –añade Ray, como si repente quisiera parecer neutral, un árbitro justo–. Como se entere Isaac tendréis problemas, ya sabéis lo que opina de las peleas.

Víctor murmura algo, pero parece que la alusión a Isaac ha surtido efecto. Se sacude el abrazo de Ray y se marcha a paso rápido. Observo que cojea un poco aunque trate de disimularlo. Ray me mira durante un momento, indeciso, luego se encoge de hombros y desaparece.

Me siento en el suelo, con el cuerpo temblando por la adrenalina y el estómago dolorido.

Se van a casar. Perfecto. La familia ideal, los colonos del

nuevo mundo. Que repueblen ellos las ciudades desiertas, que inventen de nuevo todas las cosas que teníamos antes. A mí qué más me da.

Entro en la chabola que me empeño en llamar casa. La botella de mi padre ha de estar por aquí, en alguna parte. Remuevo su camastro, la pila de mantas, el montón de paja que hay en la esquina. Me pregunto si antes ya era igual de bueno escondiendo cosas. A lo mejor tenía una amante, su secretaria, como hacen los ejecutivos en las películas, y se las ingeniaba para que mamá no descubriera notas, mensajes de teléfono o regalitos. Al final, aparece en uno de los estantes de madera, detrás de unas cajas de alubias secas. Un botellín de vidrio, mil veces reutilizado, metido en una bolsa de papel marrón igual que hacían todos los borrachos, como si la gente fuera a creer que lo que llevan en la botella era zumo de piña. Además, ya no existe el zumo de piña. Me duele el estómago, debería estar preocupado por si ese animal me ha reventado algo. ¿Qué decía mamá de las lesiones internas? El apéndice o el bazo o algo así. Pero por algún motivo sólo me viene a la mente la imagen de Mara, vestida de blanco, caminando descalza sobre la hierba de la plaza central, mientras Víctor la espera y todo el mundo sonríe y aplaude. Menuda estupidez. Ni siquiera creo que se vista de blanco. ¿Será por eso que buscaba tanto entre las maletas con ropa durante las últimas salidas? ¡Qué tonto he sido! ¡Claro que lo sabe, lo está esperando! Y lo peor de todo es que no puedo evitar pensar que estará preciosa. Bebo un trago largo de ron casero, y el ardor desciende por el esófago. Tengo que pensar en otra cosa. Seguro que Víctor hará una petición formal, de esas de rodilla en tierra con el viejo anillo de prometida de su madre, o algo así. No, lo siento, Víctor, te quiero como a un hermano pero estoy enamorada de otro. Sí, verás, no es de aquí, viene de fuera, es un chico de ciudad. Seguro. Necesito otro trago.

El vidrio apenas ha acariciado mis labios cuando Gaby entra en casa, tan rápido que el golpe de la puerta hace temblar la uralita del techo.

–Lucas, ¡deja eso, hombre! ¡Has de venir a la enfermería ahora mismo!

–¿Qué pasa? ¿Le ha pasado algo a mi madre?

–No. Es Mara.

Estamos en el salón de casa, como si fuera una fiesta. Gloria y Richard, los padres de Zack, están sentados en el sofá, junto a su hija pequeña, Beth. Van vestidos con pantalones de lona, botas de montaña y camisas de manga larga, como si los hubiéramos pillado en mitad de una excursión al campo. Beth casi desaparece entre los cojines del sofá y el cuerpo de su madre, y mantiene todo el rato la cabeza agachada, de forma que su melena negra la tapa los ojos. De vez en cuando me lanza una mirada furtiva entre la cascada de cabello, y recuerdo que Zack me ha dicho muchas veces que su hermanita de once años está enamorada de mí. Lo que me faltaba.

Mis padres están de pie, frente a ellos. Mi amigo y yo nos mantenemos juntos, en un extremo del salón. Casi no hemos podido hablar. Lo único que me ha dicho Zack es que han pasado treinta y nueve horas desde el apagón. Para él, eso lo significa todo.

–¿Me estás diciendo que hemos de dejar nuestra casa y todo lo que tenemos y marcharnos de la ciudad para ir no sabes bien a dónde?¿Lo he entendido bien? –Mi padre está genial en el papel de abogado de la acusación. Pero el padre de Zack no pierde la calma. Me sorprende verlo ahí tranquilo, junto a su mujer, después de la paliza que acaba de darle a esos saqueadores en la calle. Aún tiene rojos los nudillos de la mano derecha–. ¿Y todo por las teorías de tu hijo, que, con todos mis respetos, no deja de ser un chaval de catorce años?

–Quince –corrige Zack. Su padre le mira sin asomo de reproche.

Se nota que mi padre está incómodo ante la familia de Zack. Richard fue empleado suyo, bueno, no exactamente, trabajaba en la misma empresa que mi padre como vigilante jurado. No creo que nunca hablaran, a lo sumo un «buenos días» al que mi padre respondería con un monosílabo ininteligible. Lo echaron hará un par de años, cuando empezó la recesión. Seguro que mi padre jamás imaginó que lo tendría sentado en su casa, en su sillón de piel favorito, y mucho menos que tendría que escuchar de boca de ese hombre lo que debía o no debía hacer.

–Zack es un chaval muy listo, Alfred –dice Richard, sentado con las piernas juntas y las manos sobre las rodillas, como si estuviera en la reunión de colegio de su hijo, hablando con el profesor–, y la verdad, todo lo que dice tiene mucho sentido. Por lo menos escúchale antes de que toméis una decisión.

–¿Qué es lo que ha pasado, cariño? –pregunta mi madre a Zack.

–Verán –contesta mi amigo, tras buscar ánimo en mi mirada–, hace mucho tiempo que la gente habla de que esto podría suceder. La clave está en la aurora boreal, cuando el cielo se llenó de luces de colores. Todos lo vieron.

Mis padres no llegaron a verlo, estaban discutiendo en la cocina. Pero doy por sentado que hay suficientes testimonios para que acepten que algo raro pasó en el cielo.

–Los científicos llevan tiempo advirtiendo de un aumento

de la actividad solar. Concretamente, de las erupciones de plasma solar.

–¿Quieres decir que el Sol ha provocado esto? –pregunta mi madre.

–No es la primera vez. Hace mucho tiempo que sabemos que esto puede pasar, desde el evento Carrington.

–¿El qué? –interrumpe mi padre.

–El Sol no es una bola de gas estable. Siempre ha tenido actividad, en forma de lo que se denominan tormentas solares. A veces, proyecta llamaradas, columnas de plasma solar hacia el espacio exterior. Y a veces, éstas están orientadas en dirección a la Tierra. –Zack se detiene un segundo, sospecho que para dar una nota de dramatismo–. En 1895 –prosigue–, se produjo una llamarada solar de especial intensidad, que afectó a todo el país. El pulso electromagnético destruyó muchos kilómetros de líneas de telégrafo, y dejó incomunicada una buena parte del territorio. Varias terminales llegaron a arder. Lo llaman el evento Carrington en honor al geólogo que lo describió.

–No debió de ser tan terrible –interrumpe mi padre–, si es algo que ni siquiera se estudia en los libros de historia.

–Eso se debe a que en esa época apenas dependíamos de la tecnología. En Estados Unidos, el telégrafo era el único elemento tecnológico sofisticado, y el único que se vio afectado. El pulso electromagnético no afecta a las personas ni los animales, ni a las máquinas de vapor o las estufas de carbón. Pero sí a todo lo que lleve un componente electrónico, además de freír la red eléctrica y todo lo que esté conectado a ella.

–Chorradas –dice mi padre–, esto es un apagón por culpa del abuso energético. Ahora cualquier pringado tiene aire acondicionado y...

–No se trata de un apagón, señor Moretti –le interrumpe Zack–. Un apagón afectaría a los aparatos conectados a la red. Pero se han fundido todos los aparatos electrónicos. Lo que se ha producido, como le he dicho, es un pulso electromagnético, ocasionado por la llegada a la Tierra de la onda de plasma solar.

–Ciencia ficción... –murmura mi padre para sí, pero lo suficientemente alto.

–No, señor. Ya ha sucedido antes. La NASA hace años que advierte que se está produciendo un cambio de ciclo solar.

–Pero –interviene mi madre–, los científicos tienen que haber tomado sus precauciones, si como dices es algo que se sabía que iba a pasar.

–¿Y cómo, señora Moretti? Es casi imposible proteger las redes eléctricas y los aparatos de todo el mundo, y menos en previsión de algo que es posible que pase, pero no es seguro.

–¿Y por qué no han avisado, no nos han dado tiempo de protegernos? –tercio yo.

–El tiempo aproximado entre que se detecta la llamarada solar y el pulso electromagnético llega a la Tierra es de unas cuatro o cinco horas. No es mucho tiempo para poner en alerta a todo el mundo.

–A todo el mundo no... –reconozco–, pero algunos estarían preparados.

–Amigos –interviene ahora el padre de Zack–, os repito que hay que salir de la ciudad. Ahora mismo; dentro de unos días será imposible.

–No hay electricidad, no hay transporte, no hay agua corriente, no hay comida en las tiendas. –Zack va levantando los dedos de las manos mientras enumera las plagas modernas que han cambiado nuestra vida en unas horas–. La policía y el ejército no reciben órdenes de nadie –continúa, sentado ya en el borde de asiento, encantado de tener una audiencia cautiva–, no disponen de vehículos para desplazarse. Seguro que ya han desertado a miles para irse con sus familias. Las fábricas se han parado, los trenes y los barcos también. Nadie recoge los alimentos en el campo y nadie los trae a la ciudad. La poca agua que hay en los parques y depósitos pronto se volverá tóxica, porque las potabilizadoras no funcionan. Los hospitales no están operativos, ni siquiera van los generadores. Nadie apaga los incendios, nadie detiene a los que saquean y roban. Las ratas comenzarán a salir por miles, sobre todo cuando a la basura se añadan los primeros cadáveres.

–¡Joana! –Mi madre ahoga un grito y se lleva la mano a la boca.

–La tía de mi mujer –aclara mi padre, sombrío– está ingresada en el hospital, con una insuficiencia renal grave. Está conectada a una máquina a todas horas.

–Desde hace unas cuarenta horas no funciona ninguna máquina –sentencia Zack en voz baja, con la mirada clavada en el suelo.

Mi padre apoya su mano en el hombro de mi madre, que no se da ni cuenta.

–Por eso hay que salir ahora –dice Richard con convicción–, la gran mayoría de la gente se quedará en sus casas, esperando que el gobierno o quien sea le solucione el problema, que repartan comida, que vuelva la luz. Se basan en sus experiencias previas, en otros apagones, tornados o huracanes. Pero esta vez es diferente. La luz no va a volver, no hay máquinas para reparar las máquinas. Cuando el miedo y el hambre sean lo bastante intensos, los millones de personas de las ciudades como ésta saldrán al campo en busca de comida. Y no hay suficiente para todos. Arrasarán con todo, de forma que hay que llegar a un lugar seguro antes de que lo haga la mayoría de los ciudadanos hambrientos. Si es que queremos tener una oportunidad.

Le miramos en silencio, incrédulos, mientras sentimos cómo un miedo frío entra en nuestros pulmones. Un miedo que tengo la sensación de que va a quedarse allí durante mucho tiempo.

–Para que lo vean más claro –añade Zack–, el nivel de tecnología de nuestra sociedad ha retrocedido, en segundos, hasta el del siglo dieciocho. Pero en aquella época, con los recursos de que disponía la humanidad, podíamos alimentar a unos tres mil millones de personas. Ahora somos más de ocho mil. Hagan las cuentas y verán cuántos sobran.

–Se trata de estar en el lado adecuado.

Richard se ha puesto en pie. Mis padres lo miran, enmudecidos, incapaces de asimilar la magnitud de lo que están escuchando.

–Has hablado de un lugar seguro –señala mi madre.

–He trabajado durante un tiempo en varios ranchos. Conozco muchas granjas, algunas muy grandes, a una distancia bastante segura de la ciudad. Si nos dirigimos hacia el norte, hacia la frontera del estado, conozco el paso a un valle muy poco transitado. Allí no hay nada más que granjas aisladas y bosques. Mi familia y yo saldremos hoy mismo, con lo imprescindible, y pediremos que nos acojan en alguna de ellas. Lo que necesitamos es un rancho o una comunidad que esté bien organizada, sea grande y cuente con gente capaz de cuidar de sí misma. Sin tractores, necesitarán manos para cultivar el campo.

–Nuestra ventaja es la rapidez –añade Zack–. Piensen en las ciudades que tenemos al sur, señores Moretti. Millones de personas que ahora mismo están todavía demasiado asustadas, pero que en cuestión de días comenzarán a huir en masa. Muchas se dirigirán a los campos del norte.

–¿Y nuestra casa?¿Nuestro dinero, los ahorros de toda una vida? –Mi padre todavía sigue aferrado a su antiguo mundo. –No podemos dejar...

–Una mochila por persona –ataja Richard–. Comida, medicinas, una muda de abrigo, un saco de dormir. ¿Tienes algún arma, Alfred?

–No, claro que no...

–Lástima. También toda el agua que podáis.

Mi padre tiene la mirada perdida. Mi madre parece agotada, se abraza a sí misma en un rincón, pero en sus ojos puedo ver que una parte de su mente ya está pensando qué coger, a quién decírselo, cómo despedirse de tantas cosas.

¿Cómo te despides de toda una vida?

6

No me dejan verla. Mi madre me retiene en el vestíbulo de la clínica, cogiéndome por los brazos, y acerca su cara a la mía, como cuando era niño.

–Está bien, Lucas. Sólo necesita descansar.

–¡No me mientas! –le grito–. ¡No me engañes! ¡Hace un rato estaba perfectamente! ¿Qué le ha pasado?

Mis gritos resuenan como disparos en la habitación de piedra. La puerta que mi madre protege está entreabierta y puedo ver parte de una de las camillas, pero nada indica que Mara esté sobre ella.

–Cálmate un momento y te lo explicaré.

–¿Un accidente? ¿O está enferma?

–En cierto modo. En cierto modo está enferma.

Unas cuantas caras curiosas asoman por la puerta que da al pasillo, la de Gaby al frente. Nora, la chica que ayuda a mi madre en la clínica, la cierra con firmeza después de murmurar algunas palabras que imagino tranquilizadoras. Después se escabulle dentro de la habitación de los enfermos y nos deja a mi madre y a mí en el pequeño vestíbulo. Ella se sienta en el único mueble, un banco de madera. Yo sigo moviéndome como un gato enjaulado.

–Hace tiempo que tiene los síntomas, pero la verdad es que esperaba equivocarme –dice.

–¿Qué síntomas? Mamá, pasamos muchas horas juntos y no he notado nada.

–Más sed de lo normal. Sudor frío. Un cansancio excesivo. Hambre.

–Todos tenemos hambre y siempre estamos cansados. Menudos síntomas.

–Lucas, Mara es diabética.

La miro incrédulo. Diabética. ¿De qué diablos me está hablando?

Un alud de imágenes me viene de golpe a la mente. Mara apoyada en el capó de un coche, mareada. Mara quedándose atrás en su bicicleta en el camino de regreso. Y yo siempre riéndome, burlándome, animándola a ser más rápida que un viejo como yo.

–Muchas veces la enfermedad se desarrolla en la edad adulta, o en la adolescencia, como es el caso de Mara –continúa mi madre.

–¿Cómo se llama eso que le dan a los diabéticos? ¿No tenemos?

–Insulina –contesta.

Ya no hay farmacias, ni laboratorios ni hospitales. Los Buscadores hemos traído casi todos los medicamentos que hay en La Granja, recuperados de botiquines caseros, de guanteras de coches, de maletas abandonadas. Recuerdo la expresión de mi madre, ayer mismo, cuando le traje el botiquín. Antibióticos, aspirinas, gasas, alcohol. Pero nunca he visto insulina, ni siquiera sé qué aspecto tiene.

–Lucas, sé lo que estás pensando. Pero aunque hubiera quedado en alguna casa o en el maletero de un coche, a estas alturas ya estaría inservible. Necesita mantenerse a una temperatura fresca.

–¿Y no hay otros medicamentos?

–La metformina o la clorpropamida ayudarían, aunque no son tan efectivas. Verás, Lucas, lo que le sucede a Mara es que sus células no asimilan bien la glucosa que hay en la sangre. Es como si se quedaran sin alimento, y comienzan a fallar. Creo que es una diabetes de tipo uno, por los síntomas y por su edad.

–¿Qué puede pasarle?

–Ahora ha tenido lo que se llama un bajón de azúcar. Pierde las fuerzas, está desorientada. Puede sentirse confusa, o irritable. A largo plazo... es una enfermedad que no tiene cura, Lucas.

–¿Quieres decir que se va a morir?

Baja la cabeza y su mirada se pierde entre las piedras del suelo.

–No es justo. No es justo... –Aguanto las lágrimas. Si hay alguien en esta comunidad que sepa lo que siento realmente por Mara, es mi madre–. ¡No es justo! –Golpeo con rabia la pared. Apenas noto cómo crujen mis nudillos, y cómo la superficie rugosa de la piedra los hace sangrar. Mi madre abre la boca pero no dice nada hasta que consigo dominarme–. ¿Es ésa la única opción?

–Verás, Lucas. Hay plantas, hierbas que pueden ayudar a combatir la falta de azúcar en la sangre. También algunos alimentos. Pero no te voy a mentir, hijo, nada puede sustituir el tratamiento con insulina.

–Dime una cosa, mamá. Hace cien años, o los que sean, antes de que se descubriera la insulina, ¿no había diabéticos?

–Siempre los ha habido.

–¿Y qué hacían?

Posa una mano sobre mi hombro y suspira antes de proseguir. La profesional se aparta un poco para dejar paso a la madre angustiada.

–Hay muchas formas de combatir la enfermedad. Vigilar mucho la dieta, hacer ejercicio.

–Hablas como si siguiéramos en la ciudad. No hables así.

Asiente.

–Lo que ha pasado se ha llevado a los más débiles primero, Lucas. La naturaleza es cruel, pero nosotros debemos seguir combatiéndola con las armas de que disponemos. Ahora no hay laboratorios ni hospitales, pero tenemos nuestro ingenio y nuestro esfuerzo, como ha tenido siempre la humanidad. Hace tiempo que me reúno con la gente mayor de La Granja, la que aún recuerda los remedios que sus padres y abuelos elaboraban con las hierbas del monte. Estamos recuperando conocimientos que casi se habían perdido.

–¿Eso es todo lo que tenemos, las hierbas del monte? ¿Cuántos diabéticos se han salvado así?

–No puedo prometer nada, Lucas –vuelve a ser la doctora–, pero puedo asegurarte que haré todo cuanto esté en mi mano.

Las lágrimas me abrasan los ojos, será porque nacen de la pura rabia. Mi madre se aparta un poco ahora, cuando ya ha soltado su bomba, para dejar que me acerque a la habitación. Empujo la puerta con suavidad, sin hacer ruido, y la veo allí, tumbada en la mejor camilla que tenemos, dormida como una princesa de cuento. Aún lleva puesta la ropa sucia y desgastada con la que ha trabajado esta mañana en el molino de viento. Respira profundamente, me pregunto con qué sueña.

Ya oigo las voces que vienen por el pasillo, que se acercan discutiendo entre ellas. Reconozco la de Víctor y también las de Mario, Ray y Clara. Durante un momento envidio esos segundos de retraso que me llevan, esos instantes extra en los que disfrutan de la vida antes de saber que su amiga, mi amiga, está condenada a muerte.

Nos cruzamos en el umbral, en direcciones opuestas. Ray me toma por el brazo durante un momento, pero no le hago caso. Me alejo por el camino entre los huertos, caminando rápido, y deseo poder fundirme con las sombras que el atardecer ya proyecta sobre la granja.

–Me duele más a mí que a vosotros, hermanos.

Menuda mentira.

Isaac debe de sentirse a gusto esta noche. Después de todo, ocupa el sitio de honor en el salón de armas del castillo, lo más parecido a un trono. Rodeado de escudos y blasones y espadas, aunque sean de mentira, con sus dos fieles mastines merodeando alrededor, indecisos entre su papel de mascotas o de guardaespaldas. No falta ni siquiera la campesina que suplica entre sollozos, casi postrada de rodillas ante él. Me acerco para levantar a la madre de Mara del suelo. Me sigue sumisa hasta una de las sillas, donde se deja consolar por los abrazos de sus amigas más cercanas. Cuando levanto la mirada hacia nuestro líder, no hay súplica ni peticiones en ella. Sólo ira. Sus ojos se cruzan con los míos y ruge una maldición.

–¡He visto nacer a esa niña, la he cuidado como una de mis hijas durante todos estos años! ¿Creéis que no soy el primero que quiere verla sana? Pero os lo he dicho y os lo repetiré todas las veces que haga falta: está prohibido salir del valle.

–¡En las casas del pueblo no encontraremos lo que Mara necesita! –grito a mi vez–. ¡Hay que ir a buscar la insulina a la ciudad!

–Niño insolente. –Se levanta mientras me habla. Sus dos perros huelen la posibilidad de una presa y me miran con interés.

–Lucas...

Tengo la sensación de que la advertencia de mi madre llega desde muy lejos, aunque esté aquí mismo, junto a una docena de personas más, los notables de la comunidad reunidos frente al líder. No me vuelvo para mirarla, sino que mantengo mis ojos clavados en los de Isaac. Los milicianos que están con nosotros, Gregor entre ellos, avanzan un paso en mi dirección, dispuestos a caer sobre mí a la menor señal de amenaza. Isaac los detiene con un leve gesto de la mano.

–No podemos quedarnos sin hacer nada –añade Mario, que está situado junto a mi madre.

Raúl y Berta lo apoyan en silencio, acercándose un poco más a él.

–Niño insolente –continúa Isaac, sin hacer caso a los demás–, atrevido e insensato. Supongo que es normal que seas así, que los de tu edad sean así. Recuerdo una época en que yo también me dejaba llevar por las pasiones. Pero Dios me ha puesto al frente de esta comunidad por un motivo. ¡El Señor nos somete a pruebas muy duras! –Lanza una mirada a la madre de Mara, que continúa abrazada a sus amigas–. ¡Y tenemos que mostrarnos dignos de él!

Se acerca más. Tengo que hacer un esfuerzo para no retroceder cuando invade mi espacio personal. Sonríe, satisfecho.

–Tú no eras más que un niño cuando llegaste aquí. ¿Acaso has olvidado lo que sucedió esa noche? ¿Por qué crees que la llamamos «la noche triste»? La Noche Triste. El momento en que los refugiados que llegaban a La Granja pasaron de ser una molestia a ser una amenaza. Cuando cientos de desesperados decidieron forzar la entrada y los granjeros los rechazaron a disparos.

Sí, sé muy bien de lo que está hablando. Entre aquella masa de hambrientos podría haber estado yo mismo.

–Desde aquella noche, no hemos vuelto a sufrir ataques –continúa Isaac–. Todo el mundo supo lo que les pasaba a los que intentaban invadir nuestro territorio. Y tú mismo, Lucas, tú mismo y tu grupo de exploradores en bicicleta habéis comprobado que hace mucho tiempo que no se acerca nadie a nuestro valle.

Palmea la cabeza de uno de sus mastines, que se sienta, obediente, a la diestra de su amo. El otro animal le imita inmediatamente al otro lado.

–No conocemos los caminos del Señor. No tenemos ni idea de si somos la última comunidad organizada, el último reducto de orden y civilización. Muchos de vosotros, antes de llegar aquí, fuisteis testigos de violencia extrema, de enfermedades horribles, de muerte y miseria. Pero el valle es seguro. Dime, Lucas, ¿qué crees que pasaría si encontrarais un grupo lo bastante grande de hambrientos desesperados?

–No vamos a hablarle a nadie de este lugar, Isaac.

–¡Ja! ¡Piensa un poco, chico! Piensa en lo que viste antes de entrar aquí. En los millones de personas que se tiraron al monte. En cuanto vean un joven bien alimentado como tú, sabrán que existe un lugar como éste. Y créeme, sabrán también cómo hacerte hablar.

–¡No! Yo...

La mano de Mario sobre mi hombro no es lo que me detiene. Siempre he estado orgulloso de mi mente, de mi capacidad para encontrar un argumento lógico, una salida a cualquier situación. Pero ahora no se me ocurre nada para contradecir a este hombre, esta especie de elegido mesiánico a medio camino entre un dictador y el líder de una secta. Porque precisamente esa parte racional de mi cerebro es la que me está diciendo que tiene razón.

–¿Vas a poner en peligro toda la comunidad por una sola persona, aunque sea la adorable Mara, a la que todos queremos? ¿Quieres que vengan aquí y maten a nuestros animales, arrasen nuestras cosechas, que nos condenen a todos? ¿Qué crees qué pasará con ella cuando no sólo no tenga medicamentos, sino ni siquiera un lugar donde la cuiden y le den de comer?

Agacho la cabeza. El suelo de este castillo de mentira, frío y húmedo, es todo lo que veo. Berta dice no sé qué sobre alimentos que pueden paliar la diabetes, alguien añade algo sobre las posibilidades de vida sin la insulina. Los perros de Isaac, defraudados por la aparente calma, se tumban en el suelo en torno a su dueño. La madre de Mara llora desconsolada, agarrada al respaldo de un trono de plástico tapizado de terciopelo magenta. Isaac está hablando de nuevo sobre Dios, sobre el destino, sobre el tremendo peso que lleva sobre los hombros. No puedo dejar de preguntarme qué haría si él fuera diabético.

Salgo del salón como un fantasma, lo único que le falta al castillo para ser la atracción perfecta.

Gaby me espera en la entrada. Pegado a la pared, detrás de la puerta, como un niño pequeño espiando las discusiones de sus padres por la noche.

–¿Qué van a hacer? –pregunta casi en susurros.

–Nada.

–¿Nada? ¡Pero Mara se morirá!

–No. –Lo agarro por los hombros y le fuerzo a mirarme a los ojos–. No se morirá.

–¡Pero has dicho que no harán nada!
–Ellos no.

La última vez que hice esto, quedarme mirando mi habitación y decidiendo qué era lo que quería llevar conmigo, tenía un millón de objetos entre los que elegir. Ahora todo es más sencillo. En la misma vieja mochila con la que entré aquí caben muchas cosas. Una bolsa con higos secos, algo de panceta ahumada y tortas de maíz envueltas en papel. Ésa será toda mi comida. Un rollo de cuerda de nailon de buena calidad. Yesca y pedernal para encender fuego. Un termo con infusión caliente, una capelina impermeable, algo de ropa de repuesto. Una manta enrollada y ajustada entre las cintas de cierre. Al cinto, mi cuchillo de caza, con una piedra para afilar incrustada en la funda. Y las botas de montaña que encontré el año pasado y que son mi posesión más preciada.

Miro en dirección al rincón donde suele aparecer.

–¿Hoy no vienes a visitarme, Zack? ¿El día en que voy a salir a tu mundo? ¿No tienes nada que decirme?

En ese momento escucho una especie de gruñido gutural, y se me eriza el vello de la nuca. Pero es sólo mi padre, que ronca en la habitación de al lado.

Mi madre se ha ido muy tarde a su casa esta noche; imagino que sabe lo que voy a hacer pero no quiere estar aquí para tener que disuadirme. O sabe que no podrá. Se ha ido triste, después de darme un abrazo muy fuerte, como hacía cuando era niño.

Abro la puerta despacio, aunque se necesitaría un cañonazo para despertar a mi padre. La luz del quinqué que ilumina el interior de mi casa se desparrama unos metros hacia el exterior, pero muere enseguida entre las sombras. Es plena noche y una débil media luna plateada deja entrever las sombras de las casas y la mole negra del castillo. Hace frío, y me ajusto la chaqueta de piel gastada que llevo sobre la camiseta.

–¿Es la hora? –La voz, surgida de las sombras, me sobresalta, aunque enseguida reconozco a Mara. Es la última persona a la que quería encontrarme.

Está algo más pálida que de costumbre. O a lo mejor es sólo la luz del quinqué. Pero sus ojos verdes brillan como siempre, como los de una pantera agazapada.

–¿La hora de qué? ¿Y tú no deberías estar descansando?

–Mi madre me ha dicho que has estado en la clínica toda la tarde. A mi lado.

–Bueno, eres la mejor compañera de patrulla que tengo.

–La única –ríe, y parece que hace menos frío, como si alguien hubiera avivado un fuego.

–Sé adónde vas –añade, seria de repente.

–Bueno, ya me conoces –contesto–, si alguien dice que no se puede salir, lo primero que hago es salir.

–Sí, el eterno rebelde.

Nos quedamos unos segundos en silencio. Es increíble que me resulte embarazoso estar con ella; no nos hemos separado ni un solo día desde que tenía catorce años y es como si acabaran de presentarnos.

–Lucas... si te vas, es posible que no te dejen regresar. O algo peor. Isaac puede ser implacable cuando se trata de sus normas. Tal vez envíe a gente a perseguirte.

–Lo sé.

–Quiero decirte que...

No sé cómo, pero estamos abrazados. Un abrazo extraño, como el que da una madre, o un amigo del alma al que vuelves a ver después de mucho tiempo, pero al mismo tiempo diferente. Nos hemos abrazado muchas más veces, casi siempre riendo de alegría después de obtener un buen botín o de escapar de alguna jauría de perros, incluso después de ganar al equipo rival en un partido de básquet con la canasta que hay junto a la pared del castillo. Pero ahora es diferente.

Nos miramos sin saber muy bien qué hacer, y ella se decide por un beso en la mejilla. No sé si sentirme feliz, defraudado o simplemente confundido.

El impulso de atraerla hacia mí y besarla es casi una fuerza física. Tengo que doblar mis brazos como si fueran dos alambres gruesos para evitar que la rodeen por su cuenta.

–Gracias –susurra.

–Víctor...

–Hemos discutido –me interrumpe–. Está convencido de que Berta puede curarme con sus hierbas, que es más peligroso salir del valle que quedarnos.

–Está convencido o quiere estar convencido –digo sin poder contenerme.

–No puede ponerse en contra de Isaac, Lucas. Aunque lo intentara, no conseguiría nada. Es uno de los Vigilantes.

–¿Cómo ha terminado la conversación?

–Mi madre le ha pedido que se vaya. Luego hemos estado hablando las dos.

–Mara, no voy a dejarte morir. Eso es lo único que sé. Y tampoco tengo ninguna intención de poner en peligro La Granja. Sé cuidarme, diga lo que diga Isaac.

Con un gesto inocente, deja en el suelo la mochila que llevaba en la espalda, en la que no me había fijado.

–No –empiezo–, tú no...

–Mi madre me ha preparado la mochila en cuanto le he

dicho que venía a verte, Lucas. Ella sabe lo que vas a hacer. Y lo que voy a hacer yo.

–Mara, tengo que ir solo. Es mejor.

–No me queda tiempo, Lucas. Cada vez tengo más ataques de debilidad, sólo que hasta ahora había conseguido ocultarlos a todo el mundo. Si finalmente encuentras la insulina y tienes que hacer todo el viaje de vuelta, puede ser demasiado tarde. Mi mejor opción es acompañarte, y tomarme la medicación en cuanto la encontremos.

–Puede ser muy peligroso, Mara. En algo tiene razón Isaac: han pasado cuatro años desde que se fue la electricidad. No tenemos ni idea de lo que hay ahí fuera.

–¿Ahora eres tú el que se preocupa de los peligros?

Sonrío. Tiene razón, claro.

–¿Conoces a algún Buscador más preparado que yo para recorrer las carreteras y encontrar cosas útiles? –me pregunta, recuperando ella también la sonrisa.

–Estás débil.

–Por eso tengo que ir. Y para eso estarás tú ahí. Para cuidarme.

–De eso es incapaz.

Una nueva voz emerge de la oscuridad. Pero ¿cuánta gente merodea de madrugada por mi casa?

La luz anaranjada revela los rostros de Clara, Gaby y Ray.

–Él no puede cuidarte –repite Clara–, y al mismo tiempo estar buscando la insulina. Necesitas a alguien a tu lado, Mara. Alguien de quien puedas fiarte.

No sé si desesperarme o sentirme alegre. En mi cabeza había imaginado una misión en solitario, que se basaba en la rapidez, la facilidad para ocultarme. Ahora estamos montando una maldita excursión. Miro a Ray, con mi mejor expresión inquisitiva.

–Donde vaya Clara voy yo. Así de sencillo. Además, te irá bien algo de fuerza física, chaval; por lo que he visto no vas muy sobrado.

Mara me mira preguntándose si se ha perdido algo, pero entonces Gaby da un paso al frente.

–Sois los únicos amigos que tengo aquí dentro. No voy a quedarme esperando durante días sin saber en qué estáis metidos. Yo voy.

–Gaby –se apresura a decir Mara–, no tienes por qué hacerlo. Quédate aquí, tienes a tu madre y a tu hermana pequeña.

–No, yo...

–Es mejor un grupo pequeño –digo–, Gaby, sabes que eres uno de los mejores Buscadores. ¿Crees que saldría contigo ahí fuera si no fuera así? Pero es mejor que seamos pocos para movernos rápido. Además, necesitaremos a alguien aquí dentro para organizar las cosas cuando regresemos. Isaac se pondrá hecho una furia al ver que nos hemos ido. Quiero que nos abran la verja cuando volvamos con la medicina. Y tú eres bueno negociando.

–Sí, soy bueno.

Mara le abraza. Le besa en la mejilla, con ternura.

–Espéranos, Gaby. Volveremos pronto.

–Más os vale –contesta él, ahogando las lágrimas.

Es curioso darte cuenta de qué pocas cosas son realmente tuyas. Estoy sentado en mi cama, la misma en la que he dormido durante toda mi vida, y tengo la sensación de hallarme en un cementerio. Ahí está mi ordenador, con las teclas aún requemadas por el fuego y la pantalla ennegrecida. Mi colección de cómics, a la que ya no hacía mucho caso, y soy incapaz de elegir uno solo para meterlo en la mochila. Mis juegos de la PlayStation, convertidos en objetos sin valor en un mundo en el que no hay una sola consola donde introducirlos. La guitarra que insistí en que me compraran mis padres sólo porque sabía que mi padre odiaba que la tocara, algo que en realidad yo también odiaba. Mis libros y carpetas de apuntes del instituto, perfectamente ordenados, perfectamente inútiles. Pienso en el instituto, en los amigos que dejo allí. En Julia.

Un grito de mi madre me trae de vuelta a la realidad. Meto en mi vieja mochila mis camisetas preferidas, un jersey, ropa interior y el saco de dormir de las colonias. También una linterna de esas con dinamo que no necesitan pila –y que curiosamente funciona a la perfección y me devuelve una micra de esperanza en la tecnología– y una navaja suiza que me regaló alguien el año pasado, nueva. Me pongo unos tejanos y mis Nike Air. Repaso mi cartera, llena de cosas inútiles: tarjetas de invitación a discotecas que nunca abrirán sus puertas, teléfonos de chicas a las que no puedo llamar, tarjetas para autobuses que no funcionan.

Mis padres están en la puerta de casa, observando con ojos tristes e incrédulos las ruinas de lo que ha sido su vida hasta ahora. La estantería llena de fotografías, la enorme pantalla plana, envidia de mis amigos, apagada para siempre. El sofá de piel, los cuadros, los sillones de diseño, el jarrón lleno de orquídeas muertas, retorcidas en un presagio funesto desde hace días. Y junto a eso, los testimonios mudos de lo que ha sido nuestra vida desde que la noche se iluminó: bolsas de basura acumuladas junto a la entrada, plásticos vacíos tirados de cualquier manera, latas de conserva abiertas apiladas en un rincón. Trato de imaginar cómo estará este piso dentro de un año, dentro de diez. ¿Entrarán las plantas salvajes por las ventanas? ¿Anidarán dentro las palomas cuando se revienten los vidrios de las ventanas? ¿Quedará algún rastro de que tres personas vivieron, crecieron, se quisieron y se odiaron durante años entre estas cuatro paredes?

Zack y su familia nos esperan abajo, en la calle. Han querido dejarnos unos minutos de intimidad para despedirnos de nuestra casa y nuestras posesiones. También para poner en paz nuestras mentes, incapaces aún de hacerse a la idea de lo que ha pasado. Hace apenas unos minutos, hemos tenido una conversación increíble en la cocina. Mis padres han hecho un rápido repaso a familiares y amigos íntimos, alguien con quien compartir lo que sabemos, alguien a quien dar una oportunidad. Mis abuelos maternos están pasando unos días de vacaciones a cientos de kilómetros. Mis tíos y mis primos viven al otro lado del país; imposible llegar hasta ellos. La residencia del abuelo está más cerca, a unos tres kilómetros de la ciudad, pero en la dirección opuesta a la que hemos de tomar.

El padre de Zack fue claro. Hay que caminar deprisa, habrá que ir campo a través y es posible que durmamos a la intemperie. Es un camino peligroso y si llevamos gente enferma o muy mayor podemos vernos obligados a dejarlos atrás.

–Pero es tu padre –fue el único y débil intento de mi madre de maquillar una decisión que ya estaba tomada.

–No lo estamos abandonando –replicó mi padre con su voz más conciliadora–. En la residencia tienen gente preparada, reservas de comida. Seguramente estará mejor que nosotros. Cuando todo se normalice, iremos a buscarlo.

Evitaron mirarme para que no les recordase lo que estaban haciendo. Dejar morir solo al abuelo.

El otro momento de duda llegó poco antes de salir. Mi madre no dejaba de pensar en su amiga Martha, recién separada y con tres hijos en casa.

–Estará espantada, muerta de miedo, sola con las criaturas. ¿Cómo les va a dar de comer? ¡Hemos de llevarla con nosotros!

–Tardaríamos muchas horas en llegar a su casa y traerlos aquí –razonó mi padre–. Y además, no estamos seguros de que sigan allí...

–¡Pero es mi amiga de toda la vida! ¡No puedo dejarla así!

–Si estuviéramos a punto de morir de hambre –contestó mi padre–, ¿les darías a sus hijos la comida del tuyo?

El silencio de mi madre fue suficiente para terminar con la discusión.

Echamos un último vistazo a nuestra casa. He vivido toda mi vida entre estas cuatro paredes, pero ahora, con la única luz de una vela moribunda, se me antoja un lugar extraño y hostil.

Bajamos las escaleras en silencio. Algunos vecinos han dejado velas en los rellanos, para facilitar el tránsito, pero también estas velas se agotarán pronto y la oscuridad lo invadirá todo.

A mis padres les asaltan dudas de última hora, lo leo en sus ojos inquietos, en la forma en que descienden más despacio a medida que nos acercamos al final de la escalera. Pasamos frente al piso de la señora que perdió a su marido. Se lo conté a mis padres, pero hicieron ver que no me escuchaban. Así es más fácil. Pasamos por delante de su puerta sin dedicarle ni una mirada. Casi puedo ver a los dos ancianos, sentados en el sofá, esperando que pase algo. Que aparezca alguien, que suene el teléfono, que vuelva la luz.

Estamos en el tercer piso cuando nos llega un estruendo desde abajo. Bajamos con cautela, mi padre primero. En el rellano del segundo, bajo la luz fantasmal de un candelabro que arde en el suelo, vemos a una pareja, vecinos nuestros. Su hija, no recuerdo cómo se llama pero es una chica encantadora, está acurrucada en una esquina. Sus padres intentan destrozar la cerradura de una de las puertas, él con una barra de hierro, ella con un destornillador. Hay astillas de madera por todas partes. Él nos oye llegar, se vuelve hacia nosotros con la barra en las manos, la frente sudada y cara de loco. Mi padre levanta las manos en señal de paz.

El hombre nos reconoce, trata de recobrar la compostura.

–Es esa vieja –nos dice señalando la puerta que está a punto de forzar–. Dice que no tiene agua, pero yo vi cómo entraba el chico del supermercado el pasado miércoles, y traía un montón de garrafas. No se la puede haber bebido toda ella sola.

–No hemos conseguido agua desde ayer –le apoya su mujer–, y no hay manera de que nos abra la puerta. Dice que no tiene agua, pero no es verdad. La vimos meterla.

Nos quedamos mirándoles, en silencio.

–¿Vosotros tenéis agua en esas mochilas? –pregunta el hombre.

En su tono de voz se ha operado un sutil cambio. De forma instintiva, nos agrupamos en el estrecho espacio que nos permite la escalera.

–¿Algún problema? –La voz de Richard, que llega desde el piso de abajo, nos llena de alivio.

El hombre mantiene en alto la barra de hierro, parece dudar.

–Le voy a dar agua a mi hija aunque tenga que matar a esta zorra –sentencia, antes de darnos la espalda y continuar con su tarea, como si no estuviéramos allí.

Bajamos la escalera y dejamos atrás los crujidos de la madera al romperse, los bufidos de esfuerzo de los asaltantes, porque eso es lo que son. Voy el último, y alcanzo a escuchar el crujido final de la cerradura, seguido del grito de angustia de una señora mayor.

7

Apostaría a que son las tres de la mañana. No tenemos forma de saberlo, sin relojes ni teléfonos móviles, pero recuerdo que alguien me dijo una vez que todas las cosas trágicas y secretas pasan a las tres de la mañana. Es la hora en la que los ladrones irrumpen en las casas, la hora en la que los presos se fugan, cuando se cometen los peores crímenes o se toman las decisiones más drásticas. Es la hora en la que la mayor parte de la gente está durmiendo, incluidos los que se acuestan tarde y los que se levantan temprano. Puedo imaginar perfectamente que son las tres de la mañana, mientras atravesamos el boquete que hemos practicado con nuestras cizallas en el alambre de espino, en el único punto ciego que hay desde que las ramas de la higuera interrumpieron el campo visual de la torre de vigilancia orientada al sur. Isaac siempre dice que habrá que cortarla algún día, pero nadie quiere ver reducida la ración de higos y, después de todo, hace tanto que no nos atacan...

Nos habría encantado poder coger las bicicletas, pero era demasiado aparatoso fugarse con ellas, demasiado arriesgado. Además, hemos de dejarlas para que otros Buscadores puedan seguir explorando. No queremos perjudicar a la comunidad. Sobre todo porque pensamos que, de alguna manera, volveremos pronto. ¿A dónde vamos a ir si no?

Pasamos unos segundos de angustia hasta que cruzamos el claro y nos engulle la espesura protectora del bosque. Caminamos rápido, sin hablar entre nosotros.

Pronto dejamos atrás los caminos más o menos conocidos hasta los que se aventuran de vez en cuando algunas partidas de La Granja. Las montañas que nos rodean, como vigilantes silenciosos, están ya blanqueadas con las primeras nieves. Mara se coloca a mi lado y me sonríe. Una imagen que he visto muchas veces, pero nunca como ahora.

–Tenemos unas cinco horas, como mínimo, hasta que se den cuenta de que no estamos –comento en susurros–. Quizás una o dos más hasta que organicen una patrulla para ir a buscarnos.

–A no ser que... –comienza Ray, pero le detengo con un gesto seco. A estas alturas, sé distinguir los ruidos naturales del bosque. Y lo que acabo de oír no lo es.

–Hacéis más ruido que una locomotora –dice una voz desafinada que surge de los arbustos.

El Piojo está plantado junto a un árbol, como una estatua que alguien hubiera abandonado en el bosque. Una burbuja de fresa aparece en sus labios y estalla con un «plop» apagado. Lleva un arco de poleas en las manos, con la flecha colocada en el disparador, un arma formidable que nunca le había visto antes.

–¿Qué diablos haces fuera de la granja de noche? –pregunta Ray, casi escandalizado.

Sonrío al pensar que parece su hermano mayor.

–Cosas mías. ¿Y vosotros?

Aprovecha nuestro silencio para observar bien a nuestro grupo. En cuanto ve a Mara, su boca se tuerce en una sonrisa irónica.

–Ya he oído que estás enferma. O sea que habéis decidido

pasar de las órdenes del líder y salir a buscar medicinas. Apuesto a que ha sido idea tuya, Lucas.

–Eres un genio.

–¿Y dónde pensáis encontrar la medicina esa? Porque os aseguro que no queda un sitio en el valle que yo no haya registrado.

–Precisamente –contesto.

–¿Fuera? ¿En la ciudad?

–Si es necesario llegar hasta allí, sí.

Su rostro se ilumina por un instante. Sigue serio, todo lo serio que puede estar un chaval de trece años, pero sus ojos parecen sonreír.

–Isaac enviará a alguien por vosotros. No dejará que nadie salga del valle.

–Eso ya lo veremos.

–Bueno, os acompañaré durante un tiempo –contesta, encogiendo los hombros–. Puede ser divertido. Y de todas formas –añade–, ya no hay manera de encontrar chicle en este maldito valle.

Ya ha amanecido cuando llegamos hasta los primeros coches, en la carretera comarcal que sale del valle. Siguen ahí, tal como los dejamos la última vez, con los maleteros abiertos.

–A lo mejor no hemos buscado bien. Puede que alguno de los pasajeros fuera diabético –aventura Clara.

Sé que no quiere estar aquí, pero no se despegará de Mara.

–Imposible. Hemos de encontrar una clínica o algo parecido. Seguiremos adelante.

–Y hemos visitado casi todos los pueblos –interviene el Piojo con su voz todavía demasiado aguda. Casi nos habíamos olvidado de que estaba ahí, caminando siempre unos pasos por delante del resto–. El próximo es el último que queda dentro del valle; ya lo he visitado alguna vez, aunque hace bastante tiempo. Si aquí no encontramos nada, tendríamos que ir hasta el siguiente para encontrar una clínica lo bastante grande –comenta. Ray y yo la miramos a la vez–. Fuera del valle –añade.

–Exacto. Ahí es a donde iremos.

Ray pone su mano sobre la de su chica. Clara ha recogido su mata de pelo rojo con una cinta de tela que le cruza la frente, como si fuera una aguerrida amazona, pero su mirada nerviosa delata el miedo que la atraviesa por dentro.

–Si quieres dar media vuelta...

–¿Yo sola? Ni se te ocurra.

Seguimos adelante, cada vez más deprisa, cada vez más serios. El esfuerzo de caminar por estos senderos de tierra nos mantiene en calor a pesar de la brisa fría que se ha levantado.

Atravesamos la carretera nacional, con sus esqueletos de aluminio, y proseguimos hacia el norte. Las casas abandonadas son cada vez más abundantes, hasta que cuesta decidir si has entrado en el pueblo o no. Hileras interminables de edificios unifamiliares, urbanizaciones de más o menos lujo en los años anteriores al apagón. Mi madre dice que el Apocalipsis ya había comenzado para muchos de sus habitantes años antes, cuando perdieron sus trabajos y los bancos se quedaron sus casitas con jardín y garaje privado. Ahora no son más que un enorme recordatorio de cómo era la vida. Sin luz, sin agua, sin gas, sin comida, no son más que cuevas modernas para hombres primitivos.

Los campos de cultivo están recubiertos de matojos y malas hierbas, y no pasarán muchos años más antes de que vuelvan a ser lo que fueron: bosques sin recuerdo de la actividad humana. La propia carretera está siendo reclamada por la naturaleza, y tenemos que sortear enormes grietas por las que asoman raíces y arbustos, que desgarran el asfalto con furia, como si supieran que nadie va a arrancarlas ya, que nadie va a disputarles el territorio. En unas horas llegamos al último pueblo antes de salir del valle. Cuando vinimos realizando el trayecto inverso no pasamos por aquí, pero he estado un par de veces con los Buscadores. Fue uno de los primeros en ser saqueados por los forasteros hambrientos, además de por su propia población. Las casas siguen ahí, pero las plantas entran ya por ventanas y puertas y chimeneas, poco a poco, tragándose los recuerdos de la civilización.

Nos detenemos en lo que fue la plaza principal del pueblo. Sopla una ligera brisa, y en algún lugar un portón golpea contra la pared. Frente a nosotros puedo ver un enorme concesionario de automóviles de lujo, que siguen ahí, en el escaparate, como expuestos en un museo. Nadie se molestó en romper el vidrio ni en forzar la entrada. La tienda de al lado, por el contrario, un humilde establecimiento de comestibles, tiene todas las ventanas rotas, y la persiana de metal que la protegía está arrancada y tirada a un lado, en la acera. No vale la pena entrar; esa tienda la saquearon completamente en las primeras semanas, como todas las de su estilo.

Al otro lado de la plaza está el ayuntamiento. Vuelvo a fijarme en las marcas de la pared; siempre lo hago cuando vengo aquí. Agujeros del tamaño de una moneda en el yeso, disparos, quién sabe de si un policía demasiado celoso o de civiles furiosos. La última vez que estuvimos en el pueblo lo investigamos por si acaso, pero no hay nada más que ordenadores muertos y papeles tirados por todas partes. Una ridícula bandera todavía ondea en el tejado, carente de cualquier significado.

–Aquí no vamos a encontrar nada. Vámonos.

Está atardeciendo. Nunca nos hemos alejado tanto de La Granja, ni hemos regresado de noche. No sabemos lo que nos espera de vuelta, pero sí sabemos lo que le espera a Mara si fracasamos.

Nos detenemos en lo alto de una cuesta, donde alguien había colocado con buen criterio un banco de madera para disfrutar de las vistas. La inmensidad del bosque que nos rodea es sobrecogedora.

–¿Buscamos alguna casa para pasar la noche? –pregunta Clara.

Sería lo más lógico, pero no me apetece dormir en un pueblo fantasma. Busco con la mirada a los demás.

–Aquí se está bien –dice el Piojo–, no hace frío ni viento.

–Prepararé una hoguera –añade Ray.

Me despierto intranquilo, con todo el cuerpo dolorido, justo cuando los primeros rayos de sol comienzan a filtrarse entre los árboles. He vuelto a soñar con mi vida anterior, con mi casa en la ciudad, igual que me sucedía en los primeros años en La Granja. Como siempre que me pasa, me despierto con la sensación de que en cualquier momento me llegará el olor a café y a pan tostado que me ayudaba tanto a saltar de la cama. Pero no hay café, no hay cama, no hay habitación.

Hemos dormido apretados, cabeza contra estómago. La pequeña hoguera que preparamos no es más que un montoncito de cenizas. Los sacos de dormir están empapados por el rocío, pero por suerte hemos dejado la ropa fuera, envuelta en bolsas de plástico, para mantenerla seca. La cabeza de Mara reposa sobre mis piernas, mientras que Clara y Ray forman una especie de maraña de piernas y brazos un poco más allá. El Piojo no aparece por ningún lado, hasta que se me ocurre levantar la vista y lo descubro en una rama gruesa de un árbol, atado por la cintura para no caerse.

–Venga, dormilona –le digo a Mara mientras aprovecho para acariciarle el pelo. Ella no se inmuta.

–Vamos, Mara.

Clara ya se ha levantado y se acerca, preocupada.

–Está agotada... –comienzo.

–Debe de ser por la diabetes. Creo que ahora tendría que tomar algo dulce.

–¿Y cómo lo sabes? –digo–. ¿No podría ser que no le fuera bien?

–¿Tienes una idea mejor? –contesta, enojada.

Por supuesto que no. Ojalá mi madre estuviera aquí.

–¿Caramelos? –pregunto.

–No quedan –dice Clara–. Anoche se tomó el último.

–Tengo sed –acierta a murmurar Mara.

Abro la bolsita que encontré anoche en el fondo de la mochila. Contiene semillas de algún tipo de cereal. Las miro, dudando.

–Son semillas de alholva –explica Clara–.Tu madre me las ha mostrado alguna vez cuando la he ayudado en la enfermería. ¿Te las ha dado ella?

–Las ha metido en mi mochila. Supongo que ya sabía lo que íbamos a hacer.

Mara come un par de puñados, con cierta dificultad. Le paso mi cantimplora y bebe con desesperación. No la detengo aunque se ha tragado la mitad de mi reserva.

Después de beber parece encontrarse mejor.

–¿Ahora qué? –pregunta.

–Seguimos caminando –le contesto, insuflando a mi voz todo el optimismo del que soy capaz–. Deberíamos estar cerca de la salida del valle.

–Podríamos seguir buscando en las casas, provisiones o armas –añade Ray–. Después de todo, es a lo que nos dedicamos, somos Buscadores.

–No tenemos tiempo para eso. Estoy seguro de que Isaac ha organizado una partida para capturarnos. A lo mejor se han puesto en marcha ya. Y tienen caballos. Hemos de poner tierra de por medio lo antes posible.

–Son buenos –observa Ray–. Encontrarán nuestro rastro.

Continuamos a través de más bosques, claros y prados, hasta llegar a un riachuelo que pronto se convierte en río.

–Caminemos por el agua –propone el Piojo–, eso ayudará a que los perros pierdan el rastro.

–¿Dónde has aprendido todo eso, chaval? –pregunta Ray con una media sonrisa.

–Lo vi en la tele.

Caminamos durante una buena media hora con el agua por las rodillas, tropezando en las piedras sumergidas. Las truchas pasan entre nuestras piernas. Mara maldice por no tener tiempo para pescar.

–Deberíamos parar y secarnos –comenta Clara, apoyándose siempre en Ray.

–No hay tiempo –apremio–, hemos de seguir.

–¿Quién te ha nombrado jefe, Lucas? –comenta Ray, siempre dispuesto a saltar en cuanto alguien cuestiona a su chica.

–Ray, tío –interviene Mara–, por favor, démonos prisa.

Sin mirarme, pasa a mi lado y encabeza la marcha a grandes zancadas.

Caminamos durante todo el día, sin hablar siquiera, sin detenernos. Comemos tocino ahumado y tortas de maíz. Parece que no nos sigue nadie, y hemos decidido montar un campamento algo más confortable. Mara y Ray han preparado un horno Dakota: un fuego dentro de un hoyo cavado en el suelo, alimentado por un pequeño túnel por el que llega el aire desde otro hoyo cercano. Mario nos enseñó a hacerlo, para que apenas sea visible desde el exterior. Calentamos piedras grandes dentro de ese horno natural, y después las sacamos con ayuda de dos palos y las enterramos ligeramente. A continuación nos tumbamos sobre la zona de tierra caliente encima de las piedras. La sensación del calor en la espalda y el enorme cansancio se alían para que nos durmamos enseguida.

Despierto de golpe, completamente desorientado. La tierra bajo mis costillas aún está caliente, de la hoguera sale un hilillo de humo. Puedo ver retazos de cielo entre las copas de los árboles, un cielo de un azul roto, que va clareando. Mis compañeros siguen durmiendo a mi alrededor.

Un crujido. Una ardilla, un pájaro. Cualquier cosa. El bosque está lleno de ruidos. Sin embargo, me descubro a mí mismo de pie, con la espalda contra el tronco de un abedul, el cuchillo en la mano. Respiro profundamente. Busco a Ray con la mirada y descubro que tiene los ojos abiertos. Una mano cubre el hombro de Clara, que sigue dormida, y la otra está ya en el mango de su hacha.

Un rayo de sol decide en ese momento colarse entre las copas de los árboles y plantarse en nuestro claro. Mara murmura algo, todavía dormida.

–¿Crees que nos siguen? –le pregunto a Ray. Me mira sin responder–. Vamos –insisto–, tú has pasado mucho tiempo con los Vigilantes. Ibas a ser uno de ellos. Sabes cómo piensan.

Guarda su hacha en el cinto y recoge su mochila del suelo, sin mirarme.

–Vendrán –dice–. Seis de ellos, por lo menos, seguramente dirigidos por Gregor. A caballo. Y traerán perros.

–¿Encontrarán nuestro rastro?

–Es muy posible. Puede que les hayamos despistado en el río, pero volverán a encontrarlo. A lo mejor hemos ganado un par de días.

Los demás están despiertos ya, escuchando a nuestro alrededor en silencio.

–Entonces –digo –mejor que nos pongamos en marcha.

Estamos ya más allá del límite conocido. Las montañas a nuestro alrededor parecen abrirse, invitándonos con un saludo cortés a salir al exterior. El camino es más fácil, con grandes claros y caminos de tierra amplios que se cruzan en todas direcciones. Un cartel enorme en mitad del camino nos agradece nuestra visita al parque natural y desea que volvamos pronto. Otro nos indica que mi ciudad está a cien kilómetros hacia el sur. Por un instante, vuelvo a ser un niño de catorce años, asustado y hambriento, que recorre las calles de la ciudad buscando comida y agua potable. Parece que haga una eternidad.

–Mirad –dice el Piojo, señalando a un bulto en mitad del camino.

Nos acercamos. Es una maleta de piel, de las caras, como las que usaba mi padre para ir de viaje de negocios. Está cubierta de musgo y polvo, y hasta unos pequeños champiñones han crecido en uno de los lados. Aparto todo con el cuchillo y la abro despacio.

El interior está lleno de ropa. Vestidos de mujer, tejidos

de terciopelo y seda, un par de botas de tacón altos. Ropa interior de encaje. Mara y Clara la manosean con cierto interés, que se desvanece enseguida. Los vestidos de Chanel y Dior van a parar a la cuneta, entre charcos de barro y hierbajos. Nada útil.

–Allí hay otra.

Maletas, baúles y mochilas forman un camino que asciende por la ladera a nuestra izquierda, un lugar relativamente despejado de árboles. Las abrimos todas, con una eficiencia casi profesional. Ray encuentra un par de botas, Mara se queda unos pantalones tejanos y yo unos guantes que parecen de motorista pero que serán igual de útiles para cortar madera.

–¡Joder! –masculla Ray.

Junto a una de las maletas aparece, casi oculta entre la hierba, una calavera humana.

–Estos venían de algún sitio –digo–. Seguramente de alguna urbanización de lujo, a juzgar por las ropas. Debieron de esperar durante días hasta que se les acabó la comida y decidieron salir a pie. No tardaron mucho en darse cuenta que todas esas maletas no eran más que un peso muerto.

Seguimos el curioso rastro de objetos abandonados durante horas, siempre en dirección al sur. Encontramos un sendero asfaltado que hace más cómoda la marcha.

–Bingo, Sherlock –se burla Ray–. De ahí venían.

Entre las copas de los árboles sobresale una enorme antena de televisión. Una pareja de águilas ha construido su nido en ella.

Entramos en la casa más grande. Lámparas doradas cuelgan de los techos, aunque algunas de ellas ya han sido redecoradas con la hiedra que se ha colado por las grietas de las paredes. Han reventado las puertas, y muchas ventanas tienen los cristales rotos. No somos los primeros en entrar aquí. Todos los cajones y armarios están abiertos, y el contenido, esparcido por el suelo. El sofá del salón y algunas de las sillas están destrozadas; parece que alguien la emprendió a hachazos con ellos. En un rincón hay un par de colchones y varias latas de comida vacías, oxidadas ya. Una fina capa de moho blanco cubre buena parte del suelo de madera, como una moqueta extraña y rústica que hubieran dejado a medio colocar.

–Qué asco –dice Clara.

–De todas formas, necesitamos cualquier cosa que podamos encontrar. Esto era un lugar rico, algo quedará –contesto–. Vamos a inspeccionar el resto de la casa.

Nos separamos con cautela, como hemos hecho tantas veces en nuestras salidas. En estos cuatro años, habremos revisado cientos de casas como ésta, prácticamente todas las del valle.

Parece que han respetado uno de los muebles del salón. Sobre su repisa siguen colocadas las fotografías enmarcadas de la familia, perfectamente alineadas. Una pareja madura y con expresión amable me sonríe desde una de las instantáneas. En otra se ve a una pareja más joven, en lo que parece ser una foto oficial de boda. La chica tiene los mismos ojos que su madre. Me pregunto si alguno de ellos se ha convertido ya en un montón de huesos recubiertos de musgo en la ladera.

–Se les ve muy felices.

Mara ha aparecido a mi lado como suele hacerlo, como si viniera de otra dimensión.

–¿Cómo te encuentras?

Apoya su cabeza en mi hombro durante un segundo. Suficiente para que el resto de la casa desaparezca.

–Mejor. Las semillas deben de tener algún efecto. Pero tengo un hambre terrible.

–Es por la diabetes. Mi madre me dijo que era uno de los síntomas. En fin, hace cuatro años que no veo ninguna chica gordita, será toda una experiencia.

–Tonto. –Me golpea suavemente en las costillas. Me parece una caricia–. Lucas, yo... quería darte las gracias. Gracias por hacer esto por mí.

–Mara, sabes que haría cualquier cosa por ti. Siempre lo has sabido.

Las palabras salen por su cuenta de mi boca, y no hago ningún esfuerzo por detenerlas. He sido un estúpido durante mucho tiempo, pero ahora, traspasada aquella verja, todo me parece posible.

–Siempre has sido mi mejor amigo –me interrumpe ella.

–Ya sabes que no me refiero a eso, Mara.

Se queda ahí de pie, tan cerca, mirándome sin decir nada. Daría un imperio por poder leer su mente ahora mismo. Sigue sonriendo, y no se ha apartado, está tan cerca que casi noto su aliento en mi cuello.

–¿Sabes que Víctor y yo íbamos a casarnos?

–No me gusta hablar del pasado. –Sonríe–. Sé que sois novios de toda la vida, Mara. Pero también sé que no hay nada escrito en piedra. Y que Víctor se ha quedado en La Granja, cumpliendo órdenes como un buen soldado, mientras que...

–Tú estás aquí. Lo sé. Lo tengo muy presente.

Tengo ante mí una puerta entreabierta, una puerta que ha estado cerrada durante mucho tiempo, y ahora siento que sólo necesito un empujón para abrirla.

–¿Se trata de eso, Lucas? –añade bajando la mirada–. ¿Haces esto para salvarme a cambio de algo? ¿A cambio de que tú y yo...?

Siento una especie de mareo, una confusión muy cercana al pánico. ¿Es eso lo que estoy haciendo? Lo que me parecía el acto más noble y desinteresado del mundo de repente adquiere el aspecto de algo ruin, un chantaje. Tal como lo dice ella...

–Hago esto –le digo, tratando de recobrar mi rumbo dentro de esos preciosos y agotados ojos verdes– por egoísmo. Porque no podría soportar que tú... Porque estoy harto de perderlo todo, y no estoy dispuesto a perderte a ti.

–¡Venid!

El grito de Ray resuena como un disparo a través de los pasillos oscuros. Despierto del trance, el instinto toma las riendas otra vez, y en un segundo Mara y yo corremos juntos, cuchillo en mano, preparados para todo. Coincidimos con Ray y Clara en el pasillo, frente al lavabo principal.

El Piojo está dentro, con la mirada clavada en la bañera. Los azulejos de la pared, que debían de ser de una cerámica azulada que imitaba las olas del mar, están cubiertos de hollín. Dentro de la bañera, los restos de un esqueleto ennegrecido, quemado con restos de madera. La calavera, pequeña y oscura, parece mirarnos con ironía, encantada de habernos dado un buen susto.

–Puede... puede haber sido un familiar –dice Clara, sin hablar con nadie en particular–; ya sabéis, una incineración casera, para no dejar tirado el cadáver.

–Puede ser –contesta Ray–. ¿Para qué si no?

Nos miramos, los cuatro. La casa parece ahora mucho más grande.

–Para cocinarlo –sugiere el Piojo.

Los miedos acuñados junto a la hoguera en noches interminables en La Granja acuden de golpe. Retazos de conversación de los adultos, mezclados con los discursos de Isaac para mantener unido al grupo. Leyendas modernas que se mezclan con otras muy antiguas: todo parece tomar cuerpo en este momento, en esta casa abandonada en el campo.

–Pero ¿tú crees que...? –comienza Mara.

–Larguémonos de aquí –propongo, y nadie me lleva la contraria.

Regresamos por el pasillo, esta vez todos juntos, las armas en la mano. Nuestros pies hacen un ruido al caminar sobre los cristales rotos en el que no me había fijado, pero que ahora me parece un estruendo. Una señal para alguien que esté fuera.

Volvemos al salón principal. Avanzamos despacio en dirección a la puerta. Ray se detiene de golpe. Va el primero y casi chocamos todos con él, como en un gag de dibujos animados.

–Hay alguien ahí fuera –susurra.

No soy capaz de oír nada. La puerta está cerrada, como la dejamos al entrar, pero con la cerradura reventada sólo hay que empujarla. Los ventanales que hay a ambos lados de la entrada no tienen cristales, pero sí sólidas rejas de hierro, y unas cortinas sucias y raídas que dejan pasar la luz pero nos impiden ver la calle. Una sombra cruza frente a una de ellas.

El amanecer nos alcanza cuando estamos llegando a la autopista. Aquí no hay tantos coches. El apagón llegó a una hora en la que había relativamente poco tráfico. Pasamos junto a una furgoneta medio empotrada en la parte inferior de un camión. La mitad delantera ha quedado convertida en un amasijo de hierros, y alrededor todo el suelo está lleno de cristales rotos y pedazos de carrocería. El lugar huele a gasolina.

–Pobre gente –murmura la madre de Zack.

Beth se acerca al vehículo; parece fascinada. Richard y Zack ni siquiera se han detenido y continúan carretera adelante, a varios metros ya del resto de nosotros.

–Beth, cariño... –La voz de la madre de Zack se pierde en la brisa; su hija está ya asomando la cabeza a través de lo que debía de haber sido la puerta de la furgoneta.

–Creo que hay alguien.

Un brazo pálido y delgado surge de la oscuridad y agarra a Beth por el pelo. El grito de la niña nos deja a todos paralizados.

–¡Richard! –grita su madre al tiempo que se abalanza hacia ella. Pero yo estoy más cerca.

Agarro aquel brazo fantasmal y me siento con fuerzas para partirlo en dos si hace falta, al tiempo que con mi otra mano rodeo el cuerpo frágil y menudo de Beth. La mano que la agarra se abre casi al instante, y la pequeña queda libre.

Me quedo como un idiota, aguantando el brazo que surge de la oscuridad y que ya no se me antoja una amenaza, sino algo delicado, que sigue moviéndose casi de milagro.

–Por favor... –dice una vocecilla tenue que surge del interior del amasijo de hierros.

Richard está ya a mi lado, y con gesto rápido saca su encendedor. La tenue luz de la llama me permite ver la cara de un hombre, delgado y pálido como la muerte, que me implora atrapado entre el asiento y el volante. Tiene grandes surcos oscuros alrededor de los ojos y el pelo apelmazado por algo que debe de ser sangre seca.

–Agua.

–¿No podemos sacarlo de aquí? –pregunto al padre de Zack.

Su mirada de acero es respuesta más que suficiente.

–Tiene el volante incrustado en el pecho. Es un milagro que siga con vida –comenta mi amigo, que se ha materializado a mi espalda–, sin ambulancias ni servicios médicos. La autopista debe de estar llena de casos como éste.

–Al menos démosle algo de agua –sugiero.

–No sabemos cuándo vamos a encontrar agua potable... –dice mi padre.

Richard dudaba, pero parece que la voz de mi padre le ha decidido. Se acerca al hombre y le ayuda a tomar un sorbo de agua de su cantimplora. El sonido que produce al tragar me da escalofríos.

Necesito que me empujen durante unos buenos diez metros antes de recobrar la energía para caminar. Me vuelvo de vez en cuando, para comprobar que la furgoneta ha desaparecido ya detrás de la última curva, pero aún escucho en el interior de mi cabeza la voz de aquel pobre hombre.

–Gracias –dice Beth, que por primera vez camina algo apartada de sus padres.

–¿Por qué?

–Has venido a rescatarme cuando ese hombre me ha cogido.

–Era un pobre hombre, Beth, no te habría hecho daño.

–Sí, pero eso tú no lo sabías.

Caminamos uno junto al otro, en silencio, durante unos minutos. De vez en cuando estira las cinchas de su mochila, que a una niña de su edad debe de pesarle bastante, pero no se queja.

Me dedica una fugaz sonrisa y se adelanta hasta colocarse junto a su hermano. Los dos caminan con una energía parecida a la alegría, y hablan de las cosas de las que hablan los hermanos en todos los lugares del mundo, con electricidad o sin ella.

Seguimos caminando en silencio, y me resulta imposible decidir si llevamos minutos, horas o días en esta carretera.

–Richard, tenemos que descansar –dice Gloria.

Lo cierto es que todos estamos agotados, pero la adrenalina que provoca el miedo nos mantiene en forma, de momento.

–Aquí no podemos parar –responde su marido–; está amaneciendo, dentro de poco la gente volverá a salir a la calle. Puede que muchos se hayan dado cuenta ya de lo que está sucediendo realmente y se pongan de camino al campo. Hemos de conseguir poner la máxima distancia posible entre nosotros y el resto de refugiados.

–¿Somos refugiados? –pregunto.

–¿Cómo nos llamarías, Lucas? –contesta Richard, con mirada triste–. Viajamos con lo puesto en busca de alguien que nos dé comida y refugio. Eso es lo que han hecho los refugiados en todo el mundo y en todas las épocas. Con el problema añadido de que hoy toda la población de las ciudades está en la misma situación.

Un resplandor en mitad de la autopista nos hace frenar en seco. Sin pedir permiso, dejo mi mochila en el suelo y comienzo a andar en su dirección.

–¡Esperad aquí, voy a ver qué es!

Me escondo de coche en coche, ganando metros con precaución. El corazón me va a cien por hora, una sensación a la que ya estoy acostumbrándome y que no me resulta del todo desagradable.

La luz proviene de una hoguera, que resulta ser un coche que arde en mitad de la autopista. A su alrededor hay apostado un grupo de hombres que controlan con la mirada ambas direcciones. Llevan fusiles automáticos en las manos.

Uno de ellos se acerca al coche y la luz me permite ver que viste algún tipo de uniforme. Con sigilo, vuelvo con los míos.

–Soldados –dice mi padre–. ¡Por fin! Ellos nos dirán a dónde tenemos que ir.

–No sé si es buena idea –le contesta Richard.

–Venga –interviene mi madre–, seguro que hay algún tipo de medida de emergencia en marcha, si no ¿para qué van a estar ahí parados?

–Tenemos que probar, cariño –dice Gloria, mirando a su marido.

Richard aprieta los dientes, mira a su mujer y después a sus hijos. Me fijo en que su mano derecha está apoyada en los riñones, donde la camisa oculta el revólver.

–De acuerdo. Pero dejadme hablar a mí.

–Perdona –le corta mi padre, que ha recobrado milagrosamente la seguridad–, pero creo que será mejor que hable yo; no te ofendas, pero esa gente puede mostrarse más amable si se les trata adecuadamente.

Richard le mira en silencio durante unos segundos. Mi padre es más alto y tiene esa mirada entrenada para hacer que los demás se sientan inferiores cuando hablan con él. Me pregunto si Richard está pensando en romperle la cara de un puñetazo. Sé que no le costaría nada.

–Como quieras –responde, para mi sorpresa.

Nos acercamos hacia ellos despacio, bien visibles, por el camino más recto y despejado.

Nos ven enseguida. Su primera reacción es apuntarnos con sus fusiles, y la nuestra es levantar las manos.

–¡Alto ahí! ¡Las manos donde pueda verlas!

Les hacemos caso, incluso la pequeña Beth. Me impresiona más ver a una niña de once años con las manos en alto que cualquier otra cosa.

–Acercaos despacio –ordena el que parece el jefe.

Ninguno lleva gorra ni casco, pero su uniforme de camuflaje y las armas que portan, fusiles automáticos AR-15, no dejan duda alguna de que se trata de militares.

–Sólo queremos pasar, oficial –dice mi padre, sin bajar las manos–. Verá, hemos de salir de la ciudad y como usted sabrá, no funciona ningún tipo de transporte, de forma que...

–¡Cállate! –El movimiento del cañón de su fusil de asalto acompaña la orden, tajante.

–No es un oficial –dice otro de los uniformados, enseñando los dientes con una sonrisa socarrona–, Joe es sólo un jodido cabo.

–¡A ver, documentación! –exige un tercer militar.

Éste lleva el fusil en bandolera, pero no parece menos amenazador. Los adultos les pasan sus documentos de identidad. El hombre hace ver que los examina durante unos segundos, antes de devolvérnoslos.

–Está bien. Pueden pasar, pero nos vemos obligados a revisar su equipaje.

–No llevamos armas ni nada por el estilo... –comienza mi padre.

–No es eso lo que quieren –interviene Richard.

El militar le lanza una mirada gélida, pero no responde. Dos soldados están ya sobre nuestras mochilas; las abren y sacan todo el contenido fuera. Latas de comida, linternas, sacos de dormir.

–Tenemos que requisar esto –dice el soldado, poniendo una mano enorme sobre el montón de latas de conserva.

–Mételo todo otra vez en la mochila, Morgan –le ordena otro, que acaba de aparecer. Es un hombre negro alto como una torre, y parece algo mayor que los demás. Lleva en la camisa unos galones que soy incapaz de reconocer.

–Sargento, habíamos acordado que...

El sargento se lleva la mano a la culata de la pistola. Todos los hombres de la patrulla cambian de posición en un instante, como una manada de bueyes al acercarse un león. Las miradas se cruzan, y un extraño tintineo metálico llena el aire cuando una docena de manos se mueve sobre los gatillos y las empuñaduras de las armas.

Mi padre abre la boca, dispuesto a mediar, pero la mano de Richard sobre su hombro le disuade de hacerlo.

–No llevan armas –señala el sargento con voz muy controlada–, y por si no lo has notado, viajan tres niños en este grupo. Necesitan esa comida.

–Pero habíamos dicho que...

El sargento cruza una mirada con otro de sus hombres, que levanta ligeramente el cañón de su arma. El tal Morgan, con una mueca de desprecio, deja caer la lata de conserva que tenía entre las manos, se levanta y se aleja unos pasos.

El sargento se acerca, recoge del suelo las latas de conservas, las cajas de cereales y las botellas de agua, y vuelve a meterlas en las mochilas. Luego las cierra y se las da a Richard.

Nadie da las gracias, nadie dice una palabra. Los militares se miran unos a otros. Morgan y otros dos hombres murmuran algo y lanzan miradas terroríficas hacia nuestro pequeño grupo. Me apresuro a recoger mi mochila, después de que Richard me la alcance en silencio.

–Vienen más civiles –interviene un soldado que estaba situado un poco más lejos, en mitad de la carretera.

Para mi inmenso alivio, el grupo de militares parece perder el interés en nosotros.

–Vámonos –nos apremia Richard.

–Escuche... –El soldado que ha ayudado al sargento se acerca a nosotros. Parece un hombre mayor, pero al acercarse puedo ver su rostro rubio lleno de pecas y sus ojos azules, y descubro que no debe tener más de veinte años. Se coloca el fusil en bandolera por detrás de la espalda, como si quisiera tranquilizarnos. Su mirada se cruza con la de la pequeña Beth, acurrucada junto a su madre, y el hombre la desvía con expresión de tristeza–. Eviten la carretera principal –nos indica el militar–; parece que hay miles de personas atrapadas allí, gente de todas partes del país a la que le pilló el apagón en la carretera, y ya ha habido problemas. Hay grupos criminales que se dedican a atacar a la gente, sobre todo por la noche.

–Sabemos cuidarnos, gracias –contesta con frialdad Richard.

–Ya, lo digo por las mujeres y los niños. Antes de llegar aquí estuvimos destinados en la prisión federal. Todos los presos habían escapado. Por lo visto los guardias se marcharon a casa y les dejaron puertas abiertas, así de sencillo.

–Pero ¿cómo es posible? –pregunta Gloria.

–Era eso o dejarlos morir de hambre, señora. Procedieron así en toda la prisión, menos en uno de los pabellones, donde estaban los más peligrosos. Algún guardia pensó que era mejor cumplir la condena por la vía rápida. Había más de una docena acribillada en sus celdas.

–Una salvajada –contesta la madre de Zack.

–Sí, señora. Pero ahora mismo no podría decir cuál fue la decisión más acertada.

–¿Y ustedes no pueden hacer nada, por amor de Dios? –replica ella.

–Hace tres días que dejamos la base. Nuestras últimas instrucciones, después de lo de la cárcel, fueron montar este puesto de control en la entrada de la ciudad. Las órdenes las trajo un soldado a caballo, como en la época de Custer, ¿puede imaginarlo?

–Usted no sabe lo que está pasando ahí dentro –intervengo–. La gente se está muriendo en las calles. ¡Nos hemos quedado sin agua ni comida!

–Lo sé –contesta el militar.

El sargento, unos metros más allá, le dedica una mirada de apremio.

–Más de la mitad de mi compañía ha desertado –continúa el soldado, bajando la voz–. Se han ido a casa. Yo tampoco tengo ni idea de cómo están mis padres o mis hermanos. Unos cuantos que vivimos en el sur estamos hablando de largarnos juntos. Si aún no lo hemos hecho... –mira de reojo a sus compañeros– es porque el sargento sabe que hay algunos que en cuanto se queden solos se dedicarán a asaltar a los civiles. Si no llegan pronto órdenes, no habrá nada que podamos hacer para evitarlo.

–¿Quiere decir que hay soldados que roban a la gente? –pregunto.

Mi madre me aprieta el brazo para hacerme callar, pero el soldado no parece ofendido.

–No todos. Pero cuando las cosas se ponen así, lo único que se respeta es esto –dice, palmeando la culata de su fusil automático.

Nos alejamos de la autopista, para evitar nuevos encuentros con militares, policías o bandas de saqueadores. Parece ser que la única diferencia entre ellos es el tipo de armas que llevan. Caminamos rápido, en silencio, mientras atravesamos las afueras de la ciudad. Pasamos frente a una gasolinera defendida por una veintena de hombres armados con palos y cuchillos, decididos a proteger su botín de pastelillos y latas de refresco. Pasamos de largo también las grandes naves industriales, casas de muebles, fábricas de cemento, todos ellos edificios muertos, cerrados a cal y canto. De vez en cuando vemos otros grupos de caminantes con aspecto de haber salido de la ciudad, pequeñas manadas migratorias, la avanzadilla de lo que será la gran masa de desesperados. Nos miramos los unos a los otros con desconfianza y miedo, sin saber muy bien si acercarnos a suplicar ayuda o echar a correr por miedo a que nos quiten lo poco que tenemos.

8

–La puerta, Ray –susurro, mientras le indico el sofá desvencijado.

Nos lanzamos como uno solo hacia el mueble. Con un gruñido, sin importarnos ya hacer ruido, lo empujamos hacia la puerta. Pesa una tonelada, pero es un peso que me reconforta a pesar de que los tendones de mis brazos parecen arder por el esfuerzo. Lo colocamos frente a la puerta apenas una décima de segundo antes de que alguien intente abrirla desde fuera. Ray y yo nos quedamos medio estirados en el suelo, sumando nuestro peso al del sofá. El grito de rabia que llega de fuera hace que se me erice el vello de la nuca.

Después, nada.

–¡La puerta de atrás! –grita Mara, al tiempo que sale disparada hacia la cocina.

–¡Espera! –grito.

–¡Ve! –dice Ray–. ¡Yo aguanto esto!

Entro corriendo en la cocina, justo a tiempo de ver una sombra a través del cristal traslúcido de la puerta que da al exterior.

Aferro el cuchillo de caza con tanta fuerza que la mano se me pone blanca. Recuerdo los consejos de Mario, meses atrás, cuando insistió en que asistiera a los cursos de defensa que estaba dando a los nuevos Vigilantes. En un combate a cuchillo, decía, hay que recordar dos cosas. Una, que el cuchillo no es tu única arma: sigues teniendo pies y brazos. Dos, que siempre has de estar dispuesto a recibir algún corte.

La puerta se abre de golpe y una figura ocupa todo el espacio frente a mí. Tiene el sol a la espalda, y apenas puedo ver una sombra, pero el destello del objeto que empuña es inconfundible. Una escopeta de dos cañones, que apunta directamente a mi pecho. Imposible escapar.

–Tranquilo, Lucas –dice la sombra.

Me doy cuenta de que llevo un rato sin respirar.

Rober es un tipo antipático. De esos que no te miran cuando les saludas, a los que jamás se te ocurriría pedirles un favor. Una de esas personas a las que no les gustan los niños, ni los perros ni los vecinos. Estar encerrado con él durante cuatro años, incluso con dos centenares de personas más, ha sido una de las peores consecuencias del apagón. Sin embargo, como suele suceder, sólo necesitaba una oportunidad para darse a conocer.

Está sentado en los escalones. Nosotros permanecemos en el suelo, alrededor del recién llegado. Ha dejado su escopeta a un lado y parece tan relajado como cuando tocaba su harmónica en las tardes de verano, después de la cosecha.

–¿O sea que no nos vas a entregar? –pregunta Clara otra vez.

No acaba de creérselo.

–No, hija. He dejado a los demás a un día de distancia, hacia el sur. Os perdimos la pista en el río, pero los perros volvieron a encontrarla hace un par de días. Los otros saben que soy el mejor rastreador, y no se equivocan. Por eso me han permitido adelantarme.

–¿Crees que nos alcanzarán? –pregunto.

–Gregor es un idiota. Antes del apagón se dedicaba a recorrer los caminos, poner multas a los incautos y pavonearse delante de las chicas del pueblo. No tiene lo que hay que tener para moverse por el bosque. Pero van otros con él. Ryan. Tom. Víctor.

Todos nos volvemos hacia Mara.

–No he tenido ocasión de hablar con él a solas, Mara –añade Rober–. Pero estoy seguro de que se ha apuntado a la patrulla para cuidar de que no te pase nada.

Mara esquiva su mirada.

–¿Qué piensas hacer? –pregunto. Quiero cambiar de tema, no quiero oírle hablar de él.

–Seguiré con vosotros un poco más y os ayudaré a despistarles. Si podemos cruzar un río o un pantano lo bastante grande, los perros perderán la pista otra vez.

–Vamos a la ciudad –le informo–, allí es donde podremos encontrar la insulina.

–No voy a acompañaros tan lejos, muchacho. Dejaré pasar un par de días y me reuniré con la patrulla. Diré que me habéis despistado y, con un poco de suerte, les convenceré de que regresemos a La Granja.

–No lo entiendo –interviene Ray–. ¿Para qué os han enviado? Deben de saber que no van a convencernos para que volvamos sin la medicina de Mara.

Rober se incorpora, haciendo un esfuerzo. Un peso invisible encorva sus hombros.

–Mirad, sé que puede parecer una locura, pero tengo que decíroslo. Las órdenes de Isaac son muy claras. Teníamos que encontraros y convenceros de regresar, por las buenas o por las malas. Y si no podíamos, entonces teníamos que evitar como fuera que informaseis de la existencia de La Granja.

–¿Como fuera? –pregunta Clara–. ¿Qué quieres decir?

Pero está claro que al viejo Rober no le vamos a sacar una palabra más.

Ha empezado a llover, y estamos calados hasta los huesos. Rober dice que eso es bueno, que mantendrá alejados a los perros de nuestro rastro, pero lo cierto es que nos sentimos miserables. Hace muchas horas que no comemos y el frío y el cansancio comienzan a volvernos más lentos, menos astutos. Somos máquinas que se van oxidando.

El Piojo camina por su cuenta, a varios metros del perímetro de nuestro grupo, pero nunca demasiado lejos de Clara. Es una especie de sombra que se entrevé a través de los árboles, un fantasma de película japonesa de esas que me daban tanto miedo de pequeño. Pero sé que mientras esté ahí, con su arco, estamos más seguros. Rober va en cabeza, cubierto con su capelina impermeable. De vez en cuando, el viento nos trae el eco de las conversaciones acaloradas que mantiene consigo mismo.

Clara y Ray le siguen, muy juntos. Él mantiene su porte de jugador de fútbol, y parece que las dos mochilas que lleva no le pesen nada. A menudo Clara se apoya en su brazo para mantener el ritmo de la marcha. De vez en cuando vuelve su cabeza para echar un vistazo a la retaguardia, es decir, a mí y a Mara. Me veo obligado cada vez más a menudo a detenerme para que ella siga mi paso. Sonríe y me da palmadas en el hombro, como cuando corríamos entre los coches en nuestras patrullas, pero ahora puedo leer el cansancio en sus ojos. Y algo mucho peor: el miedo.

–¿Crees que serían capaces de ello? ¿De dispararnos antes de permitir que siguiéramos nuestro camino?

–Dímelo tú. Tu novio es uno de los que nos persiguen.

–Eso no es justo. Ya has oído a Rober. Además, Víctor no es mi novio.

–Venga, Mara. Estabais a punto de casaros, o como quiera que llames a la ceremonia esa que hace Isaac.

–Todavía no le había dado el sí. No es tan sencillo.

–Pues él lo tenía muy claro. Me lo dijo el mismo día en que escapamos, después de la asamblea.

–Espera un momento, ¡os peleasteis! ¡Fuiste tú quien le dejó los nudillos hechos una porquería!

–Ésa fue más bien cosa de la pared del castillo. Pero sí, tuvimos un encontronazo. Ray estaba allí y la cosa no fue a más.

Seguimos caminando en silencio durante unos minutos. Ha dejado de llover y rayos de sol cálidos y amables se cuelan entre las copas de los pinos.

–¿Y por qué fue a por ti? ¿Le dijiste algo?

–No hace falta decir nada. –Me detengo, es necesario mirarla a los ojos para continuar–. Él sabía lo que yo sentía por ti. Y tú también.

No lo niega.

–¿Y por qué no dijiste nunca nada, chico de ciudad? No será que no hayamos estado nunca a solas...

–No me apetecía que me rechazaras.

–O sea que el intrépido Lucas, el líder de los Buscadores, ha terminado siendo un cobarde...

Lo dice sonriendo, con los ojos y con la comisura de sus labios.

–Tenía mucho que perder. Tú y yo éramos un equipo, Mara, el mejor. Ahí fuera, en las carreteras, no había nadie más de quien me fiara para cubrirme las espaldas.

–Bueno, eso es cierto, no puedo negarlo.

–Y no sólo eso. No es sólo que seas buena, es que ésa es la única parte de mi vida en La Granja de la que he disfrutado. El resto del tiempo me he sentido como uno de esos becerros que tenemos en el corral, que se limitan a comer y dormir, o a ver cómo mis padres se odiaban cada día un poco más. Nuestras salidas eran lo único que tenía, Mara, y no quería ponerlas en peligro. Sobre todo porque sabía muy bien que tenía las de perder.

–Los chicos creéis que lo sabéis todo. Creéis que sabéis lo que pensamos, lo que sentimos. Lo que necesitamos.

–Tú y Víctor...

–Nos conocemos desde niños. Nos hicimos novios en primaria, nuestras familias eran vecinas y amigas desde hace generaciones.

–Y...

–Bueno, en primaria no te conocía a ti.

Mi brazo se ciñe en torno a su cintura, un gesto soñado un millón de veces y apartado de mi cabeza otras tantas.

–Mara...

Nos besamos. Con cautela al principio, como si estuviera acariciando con mis labios algo frágil y precioso. Después con hambre, con una ansiedad reprimida durante meses. Mi cuerpo se aprieta contra el suyo, y todo desaparece: el bosque, los amigos, el mundo desconocido fuera del valle, el peligro. Dura un instante, hasta que su estremecimiento se transforma en un temblor extraño y ella parece apartarse de mí. Abro los ojos; tengo la cabeza hundida entre sus rizos rubios, que huelen a campo.

–Perdona... –No sé qué diablos decir.

–No, no eres tú... es sólo que...

De repente su cuerpo es un peso muerto entre mis brazos,

algo frágil sin energía propia. Muy suavemente, la acuesto sobre la hierba. Me saco la chaqueta, la enrollo a modo de almohada y la coloco bajo su cabeza. Sigue temblando, y yo también.

–Aparta, Romeo. –La mano de Clara me empuja a un lado. Se arrodilla junto a su amiga, le toma el pulso, calcula su temperatura con un beso en la frente–. ¿No ves que está débil? ¿No has encontrado otro momento mejor para declararte?

–No, si yo...

De alguna manera están todos aquí. Clara, Ray, Rober.

Clara extrae algún tipo de fruta de su zamarra. Unos frutos azules, parecidos a los arándanos, que obliga a su amiga a masticar. Después le acerca la cantimplora. Mara bebe en silencio, con ansia. No nos queda mucha agua, pero nadie la detiene.

–Tengo hambre –dice, forzándose a sonreír, mientras se limpia la boca con la manga.

–Eso no puede ser mala señal, ¿verdad?

–¿Dónde está el Piojo? –pregunto.

El chaval aparece entre los arbustos, silencioso y rápido como un animal salvaje.

–Malas noticias –dice–, nos hemos perdido.

–No podemos estar más de tres o cuatro kilómetros al este de la carretera nacional –contesto–; sigamos hacia el este y llegaremos al mar. Desde ahí será fácil bajar sin perdernos por la costa hasta la ciudad.

–Puede ser –interviene Rober–, pero ahora mismo nos encontramos en un territorio totalmente desconocido. No tenemos ni idea de cómo han ido las cosas por aquí en estos cuatro años.

–¿No es extraño que no hayamos visto más gente? –pregunta Ray–. No estamos tan lejos de las zonas habitadas, y la gente debería andar por el bosque para cazar y recoger frutos, como hacemos nosotros.

–En cuatro años pueden pasar muchas cosas –contesta Rober, con aire cansado.

–Está bien, chavales, vamos a hacer lo siguiente. Montaremos aquí un campamento, cazaremos algo y partiremos hacia el este al alba, si Mara se encuentra mejor.

–¿Y si no? –pregunta Clara, desconfiada.

–Estaré mejor –contesta Mara, y me dedica una sonrisa que aleja de un plumazo el frío de la noche que ya está cayendo.

El fuego ilumina con su luz naranja nuestras caras adormecidas. Ray se ha ofrecido a hacer la primera guardia, y puedo ver su figura encima de una roca, como una estatua en honor a algún dios vikingo, hacha en mano, mirada atenta, envuelto en una raída manta de tela que a buen seguro no le protege del frío. Clara ha aprovechado su soledad para juntarse a Mara, compartir su calor y asegurarse de paso que su amiga no vuelve a tener un ataque. Rober duerme apoyado entre las ramas de un abedul, abrazado a su escopeta con un gesto tan familiar que me pregunto si también duerme así en casa, con el arma entre las manos, desde que perdió a su mujer.

El Piojo, como siempre, está despierto. En la penumbra, y sin sus cuchillos entre las manos, vuelve a parecer lo que es: un niño de trece años. Juguetea con una ramita que va introduciendo entre las brasas de la hoguera. Me siento a su lado.

–Yo tampoco puedo dormir.

Se encoge de hombros.

–Piojo...

–¿Qué?

–¿Cómo te llamas? Tu nombre de verdad, quiero decir.

Me mira, con aire precavido.

–¿No querrás burlarte de mí, verdad? –Niego con la cabeza–. Hace mucho tiempo que nadie se burla de mí.

Asiento. Desde que le cortó un dedo al hijo de Joseph. Recuerdo el incidente. El Piojo se libró con dos semanas encerrado en el castillo, y nadie volvió a reírse de él. El fuego crepita, algún animal aúlla en un lugar lejano.

–Kevin –dice finalmente. Yo vuelvo a asentir–. No lo sabe mucha gente. ¿Sabes por qué?

–No.

–Nadie me lo pregunta.

–¿Por qué siempre vas por tu cuenta, Kevin? En la granja todos son como una tribu, ya me entiendes.

–¡Qué remedio!

Reímos hasta que se da cuenta de lo que está haciendo y vuelve a ponerse la máscara.

–Quiero decir que en la granja todos son primos, o vecinos, o parientes de algún tipo. Tú has estado en el valle toda tu vida, pero parece que acabes de bajar de las montañas.

–Tienes razón.

–Has debido de pasarlo muy mal.

Se levanta la camiseta. Su cuerpo delgado, pálido y pequeño tiene varias cicatrices. Me señala una, enorme, que le cruza desde las costillas hasta el riñón.

–Eso fue un salvaje, cuando aún andaban por el valle a ver si robaban algo. Me topé con él en un pasillo, dentro de una casa. Me atacó con un pedazo de cristal. No sé si lo maté.

Después se sube la pernera del pantalón. Otra cicatriz le cruza el muslo, por encima de la rodilla. Es ancha y fea, con marcas viejas de puntos de costura.

–Esto fue un perro, en la carretera. Me pasé un mes con fiebre, y la infección casi me mata.

Mara se remueve inquieta en su sueño. Clara la abraza, sin abrir los ojos. Los ronquidos de Rober se imponen como música de fondo de la escena. En su pedestal, Ray cambia ligeramente de posición, y la luz de la luna se refleja en el filo de su hacha.

–¿Y ésa? –pregunto señalando a la fea cicatriz que asoma por debajo del pañuelo que lleva al cuello. Es una marca ancha, irregular, como la gráfica de un terremoto.

Se ajusta el pañuelo para que no se vea.

–De ésa no me acuerdo. Era pequeño.

Recuerdo una conversación entre mi madre y Berta, hace mucho tiempo, cuando oí hablar por primera vez del Piojo. Berta le encontró solo, en casa de sus padres. Los dos llevaban días muertos, después de un asalto a la casa. El Piojo, Kevin, estaba medio muerto.

–¿No te acuerdas de quién te hirió?

–Para nada. Ya te digo que era pequeño.

Una tapa de lata de conservas, eso fue lo que utilizó. Recuerdo las palabras de Berta, medio susurradas, como si fuera ahora. Es posible que de veras no recuerde nada.

–¿Qué pasó después?

–Berta, la maestra, se pasaba por casa de cada uno de sus alumnos. Me recogió, me curó y me llevó a La Granja.

–¿Por qué no te quedaste con ella?

–Berta es buena mujer. También la señora Calloway. Pero no necesito otros padres. Tuve unos pero me los quitaron. Nadie volverá a quitarme nada nunca más.

–Puedo entenderte, Kevin. Pero estás equivocado.

–Lo que tú digas.

–Dices que Berta te recogió. La gente de La Granja te dio un lugar para vivir. Tus padres no están, Piojo, pero el amor de otras personas te salvó la vida. ¿Quieres mi consejo? No bajes la guardia, pero no te alejes demasiado de los demás. Necesitamos a los demás.

–¡Bah! ¡Habla por ti!

Se levanta, enojado. Coge una rama gruesa y la deja caer en mitad de la hoguera, que empezaba a languidecer. La rama está llena de hojas secas, y el fuego se reaviva de golpe. Entonces los veo.

Brillando, en la oscuridad. Puntitos de luz, a pares, todo alrededor de nuestro campamento.

El Piojo también los ha visto. Se mueve muy despacio ahora, camina hacia atrás como un cangrejo. Con la punta del pie, golpea a Rober en las costillas. El hombre se despierta enseguida, mira a su alrededor y comienza a incorporarse, muy despacio.

Los puntos de luz se mueven también. Ahora podemos oír un ronroneo muy suave, la respiración de una docena de animales, que se vuelve más intensa a medida que se incrementa la excitación de la caza.

Me arrodillo junto a Mara. Ella abre los ojos cuando acaricio su mejilla.

–Perros –susurro junto a su oído–. Manteneos cerca del fuego.

Ray sigue sobre la piedra, a unos tres metros de distancia. No se ha dado cuenta de nada, con la mirada perdida en la espesura que se extiende frente a él.

–¿Cuántos? –pregunta Rober en una voz tan baja y ronca que la confundo con el gruñido de los perros.

–Ni idea –contesto. Pero nunca se mueven en grupos de menos de quince o veinte.

El Piojo echa un nuevo tronco a la hoguera. Esta vez, el resplandor de las llamas ilumina los animales. Están más cerca.

Puedo ver hocicos llenos de cicatrices, orejas medio arrancadas en peleas eternas en los bosques o en los suburbios abandonados. Cuerpos de pelaje pardo sucio y enmarañado. Sus ojos, brillantes y húmedos por el hambre, son los de unos animales que hace tiempo que han perdido todo recuerdo de convivencia con los humanos. Las mascotas más dulces y sumisas han sido todas devoradas ya. Han sobrevivido los más fuertes, los más salvajes. Los más aptos para la caza.

–¡Ray! –grita Clara.

Los animales reaccionan, abren las fauces, se forma un coro de rugidos. Ray sigue en lo alto de su roca, ahora en pie con un hacha en cada mano.

–No te muevas de ahí –le digo–, estás más seguro sobre la roca.

–Puede que yo sí –contesta–, pero Clara no.

Da un salto prodigioso y se planta a menos de dos metros de nosotros. Un perro enorme, de largo pelo marrón oscuro, se abalanza sobre él. Ray lo derriba de un hachazo. Una fuente carmesí esparce sesos del animal por la explanada.

Los demás perros se lanzan al ataque como uno solo. El escopetazo de Rober, con los dos cañones abriendo fuego de forma simultánea, se sobrepone a cualquier otro sonido. El olor a pólvora quemada me abrasa la nariz, y apenas puedo ver nada hasta que la nube de humo se disipa. Dos perros se retuercen en el suelo, con múltiples perdigonadas por todo el cuerpo. Los demás han retrocedido ante el disparo, pero se reagrupan rápidamente y saltan ya por encima de los cuerpos moribundos de sus compañeros de manada para lanzarse sobre nosotros.

El Piojo se interpone entre ellos y las chicas, y los mantiene a raya con una improvisada antorcha que ha formado con una rama extraída de la hoguera.

–¡Corred! –grita Rober, al tiempo que recarga su escopeta–. ¡Corred, yo los contengo!

–¡No! –le contesto–. Es mejor pelear juntos; si nos pillan separados por el bosque estamos perdidos.

Por toda respuesta, Rober levanta la escopeta y dispara otra vez. Un animal enorme, moteado, se retuerce en el aire en pleno salto y cae hacia atrás en medio de una nube de humo y sangre.

Mara y Clara se defienden de otro grupo de tres perros que las ha acorralado contra un árbol. Mara aún está débil, de otra forma ya habría acabado con alguno de los animales como la he visto hacer tantas veces. Pero ahora lucha por mantener el equilibrio y no perder la cara a sus atacantes, y es Clara la que los mantiene a raya con una gruesa rama que blande como un garrote. Me lanzo en su ayuda y veo a Ray haciendo lo mismo desde otro lado, hasta que una enorme bola de pelo negro salta sobre él y ambos desaparecen tras los matorrales, más allá de donde la luz de la hoguera delimita el campo de batalla.

–¡Raaaayyy! –grita Clara.

En ese momento llego a su posición. Mi machete se hunde hasta la empuñadura en el cuello de uno de los perros, consigo sacarlo justo a tiempo de lanzar un golpe que corta alguna parte del cuerpo del siguiente, y de una patada alejo al tercero, que estaba ya hincando las fauces en la pernera de mi pantalón.

–¡Vienen por todas partes! –grita el Piojo–. ¡Hay que ir hasta el bosque y buscar algún árbol lo bastante grande!

Parece un plan absurdo, más digno de una banda de gatos asustados que de humanos capaces de pensar estrategias. Pero el pánico amenaza con invadirnos del todo, y hay que tomar una decisión.

–¡Voy por Ray! –grito–. ¡Los demás, agrupaos, y salimos de aquí pitando!

Más que avanzar, me tambaleo en dirección a donde ha caído Ray. Tropiezo con ramas, rocas y cadáveres agonizantes de perro, hasta que casi me doy de bruces con una figura sólida como un roble.

–¿Lo has matado? –pregunto entre jadeos.

–Sí –contesta Ray–, pero me he clavado algo al caer. Me he rajado medio brazo... ¡Mierda, si al menos pudiera ver bien!

Volvemos corriendo con los demás, que nos esperan agrupados. No les pierden la cara a los perros, que ladran y gruñen a pocos metros del grupo, esperando el momento de volver a saltar.

–¡Vamos! –grito, cogiendo a Mara del brazo.

Por un momento nuestras cabezas se juntan, puedo ver las gotas de sudor que resbalan por su piel pálida bajo la luz de la luna. Con un leve gesto de asentimiento trata de asegurarme que está bien.

Un chasquido metálico nos informa de que Rober ha vuelto a cargar su escopeta.

–¡Salid de aquí!

–No vamos a dejar a nadie atrás –le contesto.

–Escúchame, Lucas. –El viejo habla de repente muy tranquilo, como si estuviera contándome una historia junto al fuego de la cocina, en La Granja–. Gregor y los suyos no pueden estar muy lejos de aquí. Seguro que han oído los disparos y puede que ya hayan visto el resplandor de la hoguera. Sólo tengo que mantener a estos bichos a raya un poco más, hasta que lleguen ellos. A vosotros no pueden encontraros.

–Rober –le digo–, no tienes ni idea de dónde están los de La Granja. Ni de cuánto tardarán. Vamos a retirarnos juntos, poco a poco, hasta...

–¡NO! Nos cazarán por la espalda. Tenéis que marcharos ahora. Tienen miedo de la escopeta y no se atreverán a seguiros mientras yo esté aquí.

Miro a mi alrededor. Mara está agarrada a mi brazo, sudando y a la vez temblando de frío. Ray trata de proteger a Clara con su cuerpo, pero incluso en la penumbra veo que no mueve su brazo izquierdo, y la camisa está oscura, empapada de algo que sólo puede ser sangre. El Piojo se mueve nervioso, con la antorcha en una mano, un cuchillo en la otra y el arco y flechas a la espalda, y parece estar a punto de salir disparado en cualquier momento para perderse él solo en el bosque.

No hacen falta más palabras. Corremos; somos un rebaño de ovejas a las que persigue el lobo. Correr por el bosque de noche es una locura. Tropezamos con raíces de árboles, mientras que las ramas bajas y los arbustos espinosos nos hacen trizas la ropa y la piel. Escuchamos dos disparos más detrás de nosotros, el grito de rabia de Rober y los aullidos de animales a los que el hambre ha enloquecido. Ray gime de dolor y sólo puedo pensar en el rastro de sangre que deja tras nosotros, una pista perfecta. El Piojo, que corre en cabeza del grupo, arroja a un lado su rama ardiente, y por unos segundos la oscuridad se apodera del paisaje y dejo de verle.

–¡Parad! ¡Parad! –grita Clara.

Se tambalea bajo el peso de su novio, que ha pasado de ser la fuerza que la arrastraba a convertirse en un lastre insoportable. Ray tiene las dos rodillas clavadas en tierra y ha dejado caer su hacha. Mara aprovecha el momento para derrumbarse sobre el tronco de un árbol caído. El Piojo no aparece por ningún lado. Si llegan los perros ahora, seremos una cena fácil.

–Ray, venga hombre. Tienes que hacer un esfuerzo.

Lo sacudo por los hombros, y las manos me quedan empapadas en sangre.

–Estoy acabado, ¿no lo ves? –responde en voz baja–. No puedo mover el brazo, y las piernas me pesan como si fueran de plomo. ¿Cuánta sangre he perdido?

–Hay que seguir, no hay opción.

–Llévate a las chicas –responde, sin importarle ya que Clara le esté escuchando–. Llévatelas y procura no perder de vista al Piojo, es el único capaz de salir de aquí.

–Ray, no pienso...

Una sombra pasa frente a nosotros, entre los árboles. Una mancha, un borrón de movimiento en la penumbra.

–Ya están aquí.

–¿Y Rober?... –La voz de Clara es apenas un susurro, mezclado con llanto contenido.

–Formad un círculo con Ray en el centro –ordeno, sin saber de dónde salen las palabras–. Gritad y haced todo el ruido que podáis. Al menos, que no nos caigan encima por la espalda.

Un arbusto grande que queda justo a mi derecha se agita con violencia. Las ramas se abren y una figura sale del mismo centro, directa hacia mí. Detengo el cuchillo justo a tiempo.

Sucio y en la penumbra, el Piojo no se diferencia mucho de los perros.

–¡Por aquí! –grita con su voz de medio hombre. Y le seguimos.

Ignoramos los ladridos y el ruido de las patas sobre la hojarasca, que va en aumento a nuestro alrededor, mientras atravesamos los arbustos sin apenas ver a dónde nos dirigimos. Ray, apoyado en Clara y en mí, ha conseguido ponerse en pie de nuevo. El Piojo se detiene para apartar a un lado una rama. Le ayudo y compruebo que es una especie de puerta, hecha con troncos unidos con alambre. Forma parte de una empalizada, maderos rematados con alambre de espino, que se pierde en la oscuridad a ambos lados.

–¿Una granja? –pregunto en voz alta sin saber a quién.

El Piojo se encoge de hombros, cierra la improvisada puerta tras nosotros y continúa a través de un pequeño sendero que sólo él puede ver. Empujo a Ray con todas mis fuerzas, con ayuda de Clara. Mara tiene bastante con mantenerse en pie.

La luz de la luna decide echarnos una mano e ilumina la casa. De otra forma, podríamos haber pasado junto a ella sin verla.

Es grande, de paredes de piedra y tejado de pizarra, con un edificio anexo en forma de corral, muy parecido al de la Casa Grande. Alrededor, el terreno es de hierba bien cuidada, casi diría que segada hace poco, si eso fuera posible en un mundo donde ya no hay máquinas de cortar césped.

Un gruñido detrás de nosotros. Me vuelvo a tiempo de ver tres formas oscuras que saltan por encima del alambre de espino.

–¡Corred! –grito, pero ya no tenemos fuerzas más que

para tropezar unos con otros; somos payasos con zapatos enormes haciendo el tonto en la pista sin que nadie se ría.

La puerta principal de la casa, bien protegida con una verja de hierro de aspecto formidable, no resulta nada prometedora, pero no tenemos otro lugar al que dirigirnos.

–Nos alcanzarán antes de que lleguemos –dice Clara, resaltando lo obvio.

Faltan al menos veinte metros hasta la casa, y los perros están a menos de diez de nuestras espaldas.

En ese momento se abre una especie de portezuela, situada justo al lado de la puerta y que resultaba invisible hasta ahora. De ella emerge, como un cohete, otro perro, un enorme animal de pelo corto y color negro, que más parece un felino que un miembro de su especie. Se detiene durante un segundo frente a nosotros, mostrándonos los dientes, pero enseguida se lanza contra los perros que nos persiguen. Un ensordecedor ruido de batalla entre animales llena el aire.

–¡Ahora! ¡Entremos!

Nos abalanzamos sobre la portezuela por la que ha salido el perro. La puerta tiene algún tipo de mecanismo y ha comenzado a cerrarse, pero consigo detenerla poniendo el pie en el último segundo. El Piojo entra como una exhalación, casi sin agacharse, y a continuación pasan Clara y Ray. Le doy la mano a Mara para ayudarla a entrar, y la siento fría y frágil.

–Ánimo...

De pronto noto el silencio. Levanto la mirada a tiempo de ver cómo el perro que ha salido de la casa ha ahuyentado ya a los otros y viene derecho a por mí.

Mara entra, y yo tengo el tiempo justo de seguirla y cerrar la portezuela. Los ladridos enfurecidos del animal que se ha quedado fuera resuenan contra el metal.

El interior de la casa es oscuro y frío, como es normal, pero hay algo distinto aquí. Algo en el aire que al principio no acabo de identificar. Nos encontramos en una especie de salón, que podemos entrever gracias a los débiles rayos de luz plateada que se filtran por las ventanas.

Mara también lo ha notado. Juntos, hemos entrado en cientos de casas abandonadas durante los últimos años. Ésta es distinta.

Avanzo despacio, mientras tanteo la pared con las manos para orientarme. Mis dedos acarician el marco de un cuadro, el borde de un estante, los lomos de libros bien encuadernados. Acaricio un interruptor.

Y se enciende la luz.

Me aparto un poco para dejar sitio a Zack y él se sienta a mi lado, casi oculto dentro del abrigo que lleva puesto, uno de los gruesos anoraks viejos de su padre.

–No te he dado las gracias, tío –le digo, como si fuera lo más natural del mundo.

–De nada –sonríe.

Miro alrededor. Siempre me ha dado miedo el bosque de noche, pero ahora el no ver a nadie me proporciona una sensación de seguridad. Algo revolotea sobre nuestras cabezas.

–Murciélagos –dice Zack.

–Qué asco de bichos.

Dejamos pasar unos minutos. La tensión de los dos días anteriores se cobra su precio y nuestros cuerpos, a pesar del miedo, se relajan. Es ahora cuando noto el dolor de los pies hinchados, de las marcas que ha dejado la mochila en mi espalda, de los cientos de picaduras de mosquitos en brazos y cara. Al final parece que no lloverá, pero ese pequeño cobertizo que hemos fabricado a base de ramas y hojas de helechos nos da seguridad. Jamás imaginé que sería capaz de construir algo así. Gloria y Beth se acomodan dentro también, y mi madre se une pronto a ellas. Mi padre sigue en su rincón, y no sabría decir si está soñando o maldiciendo. Hace casi tres horas que ha regresado, después de soltar su enojo contra todos y marcharse de vuelta a la ciudad. Decía que el gobierno ya habría tomado medidas y que la ciudad era mucho más segura que ese valle al que nos dirigimos. Supongo que jamás se imaginó que mamá y yo no le seguiríamos. De alguna manera me duele verle derrotado y humillado de esta forma, aunque estoy seguro de que nos habría llevado al desastre. Comparto la manta en la que me envuelvo con Zack, que la acepta con media sonrisa

–¿Te lío un cigarrillo? –le pregunto, mostrándole el paquete de tabaco que llevo en el bolsillo.

Sonríe.

–No, tío. Ni siquiera ahora. Para que mi madre me deje fumar, el mundo tiene que estar todavía peor.

–Pues no sé cómo podría ser peor...

Me sobresalto al ver la pequeña silueta de Beth, recortada sobre el fondo de las llamas, a mi lado. Es increíble lo silenciosa que puede ser esta niña.

–¿Puedo quedarme con vosotros?

Zack dibuja en su cara la expresión de fastidio de todos los hermanos mayores del mundo, pero yo me aparto un poco para dejarle sitio a la niña entre nosotros dos. Ella se acurruca rápidamente, haciendo crujir la hojarasca que nos sirve de lecho, y se cubre con su saco de dormir como si fuera una manta.

–¿Qué harás cuando lleguemos a la granja? –me pregunta casi de inmediato. Con la luz anaranjada de la hoguera, sus ojos brillan entre mechones de pelo negro.

–Bueno, trabajar como todo el mundo, supongo. –Me sorprende no haber pensado en esto todavía.

–Yo, si puedo, seré cuidadora de caballos. Me encantan los caballos.

–Si nunca has montado en uno –dice su hermano.

–¿Y qué? He leído mucho sobre ellos. Me dedicaré a cuidarlos, darles de comer, limpiarlos. Eso se hace en las granjas.

–A lo mejor te toca cuidar los cerdos, Beth. La granja no es como un parque temático, ¿sabes?

–Y tú qué sabes, si lo único que haces es navegar por internet todo el día.

–Eso es verdad, Zack –digo, con una sonrisa maliciosa–, ahora tendrás que trabajar al aire libre.

–No creo que los establos apesten más que su habitación –ríe Beth.

Zack le da un codazo cariñoso en el hombro. Durante un buen rato, los tres nos quedamos en silencio, hipnotizados por las llamas de la hoguera, que parecen hacerse pequeñitas para no llamar la atención.

–No sé lo que haré –digo, aunque no sé si mis amigos están aún despiertos–, pero tengo la impresión de nuestra vida no será nunca más igual. Parece increíble la de cosas que hacíamos con la electricidad. Ahora es como si estuviéramos en un nuevo mundo, y tendremos que descubrirlo. Eso será divertido ¿no?

Nadie me contesta, de manera que me tumbo y trato de dormir.

9

Gritamos. Nos tapamos los ojos, escondemos la cara entre las manos. Es curioso cómo hemos podido olvidar algo que era tan cotidiano para nosotros. No es esa luz de las velas, suave, cálida, que esconde los colores de las cosas y lo tiñe todo de un tono antiguo. No es la luz naranja de la hoguera que acaricia las caras de tus compañeros. Es una luz agresiva, que aniquila la noche, que nos deja completamente al descubierto. La luz que seguía en algún lugar de nuestra memoria, casi olvidada a propósito.

El salón es clásico, pero no antiguo, como diría mi madre. Muebles caros, mesas increíblemente limpias, todo ordenado, cuidado como si la asistenta acabara de pasar. Estanterías llenas de libros, folios con apuntes escritos a mano sobre el escritorio de caoba. Mapas que comparten espacio con los cuadros en las paredes, máscaras africanas, jarrones. Un teléfono, de esos antiguos que aún tienen cable.

–¿Cómo es posible? –pregunta Clara.

La luz tiene otros efectos. Ahora podemos ver la camisa de Ray, empapada en sangre de un carmesí excesivo. Le ayudamos a sentarse en una de las sillas de madera. Le subo la manga y observo la herida que recorre su brazo derecho desde el hombro hasta el codo: es un tajo enorme. Por el centro asoma algo blanco que supongo que es el hueso.

–¿Seguro que no ha sido el perro?

–Una rama, Lucas. Te lo dije. Pero duele un infierno.

Dejo que Clara se ocupe del brazo de su chico, con la ayuda de unos paños limpios que ha encontrado. Todavía no he conseguido ajustar mis pupilas a la luz. Ni mi cerebro a la idea de que exista algún aparato eléctrico que funcione. Desde el techo de la sala, los fluorescentes parecen reírse de mí con su zumbido impertinente.

Poco a poco, Mara y yo nos separamos y comenzamos a investigar, casi de forma automática. El Piojo está en un rincón, por una vez mudo de asombro.

Un biombo con motivos chinos, al final del salón, oculta un pequeño espacio ocupado por una mesita de madera y una silla forrada en piel, pequeña pero de apariencia cómoda. El único objeto que hay sobre la mesa es un ordenador, uno de esos Mac que tienen todo integrado en la pantalla, con su ratón y su teclado pulcramente colocados frente a él. Más de una vez hemos usado las pantallas de ordenador, igual que las de los televisores, para hacer puntería a pedradas. Pero éste... Mi mano se desliza por la máquina, blanca e impoluta, tratando de recordar dónde estaba el botón de inicio.

–Aquí hay un hombre –dice Mara desde algún lugar.

Me recuerda a alguien, quizás a algún profesor que tuve. El hombre es bajito, algo calvo, con una barba descuidada que contrasta con el bigote bien recortado. Está dormido, pero hay algo más. Tiene la frente perlada de un sudor frío, parecido al de Mara, y sufre pequeñas convulsiones que parecen a punto de hacerle caer de la cama. La habitación es sin duda su propio dormitorio, decorado con fotografías en las que se le ve con más pelo y en compañía de una mujer y dos adolescentes.

El perro –su perro– sigue gruñendo ahí fuera. Espero que no encuentre la forma de entrar.

–Parece enfermo –dice Mara desde el umbral de la puerta. Ella misma no tiene mucho mejor aspecto.

–Vamos a ver si encontramos medicinas. Para los dos –digo, con un guiño.

La casa parece mucho más grande por dentro que por fuera. Y más moderna, como si su dueño tratase de ocultar al mundo las maravillas que oculta. Una habitación resulta ser otro dormitorio, totalmente equipado y decorado, pero con el aspecto de llevar mucho tiempo esperando un inquilino que nunca ha llegado. Una puerta al final de la estancia comunica con un cuarto de baño de los que sólo existen ya en mis recuerdos. Mara acaricia con devoción las toallas, suaves y con aspecto de nuevas, y las botellas de jabón y colonia pulcramente alineadas junto al grifo. La mirada de los dos se detiene en la ducha, con sus grifos cromados y su mampara de metacrilato impoluta.

–¿Crees que...?

–Puede ser. Pero asegurémonos de que no hay nadie más.

La siguiente habitación guarda un tesoro: una despensa con estanterías que llegan hasta el techo llenas de latas de conservas, zumos, cereales, galletas... Casi lloro de la emoción al encontrar los pastelillos que devoraba de niño, esos que tienen un superhéroe de color azul en la tapa. Le alcanzo un zumo de melocotón a Mara y abro otro para mí. Se nos van los ojos y las manos detrás de tanta comida, en una cantidad que jamás hemos encontrado hasta ahora. Nos cuesta un esfuerzo enorme dejarlo atrás para seguir investigando.

–Por aquí, chicos.

Nos habíamos olvidado del Piojo, que como siempre nos

lleva ventaja. Ha descubierto una puerta oculta detrás de un estante, al final del pasillo, y de alguna manera ha conseguido forzarla. Le seguimos, despacio, por unas escaleras que descienden al menos cinco o seis metros. Otra puerta, blindada, nos impide continuar.

–Ésta no la abro.

–Volvamos arriba –sugiero.

Clara sigue en el salón. Ha conseguido encontrar un auténtico kit de primeros auxilios y está desinfectando la herida de Ray con yodo, y luego la envuelve con vendajes limpios. Hay gasas empapadas en sangre tiradas por todas partes.

–No es suficiente –se lamenta Clara–. Necesito coser esta herida.

–¿Cómo lo harás? –se pregunta el Piojo en voz alta.

Nos miramos.

Vuelvo a la habitación donde está el hombre. Respira con dificultad y mueve las pupilas, sumido en alguna pesadilla particular. Nadie anda falto de pesadillas en estos días. Me fijo en que, en la mesita de noche junto a la cama, hay un bote de pastillas y un vaso de agua. No entiendo nada de lo que pone en la etiqueta del frasco, pero resulta fácil deducir que se trata de la medicación que toma ese hombre. Sin pensármelo mucho, saco dos pastillas del frasco y se las pongo en la boca. Le ayudo a tragar con el vaso de agua, aunque le dejo toda la camiseta empapada. Pero lo consigo. Encuentro también el botiquín más completo que he visto en mi vida, con aguja e hilo de suturar incluidos. Por desgracia, nada que se parezca a la insulina.

Cuando Clara termina de coser la herida de Ray, le paso una botella de coñac. Sonríe y, por primera vez, que yo recuerde, la pelirroja bebe un trago de alcohol. También le da un buen sorbo a Ray, antes de llevarlo a uno de los dormitorios, donde el hombretón se duerme casi enseguida, en una cama limpia y con las sábanas planchadas.

Nos duchamos, por turnos. Nadie puede imaginarse el placer que supone la primera ducha caliente después de cuatro años. También nos ponemos ropa nueva, camisas y pantalones de estilo militar de los que hay un armario lleno, de varias tallas.

–Mira esto –dice el Piojo, mientras estoy probándome unos calcetines nuevos.

De alguna manera ha descorrido un panel de la pared y ha dejado al descubierto un auténtico arsenal. Hay un fusil de caza, una escopeta, un par de fusiles de asalto –un AR-15, un AK-47 y otro que no reconozco–, y varias pistolas y revólveres. Todo protegido por un cristal y una cerradura con combinación.

–Menudo tesoro. Podríamos romper el cristal –dice el Piojo.

–Esperaremos. De momento aquí estamos a salvo.

Decido caer en la tentación y me tumbo en una de las camas. El colchón blando y el contacto con las sábanas limpias resultan tan confortables que casi duelen. No recuerdo haber disfrutado de un lujo tan extremo en toda mi vida. ¿Es posible que durante años durmiera en una cama así?

Despierto horas más tarde. El Piojo sigue dormido en la cama de al lado, y los demás deben de hallarse en una situación parecida. Encuentro a Mara y Clara juntas en una cama enorme, de matrimonio, cerca de donde descansa Ray. Me acerco a una de las ventanas. El perro sigue ahí fuera, sentado en la hierba, y levanta la cabeza en cuanto ve asomar la mía tras el cristal.

–Ya puedes dejarle entrar, hijo. No os hará nada.

El hombre enfermo está de pie en el salón. Se ha puesto una especie de pijama, y sonríe cansado pero sin miedo.

–¿Cómo es que tienes luz? –Es la única pregunta que importa, por supuesto.

Sonríe.

–Digamos que esperaba que pasara lo que pasó. No a todos nos ha pillado desprevenidos...

Se tambalea. Se apoya en la pared y busca con la mirada un asiento. Le acerco el sillón de piel y se sienta con dificultad.

–¿Eres tú quien me dio las pastillas?

–Bueno, me pareció buena idea.

Se pasa una mano por el bigote y se atusa los extremos. Tiene una cara antigua, como salida de una telenovela.

–Gracias –dice–. Es lo malo de vivir solo, que llega un momento en que necesitas que te cuiden y resulta que no hay nadie. *Kaiser* es un buen perro, pero todavía no le he enseñado a administrarme la medicación.

Sonrío por educación. Hace mucho tiempo que no lo hacía.

–Voy a ducharme y comer algo. Antes deja entrar a mi perro, para que vea que sois amigos míos. Después de eso ya no os atacará nunca. A no ser que yo se lo diga, claro. Por cierto, mi nombre es Jacob.

Acepto su mano extendida.

–Lucas.

Me resulta increíblemente extraño estar todos sentados en torno a la misma mesa, con los platos y los cubiertos alineados a la perfección, bandejas con toda clase de comida lista para servirse. Nuestro anfitrión parece feliz como lo estaba mi abuela el día de Navidad, con toda la familia reunida.

–Vosotros sois demasiado jóvenes –dice Jacob mientras se sirve un buen cazo colmado de estofado–, pero hace mucho tiempo que la gente como yo se prepara. Nos llamaban locos, antisociales, fascistas incluso. Survivalistas, decían. Al final, resultó que teníamos razón. Por desgracia.

Sonrío mientras me lleno la boca de carne y patatas, pensando en Gregor y sus Vigilantes. Jacob les caería bien.

–¿Os preparabais para el apagón? –pregunta Mara–. ¿Ya sabíais qué iba a pasar?

–La verdad, yo estaba convencido de que todo acabaría de otra manera: cuando se terminase el petróleo, se paralizaría la industria y habría un estallido social mundial. Sigo creyendo que estaba a punto de pasar, pero supongo que ahora quedará petróleo para muchos siglos... porque nadie lo está gastando. Irónico, ¿no? Una plaga mundial provocada por algún virus creado en laboratorio era otra de las posibilidades que contemplábamos. Una posibilidad mucho más fea, si me permitís decirlo así.

–¿Y desde cuándo vives aquí?

–Bueno, hace casi veinte años que construí esta casa. Al principio pasaba aquí los veranos, con mi familia. Luego, cuando comenzó la recesión en serio, decidí instalarme. También ayudó mi divorcio.

Ray trata de cortar un pedazo de carne con su brazo bueno. Clara le ayuda.

–Una herida muy fea –dice Jacob–. Tendremos que administrarte antibiótico durante unos días, y es mejor que no hagas ningún esfuerzo para que no se vuelva a abrir. Dicho esto, hay que reconocer que tu adorable amiga ha realizado un trabajo excelente. ¿Eres enfermera, Clara?

–No señor –contesta ella con una sonrisa, mientras corta la carne–, pero en La Granja ayudo a la doctora.

Mara dirige una mirada severa a su amiga. Clara le responde con una tímida disculpa arqueando las cejas. Luego me mira a mí pero no encuentra ningún respaldo en mis ojos. Cualquier referencia a La Granja nos pone a todos en peligro.

–Serías una excelente enfermera –contesta Jacob, al parecer ajeno a la tensión entre nosotros–. Aquí me iría muy bien tener una.

Clara y Ray cruzan una mirada llena de ideas.

–El pulso electromagnético no era nada nuevo –continúa Jacob–. Los militares llevaban años estudiando sus efectos. ¿Por qué creéis que se prohibieron las pruebas nucleares en la atmósfera? Temían la posibilidad de que alguien lo provocara haciendo estallar una bomba nuclear en las capas superiores de la atmósfera. De hecho, muchos aparatos electrónicos ya se vendían con sistemas de protección contra las ondas. Pero no fue suficiente. No contaron con el Sol. El Sol es más poderoso que miles de bombas nucleares.

–Y sin embargo, tú tienes de todo –observo, dejando con calma el tenedor sobre el mantel–. Tienes electricidad. Tienes un ordenador.

–Sí. Cuando comenzó a aumentar la actividad solar, más o menos un año antes del apagón, comencé a prepararme en serio. Contaba con la posibilidad del pulso electromagnético, de forma que construí una jaula de Faraday. Varias, en realidad. ¿Sabes lo que son?

–Es una forma de aislar los componentes electrónicos –digo, recordando las historias de Zack–. Una vez encontramos una, en un sótano, y rescatamos una bujía que funcionaba. Pero nada más.

–Sabrás entonces que la magnitud de la onda determina

la efectividad del aislamiento. Ya te he dicho que soy un tipo obsesivo. Quise asegurarme. Construí una caja de Faraday dentro de otra y dentro de otra. Acompáñame, Lucas.

Deja los cubiertos a un lado del plato, con cuidado, y se levanta. Me resisto un segundo a dejar a los demás en el salón, pero sigo a Jacob través de un pasillo, hasta una puerta de la que parten unas escaleras que se hunden en el subsuelo.

–El refugio dentro del refugio –sonríe Jacob mientras se enciende una luz rojiza, como la del interior de los submarinos en las películas.

Descendemos hasta la puerta blindada que hemos visto antes, una puerta que parece la de la caja fuerte de un banco. La abre con una llave enorme que saca del bolsillo y entramos en una habitación sin ventanas, de paredes grises, donde se acumulan todo tipo de objetos en estantes, cajas y arcones. Latas de combustible, botellas de agua, conservas, herramientas, piezas de repuesto de máquinas que no imagino. Cajas de munición. El suelo, las paredes y el techo están recubiertos de algo parecido a la cota de malla medieval, finos alambres entrelazados que forman un tejido espeso.

–La jaula dentro de la jaula. Seguridad redundante, llámalo como quieras, pero lo cierto es que funcionó. Perdí muchos aparatos con el pulso electromagnético, pero lo que había en esta habitación no sufrió daños. Lo mejor es que aquí guardaba componentes electrónicos de repuesto, y pude reparar y mantener casi todo lo esencial. Al cabo de un par de semanas tenía en marcha el generador y las placas solares que uso para mantener todo en marcha. No generan mucha energía, pero ten en cuenta que este refugio estaba pensado para seis personas...

Arqueo una ceja y le miro en silencio, dejándole espacio para decidir si sigue contándome su historia.

–Siempre pensé en traer a mi familia. Mi ex mujer, mis dos hijos, sus novias. –Desvía la mirada. Yo paso los dedos sobre una caja de herramientas, brillantes y pulidas, como nuevas–. Nunca llegaron aquí. No salieron de la ciudad, y yo no tuve valor para dejar este lugar e ir a buscarlos. Supuse... supuse que si no lo habían logrado, significaba que habían muerto.

No puedo evitar que mi silencio suene a acusación.

–Ellos conocían este sito. Les di todas las instrucciones para llegar, les supliqué mil veces que vinieran. Mis propios hijos me llamaron loco... Ojalá hubieran tenido razón. Si hubiera ido a buscarles habría acabado muerto yo. ¿Crees que soy un cobarde? ¿Un miserable por abandonar a mi familia de esta manera?

–Yo no creo nada. Cada uno hace lo que puede.

Asiente, supongo que aliviado, y luego salimos y cierra con llave. Regresamos al salón en silencio. Los demás no están.

Jacob se sienta frente al escritorio, con la fotografía de su mujer en las manos.

–Debes de estar cansado, Lucas. Ya hablaremos mañana –murmura, y le dejo en su purgatorio particular. *Kaiser* me mira mientras salgo de la habitación.

Mara duerme otra vez, tumbada tal cual sobre la cama. Le acaricio la frente; tiene un poco de fiebre, pero parece estar recuperándose bien de los días que hemos pasado. Me siento en un sillón junto a la cama, como si ella estuviera ingresada en el hospital y yo fuera su novio, o su marido. De repente siento miedo. ¿Y si esto es otro sueño? ¿Y si me despierto y seguimos ahí, en mitad del bosque, perdidos? Pero no, es real.

Tiene que ser real. Si es así, eso significa que puede haber otros refugios. Que hay esperanza para la chica a la que amo.

Parece increíble que uno pueda despertarse y sentir que el corazón se le sale del pecho, pero eso es justo lo que me sucede. Abro los ojos y veo los de Mara, que me sonríe con la mirada desde la cama. Me duele todo el cuerpo de dormir en el sillón, pero es un tipo de dolor al que estoy acostumbrado. Podría firmar para disfrutar de una vida en la que todos los despertares sean iguales.

–Hola –dice ella en un susurro.

Sería tan fácil olvidarse de todo y quedarnos aquí para siempre...

Pero estamos en casa de un extraño, en mitad de un mundo arrasado, lejos del único hogar que teníamos, y al que no sabemos si podremos regresar.

Mara, como siempre, me lee el pensamiento.

–Jacob agradece la compañía. Y aquí hay comida para todos.

–Y a ti te gustan los perros –añado.

–Y tiene un ordenador –dice.

Me incorporo un poco, apoyándome en el codo.

–¿Dejarías La Granja para siempre? –pregunto–, ¿a tu madre, a tus amigos?

–¿Y tú? ¿Dejarías de pensar en lo que hay más allá? ¿Te conformarías con esto?

–No lo sé. De momento, lo único que sé es que hemos de seguir buscando tu medicina. Si Jacob ha montado esto, significa que hay otros que también han mantenido la tecnología. Puede que haya hospitales, clínicas, laboratorios. Y los vamos a encontrar.

Se levanta y me besa en los labios, un beso rápido, que se me escapa antes de poder saborearlo.

Salimos al jardín en busca de los demás. Ray y Clara están examinando las hortalizas: calabacines, lechugas, zanahoria, tomates... Ray tiene mucho mejor aspecto, no está ya tan pálido, y el vendaje de su brazo parece realizado por un profesional. Hace un día espléndido, soleado, y los dos ríen de sus chistes privados mientras se manchan las manos y las rodillas con la tierra oscura y húmeda. Cualquiera diría que llevan aquí toda la vida.

Mara se une a ellos, mientras yo doy un paseo por la propiedad de nuestro anfitrión. Desde fuera, la casa podría pasar por cualquiera de los chalés abandonados que hemos visitado y saqueado en los últimos años.

Jacob aparece entre los matorrales, con uno de sus fusiles al hombro y *Kaiser* revoloteando a su alrededor. Lleva al cinto un par de liebres.

–El dios de los cazadores ayuda al que madruga –comenta, riendo.

–Jacob –digo–, ¿nunca has sentido curiosidad por ver qué hay más allá de estos bosques? ¿Por descubrir qué le ha pasado a toda la gente? ¿Qué está sucediendo en las ciudades?

–Curiosidad... –Cuelga las liebres de un garfio de hierro que sobresale de la pared de su casa, lejos del alcance del perro–. Sí que siento curiosidad, pero también tengo miedo. Miedo de ver que la violencia y la enfermedad han acabado con todo el mundo. Aquí, en mi montaña, puedo soñar con el mundo de antes. Puedo imaginar que ha vuelto la luz en las ciudades, que la gente se dedica de nuevo a cuidar a sus familias, a trabajar. Puedo esperar a que algún día mis hijos aparezcan, sonrientes, para pasar unos días de vacaciones con su padre en la naturaleza. Puedo imaginarlos diciendo: «Papá, no te vas a creer lo que ha pasado».

–¿Y nunca te has encontrado grupos violentos?

–Bueno, la casa está bien oculta. Tu amigo descubrió el camino casi por casualidad. Al principio, en los primeros meses después del apagón, había bastante gente. Grupos grandes, muchas mujeres y niños. Pero fueron menguando; cuando llegasteis vosotros hacía meses que no veía a nadie. Los últimos eran grupos pequeños, de gente con aspecto duro, cazadores. La selección natural, ya sabes.

–¿Y nunca...?

–Me descubrieron un par de veces. Es cuestión de estadística.

–¿Qué pasó?

–Están ahí, en el huerto. Donde crecen las mejores hortalizas.

Paseamos juntos bajo el sol, dando un rodeo a la casa. Las risas de Ray, Clara y Mara nos acompañan todo el rato.

–Jacob, sabes que Mara es diabética. Tengo que encontrar la insulina, y pronto.

–Claro que sí. Es una chica preciosa, y lista. Harías bien en conservarla como sea, no quedan muchas como ella. ¡Bueno, no quedan muchas de ninguna clase! –Se ríe de su propio chiste, y yo sonrío por contagio–. Te recomiendo que vayas hacia el mar. Por lo que he visto, la mayor parte de los refugiados que atravesaba el bosque iba en esa dirección. A lo mejor alguien ha montado algún tipo de centro de ayuda en la costa, aunque lo dudo. En cualquier caso, desde allí podrás bajar hacia la ciudad. No creo que encuentres insulina en ningún sitio que no sea un gran hospital, y aun así...

–Lo sé, lo sé. Sé que ha de mantenerse en frío. Sé que casi no tengo posibilidades de encontrarla.

–Tendría que ser en un hospital o laboratorio que aún funcionara, Lucas, que dispusiera de energía.

–Pero tengo que intentarlo.

–Por supuesto que tienes que hacerlo. –Parece que piensa durante un instante, luego se decide–. Puedo darte provisiones, una brújula y alguna cosa más.

Asiento. Estoy impaciente por continuar mi camino, pero al mismo tiempo me produce vértigo dejar el primer lugar seguro que encontramos desde que abandonamos La Granja.

–Una cosa más –dice–. Tu amigo Ray no puede seguir con vosotros. He de curar esa herida y darle antibiótico. Es mejor que se quede aquí un tiempo.

–Sí. Clara querrá quedarse con él.

–Estaré encantado de tener compañía, para variar. El peligro será que me acostumbre... ¿Y el pequeñajo se quedará también?

–Tendré que preguntárselo.

Entro en la casa. No hay rastro de Kevin, y me pregunto si no habrá decidido seguir camino por su cuenta. Pero no, su arco y flechas siguen allí, en un rincón de la sala. Un sonido –todavía fascinante, como magia– me guía por los pasillos hasta una habitación.

Kevin está frente a un televisor, con un mando analógico en las manos. En la pantalla, un fusil gigante ametralla enemigos.

El Piojo se da la vuelta cuando me oye entrar.

–Es increíble –dice–. Cuatro años soñando con algo así y ahora resulta que ya no me divierte... ¿Cuándo nos vamos?

De repente, ahí está.

A unos cien metros, en un prado que trepa por la falda de la montaña. Una granja, unos campos de cultivo trazados con regla. Verjas, corrales, un viejo camión aparcado para siempre. Incluso sale humo de la chimenea, y comienzo a salivar tan sólo de pensar en lo que estarán guisando.

–¿Es seguro? –pregunta mi padre, que de alguna manera ha logrado ponerse en primera línea del grupo, junto a Richard.

Son las primeras palabras que le escucho pronunciar en casi dos días.

–Trabajé en ese lugar durante un año –responde Richard–. Conozco a esa gente, y ellos me conocen a mí. Son buenas personas, Alfred. Como mínimo nos permitirán descansar y recuperar fuerzas. Luego ya veremos.

Debíamos de tener alguna reserva de energía oculta para este momento, aunque no lo sabíamos. Las mochilas apenas pesan, las piernas ya no nos duelen y parece que incluso tenemos los pulmones más grandes. Trotamos alocadamente cuesta abajo, y nuestros jadeos casi se transforman en risas.

De repente lo veo.

El humo no sale de la chimenea, sino de la parte de atrás de la casa principal. Estamos a unos veinte metros, y reduzco la marcha como si me hubiera topado con un campo de fuerza.

–Esperad...

Pero Richard ya se ha dado cuenta. Nos detiene con un gesto de la mano. Deja a su hija en el suelo y se dirige él solo a la verja de entrada, revólver en mano. La puerta está abierta.

No le hago caso y sigo sus pasos. Zack está a mi lado, y mis padres unos metros más atrás, desconcertados. Richard entra en la casa. Pasan cinco minutos largos antes de que aparezca de nuevo por la puerta.

–Todo está hecho pedazos –nos dice–, como si hubiera pasado un tornado por cada habitación.

Su cara no muestra ninguna emoción. Camina hacia los huertos que hay detrás de la casa. Le seguimos.

A medida que recorremos la fachada de la casa, vamos descubriendo el alcance de la destrucción. Los cristales de algunas ventanas están rotos y la puerta de entrada cuelga de una de las bisagras, medio arrancada del marco. El suelo está alfombrado con restos de vidrios y las astillas de algún mueble que alguien destrozó a golpes tras sacarlo de la casa. Un poco más adelante podemos ver el cadáver de un perro, con la cabeza aplastada. Debía de ser un animal muy bonito, grande y con un espeso pelaje pardo claro, en el que la sangre destaca de forma escandalosa. Tras el establo hay una extensión de tierra removida que debió de ser un huerto y allí, plantado como una extraña hortaliza, el corpachón de un granjero, la calva requemándose bajo el sol, los hombros caídos. Apenas se vuelve cuando nos oye llegar.

–¿Pol? –pregunta Richard con cautela.

El hombre se da la vuelta muy lentamente y se lo queda mirando con expresión ausente. Tiene unos ojos azules que aún son bonitos, pero la mirada triste de alguien que ha perdido todo lo que quería en la vida.

–Soy Richard, ¿recuerdas? Estuve aquí hace cuatro años, ayudando a los Coleman en el rancho.

El granjero se encoge ligeramente de hombros. Si lo recuerda o no, es algo que le da totalmente igual.

–¿Qué ha pasado, amigo? –pregunta con cautela el padre de Zack.

–¿Qué ha pasado? –contesta el hombre, con una voz mucho más débil que la que debería tener a sus, más o menos, sesenta años–. Ha pasado –prosigue –que Dios ha decidido castigarnos por nuestros pecados. Nos ha enviado las siete plagas, otra vez, sólo que en esta ocasión no nos vamos a recuperar.

Miro alrededor, buscando algo útil. No encuentro más que algunas hojas de lechuga arrancadas y troceadas, y restos de las cañas que debían de sostener las tomateras.

–Les dije que esperasen, que muchas cosas las acababa de plantar. Pero no hicieron caso: arrasaron con todo, también con las lechugas que estaban empezando a crecer. Mataron a todos los conejos y los pollos, sin dejar ni uno. Yo les gritaba que las gallinas pueden poner huevos, que las dejaran vivir y así tendríamos comida no para un día, sino para varios, pero las mataron a todas. A más de una la partieron por la mitad, un hombre estirando para cada lado... –El granjero parece hablar con Dios en persona, la mirada perdida en ningún lugar–. Lo que más me duele es que acabaran con mi perro. ¿Qué mal les había hecho? Amenacé con llamar a la policía, pero claro, ellos ya sabían que no podía llamar a nadie. A lo mejor ni siquiera existe ya una policía.

–¿Quiénes eran? –pregunto–. ¿Las bandas de presos fugados?

Mi padre me lanza una mirada de desaprobación, pero el padre de Zack asiente ligeramente, dándome permiso. El aldeano ni siquiera me mira al contestar.

–¿Presos? Algunos de ellos sí, hijo. Los que estaban al mando eran criminales, sé reconocer a esos tipos, pero otros eran gente normal. Gente de otros pueblos o de las ciudades del sur, supongo, no les había visto en mi vida. Los peores se quedaron hasta el final; son los que entraron en la casa y se lo llevaron todo. Los últimos se marcharon ayer por la noche.

–¿Hacia dónde fueron?

–En todas direcciones. Algunos hablaban de ir a las montañas, otros de acercarse a la costa. No conocían la zona; estoy seguro de que muchos de ellos acabarán perdidos en los bosques, y cuando les alcance el invierno... tendrán lo que se merecen. –Entonces parece darse cuenta de repente de que hay mujeres y niños mirándole–. Disculpen, señoras. No debería hablar así, no es de buen cristiano. Pero es que... no me han dejado nada.

–¿Sabe algo de las granjas del valle?

De repente los ojitos del hombre, custodiados por un mar de arrugas, cobran algo de vida.

–¿Están pensando en ir al valle? ¿Al otro lado del cañón? Allí hay unas cuantas granjas, es verdad... Pero si quieren un consejo, no se acerquen. La gente de allí ya era bastante suya antes de que pasara todo esto. Ahora, lo más probable es que disparen primero y pregunten después.

Richard nos mira con un nuevo brillo en los ojos.

–Un último esfuerzo, amigos.

–¡Richard! –grita mi padre–. ¡Dijiste que éste era un lugar seguro!

–Me equivoqué. Está demasiado cerca de las ciudades.

Hemos de ir al valle, al otro lado de la montaña. Donde no puedan llegar grandes grupos.

–Tu equivocación nos va a costar la vida...

Mi padre está fuera de sí ahora, se mueve en torno a Richard como un animal nervioso.

–Cálmese, señor Moretti –interviene Zack–, todavía tenemos una oportunidad si llegamos al valle...

–¡Tú tienes la culpa! –exclama mi padre.

Richard se mueve ligeramente en dirección a su hijo, para protegerle de un eventual ataque de mi padre, que está fuera de sí.

–¡No lo conseguiremos!

La voz de Gloria, la madre de Zack, nos sorprende a todos. Está arrodillada en el suelo, rodeada de restos de verduras destrozadas. Por primera vez desde que la conozco, la veo llorar.

–Richard, no lo conseguiremos –repite–, estamos agotados, no tenemos más comida ni agua, no sabemos a dónde ir...

–Cariño...

Richard corre hacia su mujer, se arrodilla junto a ella y la abraza. Zack y Beth hacen lo mismo un segundo después, y la familia se fusiona como si fuera un solo ser, un extraño monumento olvidado en mitad de un campo de cultivo.

La ira de mi padre se ha evaporado en un instante, y se queda mirando la escena con la boca abierta y los ojos extraviados. Espero que Richard vuelva a tranquilizarnos a todos, como ha hecho otras veces, que nos dé ánimos con su voz grave y segura, pero parece que el abrazo de su esposa le haya vaciado también de energía. Para sorpresa de todos, es mi madre la que reacciona.

–Levántate, Gloria. No llores, mujer. Hemos llegado hasta

aquí juntos y saldremos adelante juntos. –Extiende una mano firme hacia Gloria, que la toma con pulso tembloroso. Después ayuda a la mujer a levantarse, con dulzura pero con determinación–. Estamos juntos, y nuestros hijos se encuentran bien y a salvo. Eso es lo importante, cariño –continúa mi madre–. Nos habéis salvado la vida, Gloria, nos habéis sacado de la ciudad, donde a estas alturas ya estaríamos muertos. Sólo hace falta un pequeño esfuerzo más.

La madre de Zack abraza a la mía y después parece recobrar la compostura. Beth se aferra a su cintura y ella le acaricia el cabello.

–Ánimo, mamá, ya casi estamos –dice–. ¿No es verdad Zack?

–Pues claro –contesta mi amigo–, yo siempre dije que las granjas del valle eran la mejor opción. Cuanto más aisladas, mejor.

–Son unos tres días a través de las montañas –la voz de Richard ha recuperado la autoridad serena que siempre había mostrado–, y después llegaremos al valle. Tenemos suerte, porque aún faltan un par de semanas para que comience el frío de verdad.

–¿Se viene con nosotros, Pol?

Casi había olvidado al granjero, que sigue sentado en el suelo, a pocos metros de su perro muerto.

–No, amigo –contesta–, yo no voy a ninguna parte. Ésta es mi casa y voy a reconstruirla, como sea.

Richard asiente; ya esperaba esa respuesta.

–Llévense algo para comer, si pueden encontrarlo –añade el granjero.

–Lucas, Zack, recoged todos los restos de verdura que encontréis y metedlos en una bolsa –ordena Richard–. Servirán para hacer sopa esta noche. Los demás, venid conmigo al pozo, vamos a recoger toda el agua que podamos llevar. La potabilizaremos con unas gotas de lejía. No es mucho... pero debería bastarnos para llegar a nuestro destino.

Agradecemos las órdenes, las tareas, estar ocupados. En pocos minutos el grupo se ha recompuesto. Mi padre trabaja como el que más, y al poco tiempo tiene las manos llenas de ampollas de tirar de la cuerda del pozo. Pero no se queja.

Zack me mira, sudoroso y siempre sonriente.

–Ya casi estamos, tío.

10

Estamos destrozados. Mara se derrumba sobre la hierba húmeda, como si se hubiera desmayado, y se queda mirando el cielo con ojos vidriosos. El Piojo y yo nos sentamos en el suelo, el uno frente al otro. Me duelen terriblemente los pies, tengo la boca seca y mi espalda es una masa de carne dolorida. Al dejar caer la mochila, me doy cuenta de cómo me duelen los hombros. Hace sólo tres días que dejamos la casa de Jacob, pero parece que hayan pasado años. Aún tengo en la cabeza la imagen de Clara y Ray al despedirnos frente a la puerta, limpios y sanos, Jacob a su lado fumando en pipa, las lágrimas de Clara al darle el abrazo de despedida a Mara, los chistes malos de Ray para darme ánimo.

Echo mano de la cantimplora, casi vacía, y me regalo un sorbo de agua que, pese a estar tibia y tener un regusto a plástico, devuelve la vida a mis labios resecos.

Me da la sensación de que Mara respira más despacio de lo normal. Sus ojos buscan los míos, como si me leyera el pensamiento, y fuerza una sonrisa. Remuevo el fondo de mi mochila hasta encontrar otra de las raíces de ajenjo, que le lanzo con falsa despreocupación, como si le estuviera pasando unos chicles.

–¿Quieres matarme con estos hierbajos? –contesta mientras la atrapa al vuelo.

Ha sido un comentario tonto, de esos que me lanza continuamente, pero esta vez se me ha creado un nudo en la garganta. Parece darse cuenta, y su sonrisa se desdibuja poco a poco en una línea irregular, temblorosa. Mastica el ajenjo.

–Media hora y seguimos –decido, desviando la mirada hacia el bosque que nos rodea.

Una ligera brisa agita las copas de los cedros, y los pájaros revolotean a baja altura.

–Siempre dices lo mismo –contesta el Piojo–, y no tienes forma de medir cuándo ha pasado media hora. ¿O tienes un reloj de arena?

–Siempre he calculado bien el tiempo –respondo– cuando yo te lo diga, habrá pasado media hora. –El Piojo se me queda mirando en silencio, con los ojos muy abiertos–. ¿Qué pasa hombre?

–Ya hemos llegado al mar.

–¿Cómo lo sabes? ¿Tú también tienes un sexto sentido?

Señala algo detrás de mí con un movimiento de cabeza. Me vuelvo lentamente. Por detrás del montículo que nos protege del viento, asoma un objeto extraño, surrealista. Mi mente tarda unos segundos en aceptar que se trata de una chimenea de barco, enorme, pintada de negro y verde. Alcanzo a ver el nombre, *Sea Princesa*, antes de que desaparezca de mi vista. El paisaje vuelve a quedar igual: una pequeña colina de hierba verde moteada de margaritas blancas.

Nos miramos en silencio y, un segundo después, nos levantamos y echamos a correr. El cansancio y el abatimiento han quedado olvidados en aquel pequeño claro de hierba; ahora nuestros pies nos llevan a través de pedregales, mientras saltan sobre raíces de árbol y sortean arbustos. Miro de reojo para comprobar que Mara está bien, y la veo corriendo a mi lado, sonriendo para sí misma como en los viejos tiempos, cuando entrábamos con nuestras bicicletas en algún villorrio abandonado, ansiosos por la sensación de riesgo y aventura.

Me detengo de golpe y extiendo los brazos para frenar a mis amigos. A mis pies, un acantilado de al menos cien metros cortados a pico desciende hasta el mar. No lo veía desde que era un niño, y no imaginaba que me impresionaría tanto encontrarme otra vez frente a esa inmensidad azul. Las olas están furiosas y golpean las rocas más abajo, levantando columnas de espuma blanca. Delante de nosotros, la mole del crucero de lujo se adueña del horizonte.

Una vez viajé con mis padres en uno de ésos. Puede que hasta fuera el mismo. Recorrimos el mar Caribe durante una semana, y me aburrí como nunca atrapado en aquella especie de hotel flotante. Recuerdo muy bien que era inmenso, que tenía de todo, hasta cine y piscina, y que había una cantidad exagerada de comida a todas horas y en todas partes.

Ahora se desliza en silencio, un ataúd gigante de acero en el que deben de haber, ¿cuántas? ¿Dos mil personas? Dos mil cadáveres. Está tan cerca que puedo distinguir la suciedad en las ventanas redondas de los camarotes, los restos de una lona, seguramente el toldo de cubierta, enganchados a mástiles y cables. Tan sólo queda una de las barcas de salvamento, que cuelga de un cable en un costado del barco, como el jirón de carne de un superviviente tras un accidente de tráfico.

–Imagínate lo que ha debido de ser –murmura el Piojo a mi lado–. Si han ido a la deriva desde el apagón...

–Ahí dentro no queda nadie, eso es seguro. La comida y el agua potable no podían durar mucho más de unas semanas, un mes como máximo.

–No quiero pensar lo que sucedió ahí dentro. O en todos los barcos del mundo.

–Los que funcionaban a vela se salvaron –observa Mara.

–Sí –contesta el Piojo–. Recuerdo un documental sobre los pescadores egipcios; todos llevaban esos barquitos tan antiguos de madera, con una vela en forma de triángulo. Ésos ni se enteraron del apagón. Pero los yates de los millonarios, ésos con helicóptero y todo... ahí no se salvó nadie.

–Fijaos –les digo, para cortar esa línea de pensamiento que siempre se dirige al mismo sitio oscuro–, la marea lo lleva hacia aquella playa ¿No la veis? Esa línea blanca, al sur. Y mirad allí delante...

Frente a la playa, como a dos o tres kilómetros de distancia, hay varias moles oscuras que sobresalen del agua.

–La marea –murmura Mara–, la marea arrastra los barcos hasta allí.

Veo una imagen fugaz, la de un océano, todos los océanos del mundo, lleno de barcos a la deriva, moles inmensas de hierro que bailan una danza caprichosa, incapaces de mover sus motores, de tomar un rumbo concreto.

El *Sea Princess* se aleja ahora de nosotros, dando tumbos como un borracho mientras busca el camino a casa. Cientos, quizá miles de gaviotas revolotean sobre sus cubiertas de lujo, su puente de mando, sus piscinas y sus pistas de tenis. Aún deben de notar el olor a carroña.

Algunos barcos, imagino, pasarán de largo hasta perderse en otras tierras, o a lo mejor vuelven al océano y puede que terminen en alguna playa remota. Otros se estrellarán contra los arrecifes y terminarán ahí su carrera, como aquellas ballenas que se desorientaban y acababan varadas en tierra. Nunca entendí muy bien lo que les pasaba; quizá sufrieron su propio pulso electromagnético antes que nadie. Y otras embarcaciones, al parecer, acaban en esta playa.

Descendemos por una trocha, un estrecho camino apenas reconocible entre los arbustos que bordea el límite de los acantilados. Poco a poco, entre pinos y cedros, bajamos hacia la playa. El Piojo no parece dispuesto a dejar que el silencio nos acompañe hasta abajo.

–Técnicamente es posible sobrevivir –insiste a nuestras espaldas–. No en un crucero como ése, claro, pero sí en un barco mercante. No hay más de quince o veinte tripulantes. Si transportaban, no sé, recambios para automóviles, pues no hay nada a hacer. Uno o dos meses máximo, aunque pesquen algo. Pero si llevaban, por ejemplo, mil toneladas de plátanos, ¿qué? ¿Es posible o no?

–¿Se puede vivir tres años sólo de plátanos? –le contesto.

–Diría que sí, siempre que tengas agua. Hombre, no es la dieta ideal, pero...

–¿Incluso con plátanos estropeados?¿Podridos?

–Sé que es complicado, pero...

–Mirad –interrumpe Mara.

Abajo, entre las rocas, flotan algunas cajas de madera. Parecen salidas directamente de los barcos naufragados, que se hallan a unos dos kilómetros de la orilla. Una de las cajas rebota una y otra vez contra las rocas, y nos quedamos mirándola como hipnotizados.

–No va a romperse por mucho que la miréis –apunta el Piojo–. Mejor seguimos.

Aparecen más cajas flotando, aquí y allí, y todas van en la misma dirección, hacia la playa. Entonces algo se agita entre los arbustos que tocan la arena. Ya estamos lo bastante cerca como para distinguir que se trata de seres humanos.

Cinco, diez, veinte figuras se deslizan ahora por la arena

en dirección al mar y a los tesoros que arrastran las olas. Visten ropas holgadas y sucias, algunas llenas de desgarrones, de las que asoman piernas y brazos huesudos. La brisa alborota los cabellos, largos en su mayoría; imposible decir desde aquí si se trata de hombres o mujeres.

Cuando nuestros pies pisan la arena fría y compacta de la playa, hay al menos dos docenas de personas tratando de alcanzar las cajas que la corriente arrastra. Los más cercanos, dos hombres barbudos con el aspecto que yo solía asociar a los mendigos en la ciudad, se vuelven un instante al vernos llegar. Tras unos segundos de duda, parecen deducir que no somos peligrosos y retoman su tarea. Otros han logrado ya arrancar a las aguas un par de cajas: un baúl de madera y un contenedor de plástico, y luchan por abrirlos. La madera, podrida, se desmorona a los primeros golpes. Las olas dejan en la orilla cientos de películas en DVD. Los asaltantes enseguida las ignoran y desvían su atención al otro contenedor. Uno de ellos, sin embargo, un chaval de mi edad más o menos, se queda durante unos minutos con uno de los estuches en las manos, como transportado a otro mundo. Después lo tira y se suma al resto.

–Ya la habrá visto –dice el Piojo.

Un contendor grande, de plástico amarillo, ha quedado varado en mitad de la playa. Una mujer alta y fornida, vestida con los restos de un mono militar, descerraja la tapadera con una palanca de hierro.

Paquetes de fideos chinos, envasados al vacío, pasan de mano en mano y desaparecen como por arte de magia embutidos en los bolsillos de pantalones que a todos van demasiado grandes o en improvisadas bolsas de lona.

–Vamos a coger alguno –propone Mara, al tiempo que me acaricia el brazo para llamar mi atención.

–Por amor de Dios –dice el Piojo, repitiendo la única frase que debió de aprender de la señora Calloway–, hace una eternidad que no como fideos chinos...

No me decido a moverme. Estoy como hipnotizado por la escena; me recuerda a una vieja película en la que aparecía una costa donde siempre naufragaban los barcos y la población se lanzaba a la playa en busca de los despojos. Era una peli muy antigua, de ésas en blanco y negro, que siempre me han dado más miedo. Creo recordar que mataban a los náufragos que llegaban exhaustos hasta la arena.

Hemos dudado demasiado. La gente se dispersa ya en dirección al bosque, a sus refugios secretos, sus cuevas o donde quiera que vivan. De todas formas, está claro que lo que nosotros buscamos no lo tienen ellos, a juzgar por su aspecto.

Una figura permanece inmóvil, de pie en la arena, con la vista clavada en nosotros.

Parece una chica, aunque es difícil decirlo. Lleva el pelo negro largo, que podría ser bonito si alguna vez se lo lavara y cepillara, y que le cubre casi por completo las facciones. La camisa de hombre que viste le viene demasiado grande, y por debajo de ella sobresalen unos pantalones vaqueros llenos de roturas y tan desgastados que parecen blancos. Es pequeña pero se mueve con una gracia especial, la misma que tienen los felinos cuando están a punto de atacar o de salir corriendo. Sus brazos, delgados y fibrosos, están decorados con una especie de tatuajes marrones, y cubiertos de brazaletes de cuero. Cuando nos acercamos un poco más se yergue y puedo entrever el mango de un cuchillo grande, de los de caza, encajado en su cinturón.

–¿Hola? –saluda Mara.

No me tranquiliza mucho que la otra no responda. Somos los únicos que quedan en la playa ahora, rodeados de cajas vacías que las olas mecen, dudando entre dejarlas en la arena o llevárselas de vuelta al mar que todo lo engulle.

El viento arrecia, y la melena negra de la chica se alborota, dejando durante un segundo a la vista un rostro emborronado con algún tipo de pintura parduzca y unos ojos negros que están clavados en los míos. Siento un escalofrío que me eriza el vello de la nuca.

–¿De dónde salís vosotros? –pregunta, al fin. Su voz es dulce, como de niña; no concuerda para nada con su imagen salvaje.

–Venimos de lejos –me apresuro a decir, antes de que el Piojo pueda abrir la boca–. Estamos buscando medicinas, una medicina en particular. ¿Puedes ayudarnos?

–¿Tengo pinta de trabajar en una farmacia?

Sonríe con ironía, pero algo ha cambiado en su postura. Está más relajada, su mano ya no acaricia el mango del puñal. Cruzo una mirada con mis amigos. Quizá lo mejor sea alejarnos de esta playa que parece un cementerio y proseguir hacia el sur, a través del bosque.

–Pero puedo llevaros con mi gente. A lo mejor alguien sabe algo.

–¿Qué gente es ésa? –pregunta Mara–. ¿Cuántos sois?

–Oye, rubia –contesta la chica–, no es seguro quedarse en la playa tanto rato. Será mejor que nos movamos.

–¿Por qué no es seguro? –interviene el Piojo–. ¿De qué estás hablando?

–Sólo os diré que está a punto de anochecer y que no es buena idea quedarse aquí... al descubierto. Seguidme si queréis, o quedaos aquí. A mí me da igual.

Camina de vuelta al bosque y nosotros la seguimos, sin necesidad de discutir antes ni de llegar a ningún acuerdo. Las cosas vienen como vienen, y si algo tenemos claro es que no hay que oponerse a la corriente si no quieres morir ahogado.

11

Aparecen y desaparecen entre los árboles, como espectros. Algún accesorio ocasional: un pañuelo de colores, una americana desgastada, un reloj en la muñeca, unas gafas de pasta o incluso una gorra de béisbol me remiten a las personas que eran hace apenas cuatro años. Hombres y mujeres preocupados por la hipoteca, agobiados por discusiones matrimoniales o por las notas de sus hijos en el colegio. Ciudadanos que pasaban sus horas libres en el gimnasio, bebían demasiado, se esforzaban por hacer dieta o intentaban una vez más dejar de fumar.

Ahora vagan por los bosques con ropas viejas y deshilachadas que apenas ocultan unos cuerpos pálidos, en muchos casos de una delgadez extrema. Algunos me miran con ojos perdidos, retinas quemadas por tanto espanto. Están al borde mismo de la locura, y en muchos casos más allá. El bosque está lleno de sus llantos, sus risas dementes o las largas conversaciones que sostienen con ellos mismos mientras rebuscan entre los arbustos unas pocas bayas o escarban el suelo en busca de raíces comestibles.

Son los otros los que me preocupan. Los que te miran sin parpadear, los que se mueven en silencio, con cautela felina, imitando a los depredadores de la selva. Casi puedo escuchar sus pensamientos mientras tratan de deducir de dónde vengo, qué llevo en la mochila, cómo me defendería en caso de un ataque. Incluso llego a pensar que están calculando cuánta carne hay pegada a mis huesos. Gaby, con esa manía suya de analizar cada aspecto del apocalipsis, siempre decía que debe de haber gente ahí fuera que ha recurrido al canibalismo. Es una cuestión de estadística, aseguraba, de la relación entre gente hambrienta y recursos disponibles. No le creíamos. ¿En sólo cuatro años las personas se iban a comer unas a otras? Él siempre recordaba aquella película antigua, la del equipo de rugby perdido en los Andes. En tres semanas se estaban comiendo a los muertos.

La muchacha que nos ha sacado de la playa no tiene pinta de haber comido carne humana, pero está claro que pertenece al grupo de los depredadores. No soy capaz de deducir su edad, aunque supongo que no será muy distinta de la mía. Camina con rapidez, unos pasos por delante de nosotros, sin volverse, como si no le importara si le seguimos o no. Pero algo en su actitud, en su forma de moverse, me indica que sabe exactamente dónde estamos, a qué ritmo nos movemos e incluso si la estoy mirando, como ahora mismo.

–¿Habéis encontrado a más gente? –pregunto, y mi voz resuena tan extraña en el silencio del bosque que todo el mundo se sobresalta–. Como nosotros, quiero decir. Gente que venía de las montañas.

No se da la vuelta. Su pelo largo y negrísimo parece brillar con la última luz del atardecer.

–No. Sois los primeros.

–¿Estás segura? Hemos perdido a algunos amigos en los últimos meses...

–Si hubiera conocido a alguien tan bien alimentado como vosotros, me acordaría.

El Piojo, Mara y yo intercambiamos una mirada incómoda. La chica retoma la marcha, pero se detiene de nuevo. Esta vez, al hablar, vuelve ligeramente la cara. Tiene los ojos semicerrados, carentes de toda expresión.

–Nosotros también perdemos gente de vez en cuando. Viejos que se arrastran hasta lo más profundo del bosque para morir en paz. Familias enteras que se convencen de que encontrarán comida o ayuda de algún tipo en otra parte y se marchan para no volver. Y jóvenes como vosotros, a los que se traga el bosque sin más. Pero no sé nada de vuestros amigos.

–¿Cuánta gente hay contigo? –pregunta Mara.

La chica respira profundamente, y parece a punto de darnos la espalda sin contestar. Pero se lo piensa mejor.

–Somos un grupo de veinte o treinta personas. A veces llegan algunos, a veces se van otros. Unos pocos sabemos cazar y recolectar frutos comestibles. Y además descubrimos la playa de los naufragios, de la que siempre se puede sacar algo. Eso nos mantiene vivos y unidos.

Se da la vuelta por completo y cruza los brazos. Su mirada recorre las nuestras.

–La mayor parte de la gente no sabía hacer nada. Nada que no necesitara algún tipo de máquina. Algunos aprendimos rápido, y otros sencillamente no fueron capaces, y ya no están.

–Muy darwiniano –contesto, recordando a Jacob.

Todos me miran sin saber de qué hablo.

Llegamos a un claro en el bosque. Una pequeña fuente natural brota entre unas rocas, rodeada de mantos de musgo de un verde intenso. El agua forma un pequeño estanque en un hoyo entre las piedras. Hace ya un rato que no nos cruzamos con nadie y el mundo vuelve a resumirse en nuestro pequeño grupo, con el añadido de la chica de la playa, que cada vez se parece más a uno de esos espíritus de las películas de miedo japonesas que tanto me gustaban.

–Acamparemos aquí –decide, sin que parezca importarle nuestra opinión.

–¿Por qué? –pregunto–. ¿No podemos continuar hasta tu campamento?

–Aún estamos lejos, y este lugar es seguro. –Señala con la cabeza un montón de troncos ennegrecidos, los restos de muchas hogueras anteriores–. Si queréis –continúa–, podéis seguir vosotros solos. Pero el bosque, igual que la playa, no es lugar seguro durante la noche. Como habéis dicho, la gente desaparece.

–A mí me vale –dice el Piojo, que ya ha extendido su manta de viaje junto a los restos de la hoguera.

Mara esboza una sonrisa cansada. Su piel sigue pálida, y me maldigo por no haber pensado más en ella.

Se acuesta a mi lado, con la cabeza apoyada en mi hombro. Hace algunas noches que se coloca así, desde que dejamos el refugio de Jacob. Aun así, cada vez que acampamos siento esa ansiedad, el miedo a haberlo imaginado todo, a que ese beso en el camino fuera simplemente un gesto amistoso o que estuviera demasiado débil o asustada, y que en realidad todo siga igual entre nosotros. Que seamos sólo amigos, que siga pensando en Víctor, el mismo Víctor que la abandonó a su suerte, que ahora nos persigue para hacernos regresar al lugar en el que ella morirá sin remedio.

Pero vuelve a hacerlo: apoya su cabeza en mi hombro, me dedica una sonrisa cálida, y dejamos que el calor del fuego del campamento nos reconforte. La extraña muchacha morena sigue allí, al otro lado de la hoguera; puedo sentir su mirada, que atraviesa las llamas y casi penetra en mi cráneo. El Piojo, como es su costumbre, se ha acomodado a cierta distancia, detrás de un tronco caído, sin importarle el frío o la oscuridad.

–¿Te fías de ella? –pregunta Mara en susurros.

Su boca está muy cerca de mi oreja, y el calor que me trepa por la piel no tiene nada que ver con el fuego.

–Su gente ha sobrevivido en el bosque durante cuatro años. Está claro que no han recuperado la tecnología, pero seguro que saben mucho más que nosotros. Espero hablar con su jefe.

–Hay algo en ella que...

–No tengas miedo.

–No es eso. Me inquieta su forma de mirarte.

–¿A mí? A lo mejor le gusto.

Me golpea en broma en el hombro, casi sin fuerza. Antes, sus golpes de broma siempre me dolían, y vuelvo a sentir angustia ante la idea de perderla.

–Te mira de forma rara. Ojalá pudiera saber lo que está pensando.

–A mí me gustaría saber lo que estás pensando tú.

Desvía la mirada hacia el fuego, y al hacerlo despega la mejilla de mi brazo. Durante una eternidad, sólo se escucha el chisporroteo de las llamas.

–Perdona, es sólo que...

–Perdona tú, Lucas.

Se vuelve hacia mí y de pronto nuestros labios están juntos. Es un beso tierno, cuidadoso, como el que le darías a un pajarillo con las alas rotas antes de dejarlo en su nido. Reprimo el deseo de abrir sus labios con mi lengua, de apretar su cuerpo contra el mío.

Se aparta muy despacio y un leve movimiento de sus ojos

me recuerda que hay testigos. ¿Cómo es posible que en mitad del Apocalipsis nunca estemos solos?

A través del fuego se me aparece la cara de la muchacha de la playa, esos ojos negros que parecen querer taladrarme. Mara suelta una risa leve y coqueta, la de una adolescente pillada con el novio por su padre a la puerta de casa. La acerco aún más a mí con el brazo, marco el territorio; es mi forma silenciosa de prometerle amor, protección, seguridad, en un mundo en el que nada de eso dura más de un segundo. Pero es todo lo que tengo. Cuando llega el sueño, me entrego a él con plenitud y felicidad.

Estoy en el patio del colegio, caminando junto a Zack, y hacemos planes absurdos para un futuro que nunca iba a existir. Estoy en la terraza de casa, fascinado por las luces de colores que llenan el cielo. Estoy frente al cadáver del vendedor ambulante, al que las ratas arrastran hacia la cloaca. Estoy frente a una verja enorme, de noche, escuchando a mis padres suplicar que nos dejen entrar. Estoy en una carretera que no tiene fin, saltando de un coche a otro, pero en los maleteros sólo hay esqueletos de madres con sus bebés en brazos. Estoy con Mara, la abrazo y la atraigo hacia mí, pero se escurre, se aleja, se va haciendo cada vez más pequeña, más pálida. Se hunde poco a poco en la tierra, la tierra que se lo traga todo.

Abro los ojos, y al incorporarme el sudor frío me entra en los ojos y me escuece. Me froto con brusquedad con la manga de la camisa, miro alrededor.

Estoy solo.

Las brasas aún están vivas, y la luz naranja me muestra las mantas abandonadas de mis compañeros, sus viejas mochilas de lona tiradas de cualquier manera. En un segundo estoy de pie, con la espalda contra un árbol, el cuchillo de caza en la mano.

–Mara...

Ni un sonido. Ni siquiera los grillos o los pájaros o lo que diablos se escuche en el bosque de noche.

¿Cómo es posible que hayan desaparecido todos sin hacer ruido? De no ser por la pesadilla, ni siquiera me habría despertado.

Calma. He de pensar con claridad. Me doy cuenta de que llevo un buen rato aguantando la respiración. El oxígeno llena mis pulmones, los pensamientos se aclaran. En el suelo, distingo en la hojarasca un rastro que surge desde el lugar donde Mara dormía. Alguien ha debido arrastrarla hacia los arbustos. No quiero entretenerme en buscar restos de sangre o cualquier otra cosa que mi mente no soportaría.

Avanzo despacio, el cuerpo agachado y los brazos tensos como cables de acero. Siento el cuchillo en mi mano, un peso frío y reconfortante.

El corazón se me para cuando la veo. Está tumbada boca abajo entre la hojarasca, pero su mata de pelo rubio resulta inconfundible incluso con la escasa luz de la luna que se filtra entre los árboles. La mano me tiembla, pero cuando toco su cuello recibo el mejor regalo del mundo en forma de pulso. Mara tiene un buen chichón en la cabeza, justo encima de la nuca, pero sigue viva.

Mi alivio dura unos segundos, los que tarda una sombra furtiva en atravesar mi campo de visión. Me impresiona que no haya hecho el más mínimo ruido.

Me vuelvo de golpe, como un animal furioso, y detengo mi brazo en el último instante. La muchacha de la playa está frente a mí, con su propio cuchillo en la mano, agazapada. Nos miramos en silencio, hasta que ella habla en un susurro.

–Nos están atacando. ¿Cómo se encuentra ella?

–Sigue viva –respondo–, pero creo que la han golpeado en la cabeza.

–¿Y tu amigo?

–El Piojo siempre sobrevive. Debe de estar rondando entre los árboles, listo para atacar.

Hace una mueca extraña, y después observa el bosque a su alrededor. No hay movimiento, ni se escucha ruido alguno.

–Salgamos de aquí –dice.

–No pienso dejarla.

Una rama cruje en algún lugar, muy cerca. Tengo la sensación de que sigo dentro del sueño.

En el cielo, una nube decide que es buen momento para iluminar la escena y deja paso a la luna. El rayo de luz plateada baña a los tres hombres que están frente a nosotros. Grandes, fuertes, con barba espesa y ojos hundidos. Llevan la cara pintada con algún tipo de ceniza, como guerreros antiguos, aunque los restos de su ropa –camisas, una americana de traje– causan un efecto extraño. Los tres blanden garrotes de madera con refuerzos de hierro en la punta.

–Tranquilo, chaval –dice uno de ellos, casi riendo.

–Ponte a mi lado –le digo a la chica, sin mirarla–. Si actuamos rápido, podemos con ellos...

–No digas tonterías, Lucas.

Me doy la vuelta, sorprendido por su tono tranquilo.

La última imagen que tengo es la de la pequeña guerrera, la melena negra alborotada alrededor de esos ojos de acero, el garrote de madera que se acerca a toda velocidad a mi cabeza.

No estamos solos. A medida que avanzamos vamos encontrando pequeños grupos, que aparecen y desaparecen entre los claros del bosque. La mayoría tiene un aspecto similar al nuestro: hombres, mujeres y niños desorientados, perdidos en un mundo que no conocen aunque estuviera a dos horas de coche de sus oficinas y apartamentos. Caminan muy juntos, mirando en todas direcciones, y parecen exactamente lo que son: animales asustados. Dejan tras ellos un extraño rastro, el peso extra del que se han ido desprendiendo a medida que aumentaba su cansancio y los objetos perdían el sentido. Un río de ropa, zapatos, carpetas con títulos de propiedad, juguetes favoritos, maletas, cajas llenas de fotografías. Unos cuantos parecen moverse con más determinación; a lo mejor conocían ya la existencia del valle y de las granjas que hay en él. Es posible que vinieran aquí de vacaciones alguna vez, a vivir de cerca la naturaleza, a romper con la rutina. A pescar, a respirar aire puro, a dejar atrás la ciudad por unos días. Otros quizás han oído hablar de este lugar, y se aferran a una promesa vaga de cobijo y alimentos. Y otros muchos, sencillamente, siguen a los demás, confiados en la seguridad del número, encontrando consuelo en la masa.

Hemos atravesado un par de pueblos desiertos, los primeros que hay a la entrada del valle. En uno de ellos la gente había levantado barricadas y esperaba armada la llegada de los refugiados. Richard dice que no vale la pena intentar que te acojan en estas comunidades, porque en cuestión de pocos días se acabará la comida de las tiendas y almacenes y también ellos tendrán que salir al campo en busca de lugares donde haya cultivos y ganado. Otros pueblos están desiertos. Como en la ciudad, han saqueado las tiendas y no queda casi nada que se pueda aprovechar. Es muy posible que grupos como el que atacó la granja que hemos dejado atrás hayan pasado también por aquí. Descansamos un poco a la sombra de los árboles en la plaza de uno de ellos, donde descubrimos el pequeño milagro de una fuente de agua, junto a la estatua donde se conmemora no sé qué batalla de la guerra de Independencia.

–Habría que comprobar si es potable... –empieza Zack, pero nadie le escucha. Todos estamos inclinados sobre el pequeño estanque, donde bebemos y nos lavamos la cara. Se encoge de hombros antes de imitarnos.

Compartimos lo poco que nos queda: un par de manzanas que recuperamos del huerto arrasado, un bote de mantequilla de cacahuete, unos pastelillos que Richard guardaba de lo que encontramos entre los restos de un vehículo. También dos ardillas que Zack cazó ayer tarde, y que en algún momento nos decidiremos a asar. Remuevo el fondo de mi macuto, prácticamente vacío.

–Al menos viajamos ligeros –ríe Zack, mientras le alborota el pelo a su hermana, que apenas reacciona.

–No os quitéis las botas –dice Richard–, tenéis los pies hinchados, y luego no os las podréis volver a calzar.

–¿Existe de verdad esa granja? –pregunta mi padre, sentado en el suelo. Sucio y cansado, si él mismo se hubiera topado con alguien con este aspecto hace una semana, habría cambiado de acera.

–Estamos cerca, Alfred –contesta Richard.

–Tengo hambre –declara Beth.

–Lo sé, cariño –dice su padre, acariciando la mejilla de la niña–. No te preocupes, os conseguiré comida. Muy pronto.

Qué extraña es la sensación de hambre, y qué poderosa. Es algo que tienes ahí dentro, como adormilado, y que va creciendo poco a poco. Tu cuerpo, al principio, reacciona con una sorpresa indignada, como cuando una señora cree que la han estafado con el cambio en el supermercado. Eh, ¿dónde está mi desayuno? ¿Mi comida? El hambre es algo de lo que has oído hablar pero no acababas de creerte que exista. Tardas un poco en darte cuenta de que esa sensación no va a desaparecer, sino que irá creciendo sin parar. Pero al mismo tiempo te hace sentir más vivo. Ya no te preocupan las cosas tontas, lo que has dejado atrás, el futuro que nos espera, ni siquiera el cansancio, los pies llenos de ampollas o los mosquitos que te acribillan los brazos y el cuello mientras caminas. Todos tus sentidos están alerta, te pasas el rato olisqueando el aire, buscando rastros de bayas o piñones entre la maleza del bosque. El hambre va ocupando todo el espacio en nuestras cabezas, y me asusta pensar que pronto no dejará sitio para nada más.

Abandonamos el pueblo y la noche nos alcanza en mitad del bosque, como temíamos. Los demás refugiados se han convertido en sombras que nos encontramos en las encrucijadas de los caminos, para luego volver a perderlos de vista. Algunos de ellos están tumbados sobre la hierba, inmóviles, y me resulta imposible saber si siguen vivos o se han rendido para siempre al hambre, el frío y el miedo. Richard camina con la mano en la culata de su arma, por si acaso, pero nadie se muestra agresivo, ni siquiera alterado. Zack me comenta que esto se parece mucho a una fiesta en el bosque a la que fuimos el año pasado con la gente del instituto, pero no me hace ninguna gracia.

Es muy fácil perderse en estos caminos, sobre todo de noche. La mayoría de la gente que vaga por el valle no sabe orientarse, ni tiene una idea precisa de dónde encontrar las granjas. Ni siquiera saben si se dirigen al norte o al sur. Más de uno acabará en el fondo de un barranco, otros se dejarán caer allá donde estén cuando no puedan más. No puedo evitar pensar que en unos pocos días, todo este valle será un enorme banquete para buitres y coyotes.

–¡Allí! –grita mi madre.

Ha sido la primera en ver las luces amarillas que aparecen tras una arboleda. Avanzamos más rápido, con nuestras últimas reservas de energía. Una hora después llegamos a un riachuelo. El agua cristalina refleja la luz plateada de la luna; es como un camino puesto allí por algún dios piadoso como recompensa a tanto esfuerzo. Lo seguimos, mojándonos los pies de vez en cuando en la orilla. La corriente de agua termina en una valla de alambre de espino, de casi dos metros de altura. Tras ella, podemos adivinar las estructuras de madera y piedra de una granja, un rancho, una comunidad. Una enorme hoguera ilumina la puerta de entrada, formada por troncos y más alambre de espino. Enfrente, un grupo de hombres armados nos está esperando.

Somos los únicos que se acercan a la granja, pero en cualquier momento pueden surgir del bosque más espectros desesperados. Está claro que no somos los primeros: estos hombres están en guarida, preparados.

Richard se adelanta, tras librarse con suavidad de la mano de su mujer, que lo intenta retener por puro instinto. Los cuatro guardianes le observan con aparente calma. No puedo verlos bien a la luz del fuego, pero parecen ser hombres curtidos, granjeros barbudos que sostienen las armas con naturalidad. Llevan abrigos de piel y gorras de béisbol con logotipos comerciales; uno de ellos, el más alto, se cubre la cabeza con un sombrero de cowboy. Todos llevan escopetas de caza. No soy un gran experto en armas, pero sé que utilizan cartuchos de postas, para cazar jabalíes u osos. De un solo disparo, a esta distancia, pueden destrozar a un hombre.

–¡Alto ahí! –grita uno de ellos.

Nos apretamos. Parecemos un grupo de ciervos a los que han sorprendido las luces de un automóvil en mitad de la carretera.

–¡Esto es propiedad privada! –dice otro.

–¡Soy Richard, Richard Olfsson! –dice el padre de Zack, mientras muestra las palmas de sus manos a los granjeros–. ¡Estuve en la granja de los Coleman, hace dos años!

–¿Y a mí qué me importa? –contesta el de la barba. Lleva la visera de la gorra muy baja, y no podemos verle los ojos.

Richard mira a su mujer y sus hijos.

–Llevamos muchos días caminando. Hay niños con nosotros... Necesitamos algo de comida, un sitio para pasar la noche.

–Seguro. Vosotros y todo el mundo.

–No tenemos comida para toda la gente que aparece, amigo –añade otro, en un tono algo menos agresivo–. No sois los únicos que habéis llegado hasta aquí. ¿De dónde venís?

–De muy lejos –contesta mi madre.

–Pues lo siento, señora. La granja no puede aceptar más gente, ya hemos acogido a todos los que podíamos. Sigan su camino.

–¿Adónde? –pregunto yo.

Los guardianes cruzan una mirada entre ellos. No dicen nada.

–Déjame a mí –dice mi padre, y se adelanta antes de que podamos detenerlo.

Uno de los granjeros levanta su escopeta y durante un segundo me parece que escucho el disparo y veo a mi padre cayendo al suelo con la cara destrozada. Pero eso aún no ha sucedido.

–Quieto, valiente...

–Espere un momento. Mi nombre es Alfred Moretti, soy director del National Insurance Bank. Apostaría a que alguno de ustedes tiene contratado un seguro con nosotros.

–¿De qué coño está hablando? –pregunta el de la barba.

Otro de los guardianes, el que lleva el sombrero vaquero, se adelanta. Ha dejado la escopeta apoyada en la verja, pero ahora saca una pistola automática plateada de su funda, oculta bajo la chaqueta.

–Director de banco, ¿eh?

–Mire –continúa mi padre, tratando de no mirar el arma–, cuando vuelva la electricidad, y todo este desastre se aclare, van a necesitar ayuda. Habrá que cobrar indemnizaciones, conseguir ayudas, préstamos. Les conviene tener a alguien como yo con ustedes.

–Nos conviene...

El hombre se vuelve, dando la espalda a mi padre, y éste comete el error de agarrarle el brazo. El granjero se da la vuelta con rapidez, como si le acabara de morder un animal salvaje, y golpea a mi padre con el cañón de la pistola. Le alcanza en la cabeza, detrás de la oreja, y mi padre cae al suelo como un saco de patatas, sin emitir ningún gemido de dolor. Richard hace ademán de adelantarse y tres escopetas apuntan a su pecho.

–¡Dejadle en paz! –grita mi madre, mientras se arrodilla junto a su marido.

–¡No era necesario! –resuena otra voz de mujer, justo detrás de los granjeros.

Me tranquiliza un poco descubrir que hay una mujer entre ellos.

–Os hará falta gente para trabajar el campo. –Richard lo intenta otra vez, sin mirar a mi padre, que sigue en el suelo–. Tengo experiencia...

–Lo siento, amigo –responde el granjero–, seguid vuestro camino.

–¡Apártese de mi marido! –grita mi madre cuando uno de los granjeros se inclina para ver cómo está mi padre–. ¡Soy médico, sé lo que hago!

–¿La mujer es médico? –Suena de nuevo la voz de la granjera–. Gregor, ¿no se te ha ocurrido preguntarlo antes?

–El tipo ha dicho que era banquero, Berta.

–Ya. Y la mujer no podía tener una profesión. Eres idiota, Gregor. Ya sabes lo que ha dicho Isaac...

La mujer avanza hasta primera línea. Ahora que la veo bien, no parece granjera, aunque lleva tejanos y un abrigo de pelliza. Se trata de algo en su forma de moverse.

–¿Cuál es tu especialidad? –pregunta a mi madre, que sigue arrodillada.

–Traumatología –contesta ella a regañadientes, mientras aprieta su pañuelo contra la herida de mi padre.

La mujer cruza una mirada de reproche con los demás guardianes, que apartan la vista.

–Está bien –gruñe el que ha golpeado a mi padre, todavía con la pistola en la mano, el cañón manchado de sangre–. La doctora y su marido pueden pasar.

–No estamos solos –replica mi madre, sin levantarse.

–Pueden pasar usted y su marido, pero nadie más.

–Sus hijos también –añade la mujer llamada Berta.

El granjero mira hacia atrás y suelta un resoplido. Berta aparta la mirada, y comprendo que no va a hacer nada más por nosotros.

–Si mis amigos no entran, nosotros tampoco –responde mi madre.

Todos notamos la vacilación en su voz.

Más atrás, entre los árboles, comienzan a asomar otros grupos de refugiados. Envueltos en las sombras, parecen espectros salidos de una mala película de terror. Se detienen ante la visión de los hombres armados, y titubean. No tardarán en acercarse.

–Espabile, señora. O dentro o fuera.

Richard parece despertar de un sueño profundo. Nos mira y fuerza una sonrisa que debe de haberle costado toda la energía que le queda.

–Entrad. Venga, entrad. Nosotros nos las apañaremos.

Mi padre se levanta, todavía aturdido.

Noto la mano de mi madre, como una garra, que se aferra a mi brazo. Gloria y su hija Beth se funden en un solo cuerpo, y Zack me mira con desconcierto. Por una vez, no se le ocurre ningún comentario.

–¡Por favor! –grita mi madre mirando a Berta, pero ella ya se ha dado la vuelta y se funde entre las sombras, tras el grupo de guardianes.

Busco con la mirada a Zack y los suyos. Richard y su mujer están muy juntos. No hablan, pero juraría que se comunican por telepatía.

–Tranquila, Helen –dice la madre de Zack con una calma que casi asusta–, nos las arreglaremos.

Con un gesto suave, despreocupado, aparta a sus dos hijos de su lado.

–Anda, idos ya con vuestros padres –dice tratando de mantener la voz firme–. Lucas y Zack, cuidad de vuestra hermana, que ya casi sois unos hombres.

Tardo un segundo de más en entender lo que están haciendo. Mi madre, que se ha dado cuenta enseguida, me lanza una mirada de advertencia.

–Venga, id con vuestros padres –añade Richard con la voz rota, cuando su mujer parece incapaz de decir una palabra más–, nosotros dos estaremos bien, no os preocupéis.

Me adelanto y agarro la mano a Beth.

No sé si lo habían preparado antes, o ha sido una improvisación entre susurros en el último momento. Lo cierto es que está a punto de funcionar; los granjeros tienen prisa por cerrar la verja y todo depende de nuestra actitud en unos pocos segundos.

Pero los ojos negros de Beth me dicen enseguida que no piensa seguir el juego. Suelta mi mano con un tirón firme; me sorprende que una niña tenga tanta fuerza. Se aparta de mí y se aferra a la cintura de su madre con tanta energía que la mujer se tambalea.

–¡Venga, niña, has de entrar ahí con tu familia! –dice Richard, intentando interrumpir el abrazo entre su hija y su mujer, pero la fuerza de sus brazos robustos parece evaporarse por instantes y su tirón se queda en un movimiento débil, patético.

Zack se lleva las manos a la cabeza y da pasos cortos en ninguna dirección. Beth hunde su cara en los faldones de la camisa de su madre, decidida a no moverse ni un milímetro.

–Por amor de Dios –murmura un granjero.

Mi madre, con lágrimas en los ojos, extiende la mano hacia Beth en un último intento –«Venga, niños, entrad con nosotros, ellos estarán bien...»–, pero puedo leer en la mirada y en el tono rasgado de su voz que ya sabe cuál será el resultado. Beth y Zack no dejarán a sus padres.

Berta reaparece de nuevo entre el enjambre de gorras y fusiles. Se acerca a Beth y posa una mano en su hombro, con toda la suavidad del mundo.

–La doctora no es tu madre, ¿verdad?

Por toda respuesta, Beth se abraza más fuerte a la cintura de Gloria, que se rinde con un suspiro. Deja de intentar despegar a su hija de su cintura, y ahora la abraza con fuerza, atrayéndola aún más hacia sí. Zack parece volver a la realidad y se une a ellos, dejándome a mí junto a mis padres. Tengo la sensación de estar en el otro lado de una frontera invisible pero también impenetrable.

–Deje que los niños se queden con ellos, al menos –intenta Richard.

Pero su voz es ya la de un hombre derrotado.

Tengo la impresión de estar viendo toda la escena desde fuera, como un espectador. Uno de los granjeros se adelanta, me empuja con el hombro y avanza unos pasos. Frente a nosotros, a unos veinte metros, hay un nutrido grupo de personas que se ha ido acercando poco a poco desde el bosque mientras hablábamos. La verja abierta les atrae como un imán. El granjero levanta la escopeta y dispara al aire, provocando un estruendo enorme. El olor a pólvora me penetra por la nariz hasta el cerebro.

–¡Vienen más! ¡Cerrad la puta puerta! –grita alguien.

La masa se detiene, y después se dispersa. Pero, como bolas de mercurio sobre una mesa, vuelven a acercarse hacia nosotros, muy despacio.

El aire se llena de voces de desconocidos que gritan órdenes. Suenan más disparos. La luz de la hoguera y de las antorchas que hay por todas partes me hace llegar imágenes dispersas, confusas. El olor a pólvora se confunde con el de animales de establo y el de leña quemada. La camisa de mi padre, manchada de sangre, me impide ver la verja que acabamos de atravesar. Estiro la cabeza, mientras me llevan casi en volandas hacia el interior. Puedo ver la verja durante un instante, y la cara de Zack pegada a ella, los dedos asomando entre los cables de alambre. El cuerpo de mi padre vuelve a taparme la visión. Cuando se aparta, la verja está vacía.

Alguien me pone un cuenco de caldo caliente en las manos y una manta sobre los hombros. Sin saber cómo, he acabado sentado en un banco de madera, apoyado en la pared de piedra de un salón iluminado por el fuego de una gran chimenea. Hay mucho movimiento alrededor, mujeres que entran y salen, y de vez en cuando algún hombre, escopeta en mano. En el exterior, siguen sonando los disparos. No sé dónde están mis padres.

Trato de tomar una cucharada de caldo, pero tengo la garganta cerrada con llave. Nada es como lo había imaginado. Noto el sabor salado de mis propias lágrimas cuando llegan a mis labios, y descubro que estoy temblando al ver la sopa agitarse en el cuenco que sostengo entre las rodillas. Entonces, una mano pequeña y pálida surge de alguna parte, se apoya sobre mi muñeca y dejo de temblar. A mi lado descubro una niña, un par años más pequeña que yo. Lleva el pelo corto y viste un peto tejano y una camisa roja. Es rubia, con unos enormes ojos verdes que me miran como si quisieran entrar en mi cabeza.

–No tengas miedo –me dice, con voz suave–, aquí estás a salvo.

Quiero creerla.

12

Despierto con la extraña sensación de no saber si lo que ha sucedido es real. Hasta que noto el dolor lacerante en mi sien izquierda, la sangre seca que ha formado coágulos en mi cabello, las manos atadas a la espalda. Consigo ponerme de rodillas, con un gran esfuerzo. A mi alrededor, un bosque de piernas con botas sucias y los extremos amenazantes de los garrotes, que se balancean como péndulos.

–Arriba.

La voz seca y cortante no puede pertenecer a la chica de la playa, pero es así.

–Mara....

–Tu amiga está bien. De momento.

El mundo gira como una peonza mientras me incorporo. No es nada fácil hacerlo con las manos atadas a la espalda. La chica está frente a mí, sonriente, abrazando uno de esos garrotes con tachuelas, seguramente con el que me ha golpeado. Los otros salvajes están tras ella y me miran con expresión burlona. Detrás, apoyada en un árbol, está Mara. También le han atado las manos, y lleva una cuerda al cuello cuyo extremo sostiene con dejadez uno de los hombres.

–Soltadla. No es ningún perro para que la llevéis con correa.

–Conmovedor que te preocupes tanto por ella –dice

la chica–, cuando todavía no sabes lo que vamos a hacer contigo.

–Aún va a ser cierto lo de que os coméis a la gente –respondo, y no puedo evitar asustarme por mi propia socarronería.

–¿Todavía no te has dado cuenta, Lucas? ¿No te enteras de nada?

¿Por qué está furiosa? Esos ojos, esa mirada. Por un segundo, vuelvo a aquella noche de hace cuatro años. Veo la verja metálica, pero esta vez hay alguien al otro lado. Una niña que se aferra al alambre de espino, una niña en cuya cara leo decepción, desesperación, odio...

–¿Beth?

Trato de levantarme, pero uno de los salvajes es más rápido.

El golpe llega rápido como un rayo, directo al estómago. La punta metálica del garrote se clava en mi diafragma y mis pulmones se vacían de aire como un globo reventado en una fiesta. Me doblo hacia delante pero consigo mantener el equilibrio y no caer de nuevo al suelo. La chica de la playa se adelanta y detiene al salvaje antes de que vuelva a golpearme. Mara grita e insulta desde algún lugar, pero apenas la oigo.

Beth.

–Nos dejaste ahí fuera. Después de que mi familia os salvara la vida, de que os guiáramos durante todo el camino, nos dejasteis ahí fuera. Para que nos muriésemos de hambre, de frío o de alguna enfermedad.

–Beth... –mi voz es apenas un hilo, y las palabras se llevan el poco aire que me queda en los pulmones–, por favor. No teníamos otra opción...

–¡Siempre hay otra opción! ¿Tienes idea de los que han sido estos años en el bosque? ¿Tienes idea de lo que es pasar días y días sin comer, sin un techo donde dormir, sin saber si dentro de una hora o de diez minutos te van a atacar, violar, asesinar?

–No pudimos hacer nada, Beth. Sólo entramos porque necesitaban a mi madre, no nos dejaron...

–Tu madre, sí. ¿Quieres saber lo que le pasó a la mía? Se murió, Lucas. De hambre, de frío, de tifus, de cólera o de lo que sea que mató a casi todo el mundo unos meses después de que tú entraras en la granja.

Acerca su cara a la mía. Ya no es una niña, sino una pantera rabiosa, una salvaje. Agita el garrote frente a mi rostro. Casi puedo oír el ruido de los huesos de mi cara al astillarse, pero no me golpea.

–No fue decisión mía, Beth. No pude hacer nada.

–Claro. No fue decisión tuya dejarnos al otro lado de la verja. Tampoco echarnos a tiros junto a todos los desgraciados que habían llegado al valle. Tú no disparaste, pero estabas ahí. Estabas *dentro*.

–Escúchame, Beth. No voy a suplicar. Haz lo que quieras, o lo que creas que debes hacer. Pero esa chica de ahí, Mara, está enferma. Ella jamás ha disparado a nadie, tenía solo doce años cuando pasó todo. Es diabética, y si no conseguimos insulina está perdida.

Beth se vuelve hacia Mara, lentamente. Con la punta del garrote, le aparta un mechón de pelo rubio que le tapaba los ojos. Mara le aguanta la mirada, sin pestañear.

–El señor Wallace fue uno de los que nos ayudó al principio –dice Beth–. Era un buen hombre. –Uno de los salvajes lo confirma con un leve movimiento de cabeza–. Sabía cómo cazar, preparar trampas. Conocía los frutos que se pueden comer y los que no. Muchos no estaríamos aquí si no fuera por su ayuda. ¿Cómo murió, Tom?

–Apendicitis –dice el salvaje.

–Tratamos de operarle. Nadie tenía ni idea de cómo hacerlo, pero lo intentamos de todas formas, con un cuchillo esterilizado al fuego, sobre la mesa de una cocina. Tardó tres días en morir. Ni siquiera sabíamos cómo era un apéndice.

–Beth...

Me ordena callar con la mirada.

–Manny comenzó a toser sangre una noche y ya no despertó. Laura se rompió una pierna y la herida se infectó. Tuvimos que quemar el cuerpo por el olor que desprendía la carne podrida. Rich tenía sólo nueve años; una mañana comenzó a dolerle la cabeza, tanto que gritaba como un animal herido, pero no podíamos darle nada, ni una aspirina. Murió al cabo de una semana.

Deja caer los brazos, cansada. El metal del garrote hace ruido al golpear contra una piedra.

–Tu amiga tiene diabetes y dices que se va a morir. Así son las cosas a este lado de la verja. Aquí los diabéticos están muertos desde hace mucho. Lo que tenga que ser, será.

Con un gesto autoritario de Beth, los tres salvajes nos empujan hacia delante. Me reconforta el tacto del brazo de Mara sobre el mío, y trato de tranquilizarla con la mirada.

–¿Dónde nos lleváis?

–Mi padre decidirá.

–¿Richard? ¿Decidirá el qué?

–El tipo de muerte que os espera. Si fuera por mí, os clavaría un cuchillo en el corazón ahora mismo y os dejaría tirados en el bosque para que al menos sirvierais de alimento a los animales.

Otros dos salvajes aparecen entre los arbustos. Uno de ellos destaca entre el resto del grupo, es un joven alto y fornido, con una larga melena negra recogida con una cinta de tela a la frente.

–Ni rastro, Beth –informa–. Ha desparecido.

Enseguida entiendo que están hablando del Piojo. Ya me parecía raro que le hubieran sorprendido.

–Vigilad bien –contesta Beth–, ese niño es el más peligroso del grupo. Avanzaremos juntos, con los prisioneros en el centro. En marcha, no quiero más retrasos.

La niña asustada y tímida que me espiaba desde la puerta de la habitación de su hermano, la pequeña que se aferraba a los pantalones de su padre durante la larga huida de la ciudad no puede ser la misma jefa guerrera que tengo ante mis narices. Pero lo es. Ahora reconozco esos ojos, los pequeños gestos, como cuando se aparta el pelo de la cara. Zack siempre decía que estaba enamorada de mí, pero entonces para mí no existía, como casi todo el resto del mundo.

–Beth...

–Camina y calla.

–¿Zack está también con vosotros?

–¿No la has oído? –responde por ella el salvaje alto–. ¡Camina y calla!

Un golpe de garrote en mi hombro termina con la conversación. Es la segunda vez que me golpea, y tomo nota mentalmente de no olvidar esa cara.

Cruzamos un riachuelo de agua helada que nos llega hasta la rodilla. Atravesamos un pedregal donde Mara casi se rompe un tobillo y escalamos una pendiente que nos aleja del bosque y nos lleva a un mundo de prados despoblados, tapizados por una moqueta de hierba gruesa. El sol está en lo más alto y pronto tenemos la ropa empapada de sudor. De vez en cuando me vuelvo para tratar de ver si el Piojo nos sigue a distancia. Imposible saber si está ahí o si ha regresado a La Granja por su cuenta.

Caminamos hacia el sur, acercándonos a la ciudad, el recorrido inverso al que realizamos aquel invierno de hace casi cuatro años. No puedo apartar de mi mente la imagen de la familia de Beth, ateridos, tratando de encontrar refugio y comida, rodeados de los miles de desesperados que en aquel momento habían salido ya de las ciudades muertas. ¿Qué debió de pensar Zack? ¿Me odiará ahora igual que su hermana?

Puedo escuchar la respiración de Mara, profunda y entrecortada. Hace horas que no come nada ni toma las semillas que le proporcionó Clara, y no tengo ni idea de cómo están sus niveles de azúcar. Puede caer desmayada en cualquier momento, y me aterra pensar que Beth y sus hombres la dejarán tirada, atada e indefensa, en mitad del bosque.

Parece que me lee el pensamiento una vez más; me mira y me dedica una media sonrisa. Es más que suficiente para darme nuevas fuerzas. Las piernas me pesan, la cabeza me duele terriblemente y tengo las manos entumecidas por las cuerdas. Pero ahora parece que estamos llegando a alguna parte, porque Beth y los suyos reducen el ritmo... Hemos alcanzado el límite de la zona de colinas y frente a nosotros, de nuevo, se extiende la muralla verde del bosque.

El salvaje alto se detiene y extrae algo parecido a un silbato. El sonido recibe una respuesta idéntica desde algún lugar dentro del bosque.

–¡Andando! –exige Beth, y volvemos a ponernos en marcha.

No puedo dejar de pensar en Zack. En cómo me salvó la

vida. En la forma en que lo abandoné. En lo que dirá cuando me vea de nuevo.

Avanzamos por lo que parece ser un sendero más o menos despejado de arbustos, entre los enormes robles de un bosque que debe de ser milenario. Unas escalas de piedra descienden por la ladera y nos llevan hasta un claro donde se levanta una preciosa casa de campo. Parece uno de esos chalés de millonarios, o quizás un hotel rural, con un montón de ventanas. Cuatro o cinco personas pululan por el jardín frontal cuando llegamos.

Algunos perros domésticos corretean a nuestro alrededor. Son los únicos animales que se ven; no hay rastro de ganado, ni siquiera gallinas, tan sólo una extensión de huerto donde apenas crecen unos cuantos vegetales raquíticos. Los hombres y mujeres con los que nos cruzamos nos miran con indiferencia, acostumbrados sin duda al espectáculo de ver a los suyos regresar con prisioneros maniatados. La gente aquí es muy distinta al grupo de salvajes de Beth. Visten ropas limpias, aunque antiguas, y no llevan tatuajes de ceniza ni armas al cinto. Podría estar perfectamente en La Granja, si no fuera por la ausencia de verjas o de hombres con fusiles.

Nos detenemos frente a una gran balsa de agua. Con gesto rápido y seguro, y sin ningún pudor, Beth se desprende de su camisa andrajosa y la tira sobre una pila. Se limpia los tatuajes de los brazos y la cara, que se disuelven fácilmente con el agua, y se recoge el pelo en una larga cola de caballo. Después coge una de las camisetas blancas que están secándose al sol en una colada cercana y se la pone. En unos segundos, la salvaje ha desaparecido y tengo ante mis ojos una chica que podría estar saliendo de casa camino del instituto. Eso sí, con un cuchillo de caza al cinto.

–¿Qué miras?

No contesto. Los demás componentes de la patrulla también se han limpiado los tatuajes y se han cambiado de ropa.

Sin mediar palabra, entramos en la casa, sorprendentemente limpia y bien cuidada. Una mujer negra está acabando de trocear algo en la cocina, que tiene la puerta abierta. Nos mira durante un instante, cuchillo en mano, y después continúa golpeando y cortando.

Subimos por una gran escalera que lleva a la parte superior, donde deberían estar las habitaciones. Un chaval hace guardia frente a una, vestido como un rapero –pantalones enormes y caídos, camiseta, gorra de béisbol ladeada– y armado con una especie de lanza de la que cuelga un banderín de Los Ángeles Lakers.

–¿Y éstos? –pregunta a Beth en cuanto la ve.

–Mi padre querrá hablar con ellos.

–Está ocupado.

–No para mí.

El chico –desaliñado, pequeño y muy delgado; me recuerda al Piojo– se levanta y se hace a un lado con un gesto de exagerada cortesía.

Beth se lleva la mano al bolsillo y saca un puñado de piñones, que el chico recoge con avidez. Después entramos. De pie en mitad de la habitación se encuentra él.

Richard sigue igual que la última vez que le vi. Corpulento, elegante a su manera sencilla, con cara de estar muy concentrado en algún pensamiento crucial. No nos dedica ni una mirada, todas son para su hija.

–¿Estás bien?

–Papá, ¿cuándo dejarás de preguntar eso? Es evidente que sí. Y te traigo algo.

Ahora me mira, primero con cierto aburrimiento y luego con una expresión de sorpresa completa.

–¿Lucas?

Cruza los dos metros que nos separan de una sola zancada. Con las manos a la espalda, estoy totalmente indefenso. Aun así, tenso el cuerpo y me inclino ligeramente, dispuesto a rodar al primer golpe.

Me abraza, como no hace mi propio padre. Es un abrazo total, fuerte, casi noto la energía que descarga su cuerpo en el mío, contenida durante demasiado tiempo.

–Lucas, hijo. Me alegro tanto de que estés bien...

–¿Hijo? –La voz de Beth es una puñalada en mi nuca–. ¿Cómo que hijo? ¿Acaso no te acuerdas de lo que nos hicieron él y su familia? ¿No te acuerdas ya de cómo nos dejaron tirados, padre?

–Beth, cariño... Lucas era un niño, no tiene ninguna culpa. Ni su familia tampoco, en realidad...

–¡Díselo a mamá!

Richard baja la mirada al suelo, hace un esfuerzo para encajar el golpe. Respira profundamente, tratando de calmarse.

–Unas noches de descanso, comida y algo de medicina. Eso hubiera bastado para salvarla, papá –continúa Beth–. Ahora es él el que necesita medicina, para esta amiguita suya. –Palmea a Mara en el hombro desnudo, como el que lo hace con una res que quiere vender–. Por eso han dejado su bonito refugio en el valle.

Richard está absorto en sus pensamientos, con la mirada perdida. Mantiene un debate interno, y no tengo idea de si el ganador será de nuestro equipo. Al final, se decide. Saca un cuchillo de hoja enorme y brillante de la parte de atrás de su cintura y se dirige hacia mí.

–Richard, escucha...

No tengo tiempo de decir más. De un tirón, extiende mis brazos. De un tajo, corta la cuerda. La sangre vuelve a circular por mis manos; es una sensación dolorosa. Un segundo después, Mara está libre también.

Beth lanza un bufido de exasperación y se marcha de la habitación, dando un portazo. Nos quedamos solos con el hombre que me ha salvado.

–¿Os ha hecho daño? Beth, quiero decir...

–Bueno –comienza Mara–, uno de los suyos nos golpeó con un garrote...

–Nada serio –la interrumpo.

–Perdonadla –dice Richard, mientras se sienta con aire cansado en la única silla de la habitación–. La muerte de su madre la trastornó, más todo lo que ha tenido que vivir desde entonces...

–Richard –intervengo–, he soñado con aquella noche miles de veces. Y ojalá pudiera cambiar algo, pero no puedo, igual que no pude entonces.

–Lo entiendo, Lucas, ya te lo he dicho.

–Pero ya no soy un niño. Ahora puedo actuar, y lo voy a hacer. Voy a encontrar la medicina para Mara, aunque me cueste la vida.

–Lo siento, hijo, pero en eso no voy a poder ayudarte. Ya has visto cómo sobrevive este grupo, no tenemos ni lo más elemental...

–Pero ¿y Zack? Vamos, él debe de tener mil ideas sobre cómo...

–Zack no está, Lucas.

Me quedo mudo. Por supuesto, él también. ¿Por qué no? En un mundo donde las personas perecen a millones, no hay motivo para que una sola...

–No, no está muerto, que yo sepa. Desapareció. Como otras personas a lo largo de los últimos meses.

Se queda callado, se refugia del dolor en algún lugar que sin duda ha visitado muchas veces en los últimos años. Pero no puedo creer que Richard, el hombre de hierro, el que siempre sabía lo que había que hacer, se haya conformado.

–No hace falta que lo digas, hijo –se adelanta a mi pregunta–. Por supuesto que lo hemos buscado. Y lo seguimos haciendo cada día. Hemos peinado todo el bosque entre aquí y la ciudad...

–La ciudad... Pensé que habríais vuelto allí, después de lo de la granja.

–Tenía razón al sacaros de allí. Aquello se convirtió en un infierno muy deprisa. Los refugiados que visteis llegar a vuestro valle no eran más que una pequeña parte de los que salieron, la punta del iceberg. Fue exactamente como Zack había predicho...

Se sienta en un viejo butacón, del que se levanta una nube de polvo debido a su peso. El sol de mediodía se cuela por las rendijas de una persiana medio rota e ilumina su cara. Ha perdido peso, como todos, pero también ha ganado surcos profundos en la piel. Parece más pequeño, mucho más cansado que el hombre que recuerdo tirando de nuestro grupo por la carretera.

–A partir de la cuarta o quinta semana, la mayoría decidió marcharse –continúa–. Tuve ocasión de hablar con muchas personas, familias como las nuestras en su mayoría, que esperaron hasta que se les acabaron las reservas de agua potable. Colapsaron las carreteras, la autopista, los caminos de tierra. Si encontraban en su camino granjas y cultivos, se lanzaban hambrientos sobre ellos y arrasaron con todo. Destruyeron las cosechas, se comieron los animales de los corrales. Eran presa de la desesperación y no se dieron cuenta de que estaban acabando con cualquier posibilidad de alimentarse cuando llegara el invierno. Los policías y los militares pronto se convirtieron en las bandas más peligrosas, como aquellos que encontramos al salir de la ciudad.

–¿Quieres decir que no hay nada, ningún campamento, ninguna señal del gobierno?

Puedo sentir la mirada de Mara, mientras ve su futuro reducirse por momentos; casi siento su desesperación como algo físico en mi garganta.

–Nada –contesta Richard–. El primer año fue el peor. Vi gente matarse a puñetazos por una garrafa de agua, por un saco de avena. Luego llegaron las plagas. La gente se había concentrado de forma natural en enormes grupos, en los valles, en cualquier sitio que estuviera cerca de una fuente de agua. Zack consiguió unos litros de lejía, de un camión volcado en la carretera, y eso nos salvó la vida, supongo. Hervíamos el agua y la descontaminábamos con unas gotas, antes de beber. La mayoría no lo hizo, y empezaron a morir como moscas.

–¿Y este sitio?

–Encontré este lugar por casualidad, más o menos un año después de dejaros en la granja. Era un viejo hotel rural, con muros de piedra y, lo más importante, con un pozo de agua propio. Lo bastante apartado de los caminos para parecer seguro. Y tuve la suerte de juntarme con gente decente, con sentido común y capacidad para organizarse. A lo mejor me equivoqué al principio, Lucas, tratando de llegar a ese valle como fuera. Lo que cuenta no es el lugar, sino la gente. Ahora lo sé. Aquí tenemos una comunidad estable, casi cien personas, aunque cada vez hemos de ir más lejos para conseguir caza y suministros.

–¿Y ese aspecto de salvajes?

–Es útil ahí fuera, en los bosques. Ése es territorio de depredadores, hijo.

–Respecto a Zack....

–Cuando comenzaron las plagas, aproximadamente un año después del apagón, mucha gente decidió dejar los grupos de los valles y los bosques, y volver a la ciudad. Creían que el gobierno aún funcionaba en algún lugar y que era allí donde conseguirían comida y medicinas. Mucha gente que conocía regresó a las ciudades. La mayoría no volvió, y los que lo hicieron nos contaron cosas horribles. La ciudad era un cementerio. Cadáveres podridos en pisos, aguas contaminadas, ratas por todas partes. Las bandas más fuertes se repartieron los barrios y se mataron entre ellas. Al principio podíamos oír los disparos desde kilómetros de distancia, luego imagino que se mataron a palos y cuchilladas. Después de eso, nada. Ha dejado de venir gente a los bosques. Hace más de un año que no llega aquí nadie de la ciudad, ni de ninguna parte. No tenemos ni idea de lo que ha pasado, ni de cómo están las cosas en el resto del país o del mundo. Pero algo espantoso ha debido suceder. Es... es como si la gente de estos bosques y del valle donde está tu granja fuera la única que queda viva. Se lo dije a Zack, una y mil veces. Pero ya no es un niño, ninguno lo sois. Tomó su decisión. Estaba convencido de que la civilización aún funcionaba en alguna parte, y tenía que ir a buscarla.

–¿Qué crees que le ha pasado?

–Hay otros grupos aparte del nuestro en estos bosques. Gente que no sabe cazar, o que ha descubierto que los humanos son mucho más fáciles de capturar que los venados o los jabalíes. Muchos se han vuelto locos. Son peores que las manadas de perros salvajes.

La mano de Mara se posa sobre mi hombro. Otra vez tengo que renunciar a mi único amigo.

–Pero ¿tú has ido allí, Richard? ¿Has intentado buscarlo en la ciudad?

–No. Tengo que cuidar de mi hija, y de muchos otros que viven aquí. Zack despareció, Lucas. Se ha ido, como su madre y como tantos otros. Me ha costado mucho aceptarlo, pero lo he hecho.

–El hombre que nos salvó a mi familia y a mí aquel día no habría hablado así –replico–. Ese hombre estaría ahí fuera, buscando a su hijo.

–Lucas... –Mara me detiene con un gesto.

–Descansad y comed algo. Tenemos todavía provisiones del último naufragio –dice Richard sin mirarnos–, y luego quedaros o marcharos, haced lo que os dé la gana.

Mi ira se disipa en el aire fresco del pasillo, en cuanto salimos de la habitación. No es momento de recuerdos ni de dudas.

–¿Qué vamos a hacer, Lucas? –pregunta ella en voz baja mientras bajamos las escaleras.

–La gente arrasó con todo lo que se puede comer, y seguro que también se llevó las medicinas. Pero la insulina no sirve de nada si no eres diabético; es posible que muchas unidades quedaran abandonadas en los almacenes de los hospitales. Tenemos que entrar en la ciudad y encontrarlas.

–Pero Berta dijo que se estropeaba sin refrigeración, ¡y han pasado años! ¿Crees de verdad que tengo alguna posibilidad?

Me detengo a mitad de la escalera. La atraigo hacia mí con suavidad y firmeza; soy incapaz de soportar la idea de perderla, y menos aún de verla desesperada por esa idea.

–Escúchame, Mara. Voy a solucionar esto, como sea. Encontraremos un hospital, un médico, algo. Rendirnos no es una opción...

Trata de sonreír.

–Siempre has sido terco como una mula.

–Eso es lo que te gustaba de mí, ¿no?

–No formábamos tan mal equipo... Los Buscadores. Menuda idea. ¿Cómo es posible que nos divirtiéramos en mitad de todo este... caos?

–Te aseguro que es mejor profesión que ser ingeniero, como quería mi padre.

–¡Eh, tortolitos! –El rapero de antes está ahí, al pie de la escalera. Me señala con su ridícula lanza, haciendo ondear el banderín de los Lakers–. ¿Os ha soltado el jefe?

–Richard dice que podemos comer algo –contesto.

–¡Vaya suerte! ¡Recién llegados y ya tenéis derecho a bufé libre! –Nos dedica una mueca de falso enfado–. En fin... venid conmigo.

Salimos al exterior, donde media docena de personas continúa con sus tareas, indiferente a nuestra presencia. Seguimos al chico hasta un edificio de madera, un antiguo taller de coches según el rótulo de la entrada. Allí siguen, tal como les pilló el apagón, un par de Toyotas con los motores al aire, cubiertos por una espesa capa de polvo y grasa. En la plataforma elevada descansa un Ford Bronco, al que nadie se ha molestado en colocar de nuevo los neumáticos. El antiguo taller es un espacio amplio y fresco, y esta gente lo ha reconvertido en almacén. Un tipo alto y enjuto, con barba y pelo largo como casi todos los que me he encontrado, hace guardia armado con un garrote de metal confeccionado con un trozo de tubería. Nuestro acompañante se dirige a él con aire de mando.

–Tom, ya puedes salir. Me quedo yo de guardia.

–Como digas, Nil –contesta el otro, antes de mirarnos con desconfianza–. ¿Y éstos?

–Son legales, Richard ya los ha entrevistado. Vamos a darles algo de comida.

–¡Puaj! –Tom escupe a un lado con un ademán exagerado–. ¡Sólo nos falta ir de hermanitas de la caridad! ¡Así no vamos a sobrevivir otro invierno!

–Vete a discutirlo con Richard –contesta Nil sin perder la sonrisa–. Yo sólo soy un mensajero.

En cuanto nos quedamos solos, Nil comienza a trastear con cajas y sacos que hay esparcidos por todas partes, hasta encontrar unas cajas de color amarillo.

–Calentad un poco de agua y tendréis un manjar –dice mientras nos pasa un par.

Me resultan vagamente familiares a primera vista.

–Papillas para bebé –dice Mara, sonriendo–. Me encantaban.

–El mar hace regalos extraños –responde Nil.

–Esa comida no es para ellos –resuena una voz aguda y grave a la vez.

Beth aparece como un fantasma en el umbral de la puerta del taller. Lleva su garrote colgado de la muñeca con una cinta de cuero, y éste se balancea como un péndulo y deja pequeños surcos en el suelo de tierra.

–Tu padre...

–Mi padre se ha vuelto un blando. Ha perdido la memoria, y eso es algo que no nos podemos permitir.

Dos hombres aparecen tras ella. Uno es el tipo alto de pelo largo que nos capturó en el bosque, el otro, un calvo bajito de mirada dura y cuerpo que parece esculpido en piedra. Lleva en la mano una porra de policía.

–Beth, escucha –comienzo–. Sé que estás furiosa con nosotros, con el mundo entero, pero esto no te va a llevar a ninguna parte. Sólo queremos marcharnos de aquí.

–Seguro que sí. Eso sería muy sencillo ¿verdad Lucas? Huir, dejar atrás lo que no te gusta ver, lo que te resulta incómodo. Eres todo un experto.

–Beth –dice Nil, que se ha ido apartando poco a poco de nosotros–, no creo que sea una buena idea. Richard...

–Lárgate de aquí, Nil. Sólo quiero que Lucas se lleve un buen recuerdo de sus viejos amigos.

No estoy seguro de si realmente quiere hacerme daño o tan sólo pretende asustarme. Es posible que ni ella misma lo sepa. Me niego a creer que la niña tímida que conocí se haya convertido en una asesina.

–¡Me cago en...!

El hombre calvo se lleva la mano a la cabeza. Un hilo de sangre le cae por la mejilla hasta el cuello. Todos le miramos con extrañeza mientras se desploma y queda de rodillas en el suelo.

El segundo impacto sí que lo oímos. Un crac sordo que proviene de la rodilla del tipo alto, que gruñe su propia maldición antes de caer y levantar una nubecilla de polvo.

Sin pensarlo, doy un par de zancadas y me coloco delante de Beth. Tardo sólo unos segundos en distinguir la silueta del Piojo, subido al capó del Bronco, colocando otro proyectil en su honda.

–¡Aparta, Lucas! –grita–. ¡Idiota, estás en la línea de tiro!

–¡Piojo! –exclama Mara–. Déjalo, hombre, no pasa nada. ¡Para de tirar!

De un salto, el Piojo aterriza frente a nosotros y lanza una mirada desafiante a Nil que no deja lugar a dudas.

–¡Tranquilo, tío! –dice el chaval rapero, y tira su arma lejos de sí–. ¡Yo sólo les estaba invitando a comer!

El hombre alto se incorpora con dificultad y ayuda a su amigo, que comienza a recuperar el sentido. Tiene un morado enorme en la cabeza, muy cerca de la sien.

–Podrías haberle matado –dice Beth.

–Claro, guapa –contesta el Piojo–. Estas tuercas que tenéis por aquí son mucho más efectivas que las piedras. Y también podía haberte matado a ti, si no fuera por éste. –Me señala con un gesto despectivo.

–Pensaba que eras más listo, Piojo –dice Beth–, ya podrías estar de vuelta en vuestra granja.

–Espera un poco, chaval... –comienza el tipo alto.

Está claro que está furioso, pero también que respeta la pericia del Piojo con la honda, porque no da ni un paso en su dirección.

–Dejadlo –ordena Beth–. Que se marchen de aquí lo antes posible.

Se da la vuelta y se dirige a la puerta con su maltrecho equipo, como si no hubiéramos hecho más que mantener una charla sobre los viejos tiempos. Me produce una sensación extraña verla de espaldas al caminar, con su melena negra que le tapa los hombros. Siento como si estuviera otra vez en el pasillo de su casa, haciendo ver que no me he dado cuenta de que nos espiaba a Zack y a mí mientras veíamos vídeos en el ordenador o releíamos una vez más sus viejos cómics.

–¿Quieres que le dé algún mensaje a Zack?

Se detiene de golpe.

–¿Qué diablos has dicho? –Todavía me sorprende escucharla maldecir.

–Vamos a la ciudad. En busca de la insulina. Estoy seguro de que tu hermano también está ahí.

Mantiene a sus esbirros aparte con un gesto seco y muy

practicado, y se acerca a mí con una expresión de furia que aún no le había visto.

–¿De qué estás hablando?

–Ya lo sabes –contesto, con calma–. Tu padre no quiere arriesgarse, o mejor dicho arriesgarte a ti, y por eso no volverá a la ciudad en busca de Zack. Pero tú sabes que es el lugar donde debe estar, el único sitio al que tiene sentido ir.

–Zack puede estar muerto en cualquier zanja, en el fondo de un barranco o arrastrado a una cueva por los perros.

–Pero si no es así, si está vivo, es a la ciudad adonde habría ido. En busca de más gente, de conocimiento, de respuestas. Es lo que habría hecho yo si...

–¿Si no te hubieran dejado entrar en la granja? –pregunta, y al hacerlo lanza una mirada a Mara que, por una vez, desvía la suya.

–Exacto.

–¿Quieres hacerme creer que ahora te preocupas por mi hermano? ¿Ahora, después de cuatro años?

–Nunca he dejado de pensar en él. En vosotros.

–Sólo vas a la ciudad para buscar la medicina para tu amiguita. Y pretendes que te haga de escolta. Lárgate de aquí, Lucas. Lárgate y no vuelvas.

Se aleja con paso firme, flanqueada por sus dos esbirros maltrechos. Nil recupera su lanza, sin perder de vista al Piojo, y se detiene a mi lado.

–Yo le haría caso. Os habréis librado de una, pero a la siguiente no tendréis tanta suerte.

–No creo que quisiera hacernos daño de verdad –contesto.

Nil nos permite llenar los macutos con provisiones para varios días. Además de los paquetes de papilla, conseguimos un bote de leche condensada, varias cajas de galletas y un saquito de arroz. Bien racionado, con lo que podamos cazar y recolectar en el bosque, debería bastarnos para llegar hasta la ciudad. El problema es que no tengo nada para aliviar a Mara, y en cualquier momento puede tener una recaída. Tiene una sed anormal, otro de los síntomas de la crisis de azúcar según mi madre, y está más pálida y cansada de lo normal. Después de tanto tiempo soñando en que fuéramos pareja, ahora que lo somos daría cualquier cosa por volver atrás en el tiempo y continuar recorriendo juntos las carreteras, amigos y compañeros, y verla de nuevo sonriente y llena de energía.

Según el viejo plano de carreteras debemos de estar a unos cincuenta kilómetros de la ciudad, si bordeamos la costa. Podemos avanzar por la antigua carretera nacional, porque sospecho que los pueblos que nos encontremos por el camino estarán abandonados y no tendremos encuentros desagradables. Por lo que ha dicho Richard, toda el área al sur de las montañas está deshabitada. Lo lamento por toda esa gente a la que las plagas se llevaron por delante, pero la verdad es que, si no queda nadie, nadie puede contagiarte. Hasta el momento, la soledad ha significado seguridad, y no creo que eso cambie.

13

No me sorprende encontrarla allí. Está sentada en una parada de autobús, como si esperara el transporte escolar. Lleva su largo pelo negro recogido en una cola, de manera que puedo ver su rostro con claridad. Viste una especie de poncho de tela parda, que casi parece de camuflaje y del que sobresalen sus piernas huesudas y largas. Si no fuera por el machete que lleva encajado en la cintura, parecería una adolescente esperando el autobús.

Mara y el Piojo se detienen de golpe al verla. Kevin se lleva la mano a la honda, esperando que en cualquier momento aparezcan más atacantes, pero le detengo con un gesto. Beth tiene otras intenciones.

–¿Vienes con nosotros? –pregunto.

–Vais a la ciudad. Yo también. Eso no es ir juntos, sólo al mismo sitio.

–Como quieras. Es más seguro viajar en grupo.

–¿Estás loco? –interviene el Piojo–. ¡Nos clavará un cuchillo en las costillas en cuanto nos despistemos!

–No lo creo. ¿Harás eso, Beth?

–Si quisiera matarte ya lo habría hecho. Pero haz caso a tu amigo, Lucas. Nunca se sabe. Él parece el más espabilado de tu grupo.

Se coloca a mi izquierda, dejando la derecha para Mara,

que la mira con suspicacia pero no dice nada. El Piojo lanza una de sus maldiciones y se adelanta unos metros. Saca un chicle y comienza a mascar.

–Pensé que ya no quedaban chicles –dice Beth.

–Hay que saber buscar –responde el Piojo, sin volverse.

En unas horas llegamos a la carretera. Aquí, cerca de la ciudad, el número de vehículos abandonados en el asfalto es muy elevado. Si te subes a un punto alto, como el techo de un camión de los grandes, puedes ver un auténtico mar de chatarra que se pierde en la lejanía. Me recuerda a una gigantesca serpiente con la piel de chapa que se hubiera muerto de sed y calor en mitad del camino.

Si algo sabemos hacer es investigar vehículos y encontrar cosas útiles, pero estos coches y camiones han sido saqueados a conciencia. Es muy probable que sus propios conductores, atrapados a kilómetros de distancia de sus hogares, se quedaran aquí el tiempo suficiente para acabar con todo lo de valor. Aun así, siempre hay algo para un Buscador.

El Piojo recupera en una *roulotte* un par de sacos de dormir. Yo encuentro unas botas nuevas y también un arpón de pesca submarina, de esos con aire a presión, que funciona bien y me servirá de arma. Mara hace el hallazgo del día. Tiene la teoría de que a todo el mundo se le caen cosas debajo de los asientos que quedan ahí perdidas sin que a nadie se le ocurra buscarlas, y es así como ha encontrado una caja de caramelos de café. Hay más de cuarenta, un auténtico botín. Tras alguna discusión con el Piojo, decide compartirlos con Beth, que ha preferido internarse en el bosque en busca de frutos silvestres.

Al atardecer decidimos acampar. Nos tienta una autocaravana con cuatro camas bastante confortables, pero Mara descubre huesos humanos en el coche de al lado, y se nos quitan las ganas. Al final nos apartamos de la carretera y montamos uno de los campamentos nocturnos a los que ya nos hemos acostumbrado, protegidos por árboles y rocas, en torno a un fuego.

A la luz de la luna, el Piojo cree ver un hilo de humo unos cuantos kilómetros por detrás de nosotros. Dura apenas unos minutos, pero es suficiente para ponernos alerta.

–¿Puede ser tu gente? –pregunto a Beth, que ha permanecido todo el día callada y algo apartada del grupo.

–No. A mí no me van a salir a buscar. Mi padre ha dejado claro que cada uno es responsable de sus actos y sus decisiones. Esperará que vuelva, pero si no lo hago seguirá con su vida.

–Tienen que ser los nuestros –afirma Mara. Cuando dice «los nuestros» está diciendo «Víctor».

–¿Por qué os persiguen? –pregunta Beth–. ¿Habéis matado a alguien?

El Piojo y Mara me miran en silencio.

–Nuestro líder no permite a nadie que salga del valle –contesto–. Nos siguen para obligarnos a regresar.

–¿Qué es, una prisión?

–No es una prisión –contesta Mara, en tono seco–. Isaac cree que si la gente de fuera se entera de que tenemos una granja con comida, vendrán en masa y lo arruinarán todo.

–Qué idea más tonta, ¿no? –se burla Beth–. ¿Por qué iba la gente a hacer algo así?

Me impresiona ver los rascacielos de la ciudad que hasta hace poco era mi mundo. Aparecen casi de pronto, entre los árboles, y me llevan de vuelta a una realidad que ya casi tenía olvidada. En esa masa de metal y cemento se suponía que yo debía crecer y tener una vida normal, ir a la universidad, divertirme en sus bares y discotecas... Ni siquiera llegué a entrar nunca en una discoteca. Empiezo a pensar en todos esos lugares que formaban parte de mi vida. Mi apartamento, el colegio, la casa de Zack, el parque. ¿Cómo estará todo ahora?

El Piojo me pasa unos binoculares que ha encontrado en uno de los coches. Ahora puedo ver lo que me resultaba extraño en esos rascacielos. En torno a los más altos hay bandadas de pájaros que revolotean en círculos. Parece que han encontrado un lugar ideal para sus nidos.

–Yo vivía en uno de esos edificios –hablo para mí mismo–, en uno de los pisos altos. Mi padre decía que era mucho mejor que una casa en las afueras, que así estábamos cerca de todas partes. Puede que mi casa se haya convertido en un nido gigante para esos bichos.

Entramos en la ciudad por la autopista norte, esquivando vehículos que ocupan todo el asfalto. Recuerdo el lugar donde nos detuvo el grupo de militares, en la primera noche de la huida.

–Tú también te acuerdas, ¿verdad? –le digo a Beth, adivinando sus pensamientos en su mirada.

–Me acuerdo de todo –contesta.

Seguimos caminando en silencio. Mara se ha quedado un poco atrás, junto al Piojo, que por una vez no hace de avanzadilla.

–Eras muy pequeña. Fuiste valiente.

–Tenía a mi padre, que me protegía de todo. Siempre pensé que si él estaba allí, nada malo podía pasarme. Y además...

–¿Qué?

Por primera vez, parece dubitativa, casi ruborizada. Aparta de una patada una lata vacía de Coca-Cola.

–¡No hagas tanto ruido! –le recrimina El Piojo desde atrás.

Beth vuelve a encerrarse en su mundo. Aprieta el paso y se aleja un poco más del grupo.

Pasamos junto a rótulos enormes, verdes, con los nombres de ciudades que ahora son cementerios, destinados a conductores que nunca los leerán. Avanzamos por calzadas, avenidas, parques donde el césped llega ya a la altura de las rodillas. Edificios de oficinas con todas las ventanas rotas, comercios con las puertas y los escaparates reventados y los cristales convertidos ya en un polvo que el viento arrastra por toda la ciudad. Hay papeles y plásticos y restos de aluminio y cemento por todas partes. Zonas enteras, varias manzanas a veces, están ennegrecidas por los incendios que se apagaron de forma natural cuando el fuego se quedó sin nada que quemar o cuando una lluvia piadosa decidió ponerles fin. Otros edificios, a veces muy cercanos a los anteriores, están casi como antes, conservan los cristales en las ventanas, y los coches aparcados frente a ellos parecen intactos, aunque llenos de polvo y mierda de pájaro, como si sólo esperasen a que los vecinos se decidieran a pasarles un paño.

–¿Cómo es posible que no quede nadie? –se pregunta Mara.

Es la pregunta que me tortura desde hace tiempo. Mi ciudad tenía medio millón de habitantes, y según Zack varios millones más deberían haber llegado huyendo de las grandes ciudades del este del país. La violencia y el hambre no justifican la desaparición de todo el mundo. Aquí ha pasado algo más, algo terrible. Y me pregunto si la ciudad engulle a los recién llegados igual que ha hecho con sus habitantes.

A medida que nos internamos en las calles, el sonido de los pájaros se convierte en un estruendo. Si alguien se ha beneficiado de la ausencia de humanos, han sido las aves. Parece que hay un millón en cada esquina, sobre las farolas, en los toldos, en los rótulos comerciales y en cada cornisa. Las palomas, los loros silvestres y los gorriones se han multiplicado, y además han llegado otras especies que no reconozco. Las águilas que antes vimos desde lejos se dejan caer de vez en cuando desde las alturas de los áticos para atrapar en pleno aire alguna presa descuidada, o llegan hasta el mismo suelo, de donde elevan el vuelo con alguna rata entre las garras. No se asustan ni se preocupan ante nuestra presencia, a pesar de que somos los únicos humanos a la vista. Parecen saber que nuestro tiempo ha pasado, que la ciudad es ahora suya y lo será para siempre.

Me sorprende que la otra especie que más se cruza en nuestro camino no sean perros o ratas, sino gatos. Grises, pardos, de todos los colores. Juraría que son más grandes de lo que yo recordaba, aunque no tengo ni idea de si se trata de una nueva generación o son los mismos que hace cuatro años se dejaban acariciar la barriga por sus dueños y dormitaban, malcriados, en los sofás y en las camas, al calor de la calefacción. Ahora han vuelto a ser lo que eran: felinos, depredadores. Se mueven con rapidez, con la gracia de pequeñas panteras, escurriéndose dentro y fuera de los edificios. A lo mejor siempre fueron así, pero sencillamente no nos dábamos cuenta.

–¿Por qué sonríes? –me pregunta Mara.

–Estaba pensando en que somos una especie en peligro de extinción.

Me gustaría que Gaby estuviera aquí. El arquitecto del holocausto debería ver con sus propios ojos los primeros pasos que se están dando ya para convertir la ciudad en una ruina irreconocible. El asfalto de las calles se ha cuarteado en varios sitios, y por las grietas asoman las raíces y las ramas de las plantas que han esperado en el subsuelo, pacientes, a que llegara su oportunidad. La hiedra de muchas macetas y parques se ha disparado hacia arriba, y trepa con voracidad por las fachadas de los edificios, entrando por cualquier ventana abierta o rejilla de ventilación.

Cuando llegamos a la parte sur de la ciudad, en dirección al río, nos topamos con un auténtico lago. Gaby me habló de esto, me explicó que muchas ciudades quedarían totalmente anegadas cuando la gran cantidad de basura fuera arrastrada por las lluvias y colapsara los colectores de las cloacas. De hecho, decía, si en lugares como Nueva York no sucede esto cada vez que llueve es exclusivamente gracias a los encargados de desatascar las cloacas. Con millones de toneladas extra de basura y sin nadie para hacer el trabajo sucio, el agua gana la partida.

He dicho que nos encontramos un lago, pero un vertedero húmedo sería la descripción más exacta. Un agua negra y apestosa lo cubre todo, y en ocasiones llega a la altura de los primeros pisos. Infinidad de objetos de todo tipo flotan de un lado para otro, mecidos por una extraña inercia que no llega a ser corriente, sino una especie de ley del movimiento exclusiva de este cementerio acuático.

Los únicos animales que sobreviven en este entorno son las ratas, a las que podemos ver nadando de un lado para otro. Aquí y allá emergen sus cabezas peludas o asoman sus largas colas, cuando deciden bucear en busca de no puedo imaginar qué.

–Aquí no puede quedar nadie vivo...

La voz de Mara está a medio camino entre la sorpresa y

la desesperación. Me vuelvo hacia ella y acaricio su mejilla con ternura. Su piel está fría.

–¿Estás...?

–Aguanto. Sigamos adelante. ¿Cuál es el plan?

–Vamos a la clínica donde trabajaba mi madre. Conozco el lugar, y es un buen sitio para intentar encontrar lo que necesitas.

–Podemos cruzar a nado –sugiere el Piojo.

–Ni hablar –contesto–, esta agua es lo más sucio que he visto, sólo hay que olerla. Un pequeño corte con algún hierro o un madero, y la infección está asegurada. Daremos un rodeo por el norte, buscaremos la zona seca.

–Es mediodía –advierte Beth, señalando el sol–, así que os aconsejo que empecemos a buscar un sitio donde pasar la noche.

–Bueno –dice Mara–, tenemos millones de apartamentos vacíos. Aquí no queda nadie.

–No es tan sencillo –contesta Beth–. La noche no es segura aquí, menos todavía que en el bosque.

–Siempre andas metiendo miedo, niña. –Mara parece haber recuperado su carácter–. ¿Es otra de tus mentiras? ¿Tienes pensado traicionarnos otra vez?

–No, tiene razón –interviene el Piojo –aquí hay más gente. Estoy seguro. Puedo olerlos, puedo escuchar cómo se mueven, muy despacio. Dentro de los edificios, en la oscuridad. No quieren que les veamos, pero están aquí.

–Aquí no queda nadie –contesta Mara, pero en su voz no hay mucha convicción.

–Es mejor un lugar alto –decide Beth–; busquemos un piso alto pero que tenga más de una ruta de salida. Por si acaso...

–En marcha –digo, y nos ponemos de nuevo en movimiento.

Pero esta vez ya no caminamos con tanta alegría. A nuestro alrededor, las sombras de la ciudad se han convertido en amenazas.

Me detengo en una avenida, justo frente a un antiguo quiosco de prensa. Tiene la persiana reventada, tal como la dejaron los saqueadores que arrasaron con todo lo que podía ser comestible, desde cajas de chicle hasta caramelos. Pero no es eso lo que busco.

–¿Quieres saber quién ha ganado el partido de básquet del domingo? –se burla el Piojo mientras me ve remover periódicos y revistas.

Mis ojos no pueden evitar leer alguno de los titulares de aquel día fatídico, el último día con noticias, que sin embargo no dio la única noticia importante de verdad. Guerras en Oriente, debates políticos, una crisis financiera que parecía que no iba a tener final. Vaya si lo tuvo. También me sorprende descubrir cuánto tiempo hacía que no leía nada. Y me produce un escalofrío pensar que podemos pasar el resto de nuestras vidas sin volver a leer ni escribir una sola línea.

Reaparezco de entre las pilas de papeles con mi trofeo en la mano.

–Muy listo –dice el Piojo–. Un plano de la ciudad.

Con el plano desplegado sobre el capó de un Lexus, parecemos un grupo de turistas perdidos, recién llegados a la ciudad. Sólo que no queda nadie a quien preguntar.

Marcamos una ruta que nos parece segura, a través del distrito comercial y hasta los barrios residenciales del norte, donde está la clínica. Ni Beth ni yo sugerimos acercarnos a nuestras antiguas casas, o buscar en los domicilios de los conocidos o amigos que no salieron de la ciudad con nosotros. Ha pasado demasiado tiempo y nos hemos convertido en otras personas. Las ruinas de nuestro pasado ya no nos interesan.

–Lucas...

Me detengo de golpe, sobresaltado por algo que estoy esperando que suceda a cada momento. Mara está en suelo, un par de metros atrás, con las manos en la cabeza.

–Me cuesta respirar...

La ayudo a incorporarse un poco, colocando mi mano en su nuca.

–Venga, Mara. Un poco más. No vas a flaquear ahora.

–Tú sabes... –susurra–, tú sabes que no vamos a encontrar nada. Ni insulina, ni ayuda ni nada. Es todo un sueño, una locura a la que te he arrastrado sin querer.

–¡No!Vamos a encontrar ayuda, aquí en la ciudad. Estoy seguro...

Busco con la mirada la complicidad de los demás. Beth aparta la vista.

–Entremos ahí –dice Beth, señalando una casa antigua, señorial, de dos pisos.

Hay algo de esperanza en ese edificio, me digo mientras me acerco a la entrada con Mara en brazos. Algo de desafío en su arquitectura clásica entre tanto gigante de hormigón y cristal. Emite una sensación de solidez, como si me dijera que podemos contar con él. Me lo confirma un detalle sorprendente: la puerta de entrada está intacta pero abierta.

El aire del interior es húmedo, se mete en los pulmones a la fuerza, como algo espeso. Pero enseguida nos acostumbramos. Aquí siguen los muebles señoriales, de tapicería cara, las mesas de roble y la enorme estantería llena de libros que nadie ha tocado. Beth casi se emociona al encontrar la gran chimenea de mármol, y enseguida hace un montón de leña con un viejo baúl y un par de mesitas auxiliares.

Utiliza un par de libros de esos gordos para prender el fuego, y una cálida luz anaranjada llena toda la estancia.

–¿Exploramos el piso de arriba? –pregunta el Piojo.

–Mejor. No encontraremos nada útil, pero sería bueno ver si hay alguna vía de entrada o de salida además de la puerta. No queremos sorpresas.

Pero las encontramos. En el pasillo superior, justo al dejar las escaleras, nos topamos con los restos momificados de tres hombres. Uno de ellos aún tiene en la mano un cuchillo, del que sólo queda el mango. Restos de guano de pájaro por todas partes nos indican quién se comió a los desafortunados, que debieron de morir de forma rápida y violenta a juzgar por la postura de sus cuerpos. En la habitación principal está su ejecutor. Sentado en una mecedora, casi parece dormido. El hombre debía de tener unos setenta años, y tuvo la sangre fría de quedarse sentado esperando a que los asaltantes llegaran hasta su habitación. En la mano aún aferra un revólver, un Colt calibre 38 como el que lleva a veces Víctor en la granja. Me cuesta mucho arrancárselo de las manos, casi espero que la momia abra la boca y se queje, pero al final lo consigo. Los cartuchos del tambor están vacíos, pero en un bolsillo de su batín aún quedan cuatro balas intactas. Lo recargo, sin tener muy claro si las balas funcionarán después de tanto tiempo en un ambiente tan húmedo, y me lo encajo en la parte de atrás del pantalón. Abandono el arpón de pesca en el suelo, librándome de su peso, y me siento reconfortado por tener un arma de verdad por primera vez.

Metemos los otros tres cuerpos en la habitación y la cerramos. Que terminen con sus asuntos en privado.

Calentamos agua utilizando uno de los jarrones metálicos de adorno del salón y nos servimos cuatro espléndidos platos de papilla de cereales. Como siempre, seguimos con hambre después de acabar hasta la última gota. Mara ha caído en un sueño profundo, en el sofá. El Piojo está en algún lugar de la casa, explorando, de forma que nos quedamos solos Beth y yo. Me entretengo en limpiar el revólver con un paño y algo de aceite que he encontrado en la cocina. Por algún motivo, me he sentido obligado a buscar un mantel para evitar que el arma estropee el roble pulido de la mesa del salón. Sentada en su sillón, junto a la chimenea, Beth me observa.

–Es tu tipo –dice.

–¿Perdona?

–No te hagas el tonto. La rubia. Tu novia.

–No es mi novia. Es... bueno, ahora estamos juntos. Pero no he tenido ninguna novia en la granja.

–Qué gracioso...

Uno de los troncos de la chimenea cede, carbonizado, y desmorona la estructura del fuego con un chasquido que interrumpe la conversación. La llama continúa viva pero disminuida, y ahora apenas puedo ver a Beth, perdida en la penumbra. Pero sé que me sigue mirando.

–Qué gracioso que pudieras plantearte cosas como tener novia. Tonterías. Esa granja debe de ser un lugar precioso, como de cuento. ¿Tenéis ovejitas, vacas...?

–Cabras.

–Ya.

El Piojo arrastra un mueble en algún lugar de la casa. Mara se remueve en sueños.

–Yo nunca llegué a pensar en esas cosas ¿sabes? –Su voz parece venir de muy lejos–. Cuando no tienes qué comer, todo lo demás desaparece. Pierde su importancia. Cuando veía a un chico, y a veces llegaban al bosque, sólo pensaba: ¿me quitará la comida? ¿Puede ayudarme a conseguir más?

–Ése es el reto –contesto.

–¿Cuál?

–Seguir siendo humanos. Poder reaccionar a otra cosa que no sea el hambre.

–Eso es fácil de decir para ti. Disfrutaste de un lugar seguro desde el principio.

Me levanto y me acerco. Su cuerpo se tensa, inseguro sobre cómo reaccionar. Su mano derecha se ha desplazado por su cuenta hasta el mango del cuchillo de caza que asoma de su cinturón.

–En el bosque, cuando nos atacaste... por un momento pensé que me ibas a abrir la cabeza ahí mismo. Y luego otra vez, en el taller.

–Puede haber más ocasiones.

–Claro. Lo que quiero decir es que en ese momento me odiabas. A lo mejor todavía me odias. Eso no tiene nada que ver con la supervivencia ni con la comida. Sigues siendo totalmente humana, Beth, no te preocupes.

–¡Ja! Sí, supongo que sí.

Se levanta y coge un par de tomos de la librería. Son dos libros gruesos, de tapa rústica. Ni siquiera mira los títulos antes de echarlos al fuego, que crepita agradecido.

–En la granja hay una mujer, Berta –le explico–. Es una especie de profesora, o lo más parecido a una profesora que tenemos. Si te hubiera visto hacer eso...

–Es combustible. No sirve para nada más.

–Ella dice que si nuestra generación dedica todas las energías a sobrevivir, a cultivar, a cazar, y no dedicamos tiempo a leer o a estudiar... bueno, la siguiente ya no tendrá oportunidad de hacerlo, y nuestros nietos serán analfabetos totales. La única forma de conocimiento que queda en la Tierra, hoy por hoy, son los libros impresos en papel. Cuando nadie pueda leerlos...

–Si volvemos a la Edad de Piedra, nos lo mereceremos, Lucas. Zack siempre hablaba de eso. Dominamos la tierra y el mar, exprimimos todos los recursos de la Tierra, llegamos al espacio. Nos creíamos dioses, y alguien nos ha dado una buena lección de humildad.

Se acomoda en el sofá y se cubre con una manta gruesa y confortable.

Compruebo que Mara también duerme en otro sofá, un sueño inquieto dominado por el miedo constante. La cubro con otra manta y me tumbo en el suelo, a su lado.

El Piojo aparece de entre las sombras. Lleva un cigarrillo encendido entre los labios.

–Yo haré la primera guardia –anuncia, y no le llevo la contraria.

Nos ponemos en marcha con las primeras luces de la mañana. A pesar de todos nuestros temores, nadie ha intentado entrar en la casa durante la noche. En el barrio que atravesamos hay algunas casas quemadas, y en muchas fachadas quedan los recuerdos de lo que debió de ser una lucha salvaje por las últimas provisiones. Impactos de bala en las paredes, restos humanos, incluso una especie de barricada levantada frente a los almacenes Val Mart con vehículos, cajas y ladrillos arrancados del asfalto. No creo que la defensa tuviera mucho éxito.

Nos topamos con la clínica casi por sorpresa. Es un edificio grande, de ladrillo rojizo, de esos antiguos que te indican que has llegado al centro de la ciudad. El guano de los pájaros ha corroído el letrero, pero todavía puede leerse «Clínica St. Peter's». Recuerdo cómo mis padres discutían por el trabajo de mamá. Mi padre siempre decía que con lo que él ganaba era suficiente, que no veía el motivo de que ella tuviera que pasar tanto tiempo aquí. Supongo que jamás imaginó que esos conocimientos médicos le salvarían la vida.

Alguien bajó la persiana de hierro que protege la puerta de entrada. Alguien más se encargó de forzarla, imposible saber si fue hace cuatro años o ayer mismo.

–Podemos entrar, hay suficiente espacio –informa el Piojo, que como siempre se ha adelantado.

Nos dirigimos al oscuro espacio que se abre entre los hierros, y que me recuerda más a unas fauces abiertas que a una puerta. Beth se ha detenido justo frente a la entrada.

–¿Qué ocurre?

–Aquí no voy a encontrar a mi hermano.

Mara y el Piojo esperan, con medio cuerpo dentro de la clínica y medio fuera.

–Es posible que no. Pero si encontramos la medicina, te ayudaré a buscarlo. Podemos recorrer los sitios que los dos conocíamos...

–¿Por qué debo creerte?

–Zack era mi amigo.

–Ahora dices eso. Aquella noche, en la verja, no tenías amigos.

–Beth. –Me acerco hasta quedar unos centímetros de su cara. Sus ojos de acero no pestañean–. Tenía catorce años y estaba muerto de miedo. No tuve elección, ya te lo he dicho. Si no quieres perdonarme nunca, pues no lo hagas. Pero ahora voy a curar a Mara y después vamos a buscar a Zack. Juntos o por separado, tú decides.

Me doy la vuelta y entro en la clínica sin mirar atrás, con

Mara y el Piojo a mi lado. Tardo unos segundos en oír las pisadas de Beth detrás de nosotros, un sonido que me llena de alegría.

Parece que un tornado se hubiera colado en la clínica. Hay puertas reventadas, camillas volcadas en mitad del pasillo, papeles y restos de cristal por todas partes. Material médico que debía de valer millones de dólares en su día, ennegrecido por los chispazos, abandonado de cualquier manera. Unos enormes cuervos negros se han colado por las ventanas rotas y revolotean de una habitación a otra, molestos por nuestra intromisión.

He estado aquí antes, un par de veces, cuando apenas tenía trece o catorce años. Un día mi madre me trajo de visita, para concienciarme de los peligros de ir en moto, de abusar del alcohol, incluso de empezar a fumar. Quería que viera a los enfermos parapléjicos, a los que estaban en tratamiento por drogadicción, a los que padecían cáncer de tráquea o pulmón. Fue una mañana horrible, de las peores de mi vida. No fui capaz de asociar lo que veía con las conductas que mi madre quería evitar. No fui capaz de imaginar que esos desgraciados que estaban tumbados en las camas tuvieran nada que ver con mi vida, con lo que me pasaba o podía pasarme a mí.

Muchos siguen aquí. Me han estado esperando todo este tiempo, sin moverse de las camas; saben que aún no he aprendido la lección. La humedad del aire y los pájaros se han aliado para que los cadáveres estén casi totalmente descompuestos, poco más que sacos de huesos a los que aún quedan adheridos restos de carne y de los pijamas azules que les obligaban a llevar. A su lado cuelgan los tubos inútiles que les suministraban oxígeno, suero, sangre, lo que fuera, y que aquella noche dejaron de hacerlo de golpe. Me cuesta imaginar el momento en el que los médicos y las enfermeras decidieron dejarlos aquí ¿Cuánto esperaron? ¿Días, semanas? También ellos tenían que buscar comida, ir a ayudar a sus mujeres, maridos, hijos. Imagino que los pacientes que siguen aquí deben de ser los que no tenían a nadie capaz de sacarlos a rastras y ocuparse de ellos como fuera. ¿Quién soy yo para juzgar? Recuerdo al abuelo, al que dejamos en la residencia. Una decisión tomada al momento, en el salón de casa, como si habláramos de dejar al perro en casa de unos amigos. Y sin embargo, nos salvamos.

–¡Por Dios!

Mara acaba de entrar en la sala donde estoy. Ha visto muchos muertos en estos años, ha vivido situaciones terribles. Pero no como ésta. Un cuervo que estaba rebuscando comida en la cuenca vacía donde una vez estuvieron los ojos de un paciente levanta la cabeza, con curiosidad ante el sonido de una voz, que seguro ya no recordaba.

–Espera en el pasillo, Mara. Yo registraré esta sala.

Los cajones están abiertos, cajas vacías tiradas de cualquier manera por todas partes. Alguien, seguramente el propio personal de la clínica, arrasó con todo lo que fuera de utilidad. Busco con un afán cercano a la desesperación, mientras escucho la respiración jadeante de Mara al otro lado de la puerta. Como imaginaba, ni rastro de insulina. Considero un pequeño milagro haber encontrado una caja de ibuprofeno.

Seguimos rastreando el lugar, habitación por habitación. Ya ha pasado el mediodía, y nos obligamos a descansar un rato en una sala de espera, uno de los pocos lugares donde no se respira la sensación de muerte. Ni en la cocina ni en las máquinas de los pasillos hemos encontrado nada comestible, pero nos las apañamos con el poco arroz que nos queda y con el agua que llevamos en las cantimploras. Sentados en las sillas de plástico, apuramos lo poco que nos queda.

–Mara, come un poco más... –Le ofrezco mi ración, pero ella niega con la cabeza.

–Lucas, no quiero que sea aquí. No en un sitio como éste.

–¿De qué estás hablando?

–Está peor –dice el Piojo. Aunque no hacía falta decirlo.

–No quiero morir en un sitio oscuro y lleno de cadáveres como éste. Sácame fuera, llévame de vuelta a La Granja. O al menos al bosque. Al aire libre.

–No te vas a morir.

–Eso no lo decides tú –contesta, y me acaricia la mejilla con suavidad.

–Mara...

–No puedo levantarme. Apenas tengo fuerzas para hablar, Lucas.

Me pongo en pie como movido por un resorte.

–Quedaos con ella. Voy a seguir buscando.

–Lucas... –La voz de Mara quiere retenerme, pero me la sacudo de encima mientras me alejo por el pasillo.

El Piojo me alcanza y me detiene colocando una mano sorprendentemente fuerte en mi antebrazo.

–Venga, Lucas. Aquí no hay nada. La chica tiene razón, éste no es un buen lugar para morir.

–¿Ya te has resignado? ¿Es eso lo que quieres que haga, que me quede mirando cómo se muere? ¿Para qué diablos crees que he llegado hasta aquí?

–No estás pensando con claridad, hombre.

–¿Y tú sí? ¿Un crío de catorce años me va a decir lo que hay que hacer? ¿Para qué estás tú aquí?

Se aparta de mí. Si en su expresión había asomado alguna traza de compasión o simpatía, la he borrado de un plumazo.

–He venido en busca de botín. Soy un explorador, como lo eras tú, y eso es lo que hago. Me busco la vida, me guardo las espaldas. Ni más ni menos.

–Pues ya puedes largarte, Piojo, si no me vas a ayudar a encontrar la insulina.

Estoy solo otra vez. Como siempre he estado. Todas las salas me parecen ahora iguales, desde la de Urgencias hasta las consultas de pediatría. Necesito encontrar algo útil, y rápido.

Atravieso innumerables pasillos y llego a algo que parece ser la farmacia o el almacén de medicamentos. La puerta está abierta, como todas, con la cerradura reventada a golpes. Entro y comienzo a revolver en los cajones y estantes. Si no está aquí, no lo encontraré en ninguna parte.

Entonces los oigo.

Al principio los confundo con maullidos de gato, un sonido que me ha acompañado cada día desde que entramos en la ciudad. Luego lo distingo mejor: son aullidos, y son humanos. Una mezcla de grito primario animal y de código, y están a las mismas puertas de la clínica.

Vuelvo sobre mis pasos, hasta llegar al hueco de la escalera. Mara y Beth se encuentran en el piso de abajo.

–¿Habéis oído? ¡Tened cuidado!

–¡Piojo está asegurando las puertas de la planta baja! –responde Beth–. ¡Tenemos que ayudarle a bloquear el paso!

–¡Ayúdale tú, Beth! –grito a mi pesar–. ¡Bajo enseguida!

Vuelvo a la sala de los medicamentos. Me asombro al ver cuántas cajas he tirado por el suelo en mi frenesí. Soy un Buscador. Encuentro cosas útiles. Y voy a encontrar la medicina para la chica que quiero.

Algo se rompe dos pisos más abajo. Parece como si un tabique de madera hubiera cedido. Me llega amortiguado el grito de un desconocido. ¿Es un grito de triunfo? No, suena más bien a dolor y a rabia. Los míos están luchando.

Vuelvo a los estantes y esta vez lo veo enseguida. En uno de los estantes superiores hay un rótulo: «Viales de Insulina». Ahora no puedo pensar si seguirá siendo útil después de tanto tiempo sin refrigeración. Me digo a mí mismo que éste es un lugar frío. Consigo bajar del estante una caja metálica muy pesada. Está cerrada con llave.

Con la fuerza de la desesperación, arremeto contra la cerradura. Primero con el pie, luego con el borde de un taburete metálico. Finalmente recuerdo el revólver que llevo en la parte de atrás de la cintura del pantalón. Apunto a la cerradura. Disparar en un sitio cerrado no es como en las películas: el ruido me deja ensordecido durante unos segundos, y el olor a pólvora se me mete por la nariz hasta llegar al cerebro. Puedo escuchar el zumbido de la bala que rebota a mi alrededor, hasta que la madera de la puerta decide retenerla. Sólo es cuestión de suerte que no se haya alojado en mi espalda, pero no puedo pensar en eso, no tengo tiempo.

–¡Lucas! –grita Beth desde algún lugar.

Pero no la oigo. Estoy muy ocupado tratando de negar lo que ven mis ojos. La caja está vacía, por supuesto.

No encontraré nunca la insulina para Mara; siempre lo he sabido, aunque no he querido saberlo. La verdad es como una vieja fea y malvada, que ha estado siempre ahí, sentada en mi salón mientras yo me esforzaba por mirar hacia otro lado, y que ahora se ríe a carcajadas y me enseña su boca llena de dientes amarillos y rotos.

–¡Lucaaasss!

Estoy sentado en el suelo, como un muñeco, un idiota, un payaso al que han cancelado la función porque ya no quedan niños en el mundo. Oigo gritos y ruido de cristales rotos y golpes, pero ya no tienen nada que ver conmigo.

Mara sigue viva. Está ahí abajo, junto a Beth y al Piojo. Vivirá, viviremos, un día, dos. A lo mejor sólo tres o cuatro horas. Pero sigue siendo nuestro tiempo. Tenemos que aprovecharlo, tanto como el abuelo de noventa años que cada amanecer se asombra de seguir vivo. Me lo repito mientras me obligo a levantarme.

Bajo las escaleras despacio, como en un sueño. Me siento más cansado que nunca; mi hombro roza la pared mientras desciendo, dejando un rastro en la mugre que lo recubre todo.

Han entrado. Llego al vestíbulo para toparme con una escena de combate. Que dos chicos de catorce años planten cara a media docena de adultos es algo difícil de creer, pero es así. Beth defiende la entrada, con una especie de barricada que han colocado frente a la puerta amontonando archivadores y camillas contra ella. La parte superior de la puerta está medio reventada, y por el agujero asoman caras y brazos que Beth rechaza a cuchilladas.

De alguna manera, dos de ellos han logrado entrar por otro sitio. Uno está tirado en el suelo, en mitad de un enorme charco de sangre que continúa manando del agujero donde antes tenía un ojo.

El otro está de pie, tratando de alcanzar al Piojo con su garrote. El chaval se aparta, da vueltas y utiliza los pocos muebles que quedan –sillas de plástico, dos macetas vacías– para entorpecer a su atacante, un tipo alto, calvo, con el torso desnudo y muy pálido y delgado.

No me ve llegar.

Mi mano actúa por su cuenta, se levanta sola. Casi me sorprendo al ver el revólver al otro extremo de mi brazo. Mi primer disparo le arranca una oreja al salvaje, que se gira hacia mí con un alarido de dolor y de rabia. El segundo disparo le alcanza en la cara, en el pómulo izquierdo. No se detiene hasta que disparo una tercera vez y le doy en el pecho, a la altura del corazón. Cae desplomado.

–La ventana –dice el Piojo–, al fondo.

Sigo la dirección de su mirada hasta un pequeño ventanal, apenas un tragaluz, por el que intenta colarse otro atacante. Si no estuvieran tan delgados jamás podrían pasar por un espacio como ése, pero como lo están, lo hacen. La mujer que trata de entrar casi lo ha logrado, tiene medio cuerpo dentro de la sala. También está muy pálida y tiene el cráneo medio calvo, con mechones de pelo rojizo aquí y allá, como una muñeca vieja. Me ve llegar y abre los ojos como platos. Le grita a alguien –quien sea que está empujando para ayudarla a entrar– para que tire de ella hacia fuera, pero no le hacen caso, y se queda atrapada. Casi puedo verme a través de sus pupilas: un chaval bañado en sangre, con expresión de loco, que avanza hacia ella gritando.

Aprieto el gatillo con frenesí pero sólo consigo un chasquido decepcionante. La expresión de terror de la mujer desaparece de su rostro y vuelve a hacer fuerza para intentar entrar.

La golpeo una sola vez con el tambor del Colt, en la sien. Se queda colgando allí, en mitad de la pared, como un trofeo de caza o un extraño animal sin piernas. Su cuerpo bloquea la entrada de forma efectiva.

Otro atacante ha logrado colarse por el estrecho espacio que deja la puerta entreabierta y la barricada de muebles.

Beth no tiene suficiente fuerza para mantener la puerta cerrada, y un hombre pequeño y fibroso se escurre dentro de la sala con un grito de triunfo. No dura mucho. Beth le golpea en la cabeza con el mango de su cuchillo, y después, con un esfuerzo enorme, vuelve a cerrar la puerta empujando contra ella el archivador. El intruso se reincorpora y se lleva una mano a la nuca dolorida, justo a tiempo de vernos a mí y al Piojo avanzar hacia él. Se da cuenta de que se ha quedado solo en territorio enemigo, y trata de encontrar una salida, pero no la hay. El Piojo no corre riesgos y le lanza una de las tuercas con su honda. El proyectil golpea en la frente al hombre, con un sonido espantoso que recibo con una sonrisa de triunfo. El salvaje cae al suelo a peso.

–Ayudadme... –nos pide Beth.

El Piojo lanza su escaso peso contra la barricada. Es suficiente para volver a cerrar la puerta y asegurarla con el pasador. Desde el otro lado nos llegan gritos e insultos.

Es entonces cuando pienso en Mara. Estoy de pie, jadeando, con el rostro salpicado de sangre. Acabo de matar a dos personas, debería estar conmocionado, pero me hallo en un estado de exaltación como no había conocido, casi ardo en deseos de que entren más para poder acabar con ellos. Es Mara la que me saca de esta euforia sangrienta, la que me devuelve a la realidad. Corro hacia ella, que sigue tumbada en uno de los sofás. Está pálida y fría como la nieve, y apenas le noto el pulso.

–¿Encontraste algo? –La voz del Piojo llega desde muy lejos. Niego con la cabeza, sin mirarle–. Y encima estamos atrapados aquí...

Beth se asoma por una de las grietas de la puerta.

–Debe de haber al menos veinte ahí fuera.

–Pero ¿quién diablos son? –pregunto en voz alta.

El tipo que El Piojo ha derribado comienza a gemir y a moverse en el suelo. Beth coge su cuchillo y avanza directa hacia él.

–Espera –la detengo–, podríamos hacerle hablar.

El hombre se incorpora a medias y queda sentado en el suelo. Un enorme moratón está apareciendo en su frente, con la marca de una tuerca de acero claramente visible en el centro. Parece ser que el cráneo ha resistido.

–¿Sólo sois vosotros? –En su voz se detecta asombro verdadero–. ¿Unos críos?

La hoja del cuchillo de Beth aparece junto a su garganta.

–Unos críos que han matado a tres de los tuyos, y pueden matarte a ti en cualquier momento.

–¡Vale, vale! –dice el hombre, levantando las manos–. Sólo quería decir que no es normal...

–¿Qué queréis? –pregunto, aunque ya conozco la respuesta.

–Andamos escasos de víveres.

Lo observo de cerca, atentamente. Es un tipo muy delgado. Lleva puestos unos tejanos viejos y llenos de manchas oscuras, y los restos de una camisa que apenas cubren su cuerpo. Luce una barba muy fina, casi una pelusilla, y una cabeza calva y brillante en la que hay un único mechón, cerca de la nuca, como un matorral en el desierto. No debe de ser mucho mayor que yo.

–¿Cuántos sois ahí fuera? –pregunta el Piojo.

–¿Y cómo voy a saberlo? –contesta el hombre–. Joder, chaval, ¿con qué me has dado? Casi me abres la cabeza.

El Piojo muestra su honda, dos largas tiras de piel con una superficie más amplia en el extremo, y abre la mano para que el hombre vea la tuerca de acero que tiene ya preparada.

–¿Cuántos sois? –vuelve a preguntar, jugueteando con la tuerca.

–De verdad que no lo sé. Hay muchos grupos. Todos los días muere alguien, todos los días aparece alguien. Simplemente estamos ahí, y cuando descubrimos una fuente de comida, vamos todos a por ella. Como vosotros.

Beth se aparta de la puerta tras comprobar que la barricada vuelve a estar colocada y se mantiene con firmeza en su sitio. Se arrodilla frente al hombre, con el cuchillo en las manos.

–¿Qué coméis normalmente?

–Vamos al restaurante chino de la esquina. Pero es que hoy estaba cerrado.

La mano con el cuchillo se mueve poco a poco hacia su cuello. La otra, rápida como una serpiente, clava un dedo en el centro de la herida que el hombre tiene en la frente. Con un grito, el salvaje intenta retroceder arrastrando el culo.

–Te he hecho una pregunta.

–Está bien, está bien, tipa dura. ¿Qué diablos vamos a comer? Lo que todo el mundo en esta ciudad: ratas, insectos. Los hongos que crecen en las tuberías. Algún gato.

–¿Personas? –intervengo.

Se queda en silencio. Mira a su alrededor, comprobando una vez más que no hay salida. La puerta sigue bloqueada, y el cadáver de la mujer –¿su amiga, su hermana?–sigue ahí, encallado en la ventana, impidiendo el paso.

–No seáis hipócritas. ¿De dónde venís vosotros? Todo el mundo lo ha hecho alguna vez. Al menos, todo el mundo que sigue vivo. –Nos mira con detenimiento, como si lo hiciera por primera vez–. Vosotros no estáis calvos –observa.

–¿Cómo?

–Tenéis pelo. A todo el mundo se le cayó hace años. Pero vosotros tenéis pelo. Y estáis fuertes. ¿De dónde salís?

No le contestamos. Desvío mi mirada hacia Mara, que gime en el sofá. Tiene el cuerpo cubierto de sudor.

–Venga –dice el hombre–. Os propongo un trato. Podéis entregarnos a ella –señala a Mara–; está claro que no le queda mucho. Con eso tendremos suficiente, y vosotros podréis...

Me vuelvo hacia él y le suelto una patada en la cabeza. Es un golpe lateral, en la sien derecha, propinado con la punta de mi bota. Mi cerebro, o al menos la parte de él que utilizo durante mi vida diaria, se sorprende tanto de esta acción como el propio salvaje, que cae desplomado al suelo y ya no se levanta.

Beth arquea una ceja. El Piojo ni se inmuta.

Reunimos sobre la mesa todas nuestras provisiones. Tres saquitos de arroz, una caja de papilla para bebés, media docena de bayas que recogimos en el bosque. Una cantimplora y media para beber. Con esto no duraremos mucho, quizás un par de días, y Mara probablemente no llegue ni a mañana ¿En qué estaba pensando? No encontraré jamás la maldita insulina. No debe de quedar en ninguna parte, y si la había se ha echado a perder hace mucho tiempo. Mara va a morir aquí, lejos de los suyos, de los que la quieren, y todo por mi estupidez. En La Granja podría haber aguantado mucho más tiempo, con las hierbas de Berta, con su madre, con su amiga Clara... ¿Cómo he podido ser tan egoísta? ¿La he traído hasta aquí sólo para demostrarle que soy mejor que Víctor, para obligarla a pasar conmigo sus últimos días?

–¡Lucas! ¿Me oyes o no?

Beth está frente a mí. Lleva ya un rato diciéndome algo, pero yo no la escuchaba.

–El Piojo tiene una idea.

–Por el piso de arriba se puede escapar –explica Kevin–. Hay un pasillo que lleva a otro edificio, y desde allí se sale a la calle.

–Podemos despistarlos en las calles si conseguimos ventaja –apunta Beth.

La cabeza me da vueltas. He de concentrarme, pensar con claridad. Nos va la vida en ello.

–El problema es que en cuanto dejemos de defender esta entrada, los de ahí fuera entrarán en tromba –digo–. Nos alcanzarán por la espalda mientras huimos, sobre todo porque con Mara hemos de ir lentos a la fuerza.

–Ya lo hemos pensado, listo –me interrumpe el Piojo–. El que se va eres tú. Eres el único lo bastante fuerte para cargar con Mara. Beth y yo podemos mantener la puerta cerrada durante un buen rato para darte tiempo a...

La expresión de mi cara, por una vez, le hace callar.

–Vosotros dos podéis intentarlo. Sois rápidos, no tenéis por qué quedaros aquí hasta el final.

–Te lo dije –refunfuña el Piojo mirando a Beth, que juraría que está sonriendo.

Un estruendo en el pasillo nos sobresalta a todos.

–¡Están ahí fuera otra vez! –grita El Piojo–. La puerta no aguantará eternamente, Lucas. Hay que ir a la otra planta.

Pero no podemos subir, no si llevamos a Mara en brazos. Nos alcanzarían en la escalera, nos pillarían por la espalda. Y Beth lo sabe.

–¿Quieres irte de una vez? –le digo–. Ahora te toca a ti estar en el lado bueno. Yo ya tuve mi oportunidad.

Espero cualquier cosa. Que se marche corriendo escaleras arriba. Que me golpee con rabia, que me escupa en la cara. Que se ría de mí. Lo que no espero es esa mirada de ternura, esas lágrimas que no sabía que albergaba. Se sienta a mi lado, abrazando sus propias rodillas. El Piojo está tratando de apuntalar la barricada. Del exterior llegan más gritos, golpes contra la puerta, piedras que rebotan contra los marcos desvencijados de las ventanas más altas.

–¿Sabes lo que pensé aquella noche, cuando llegamos a la granja?

Su pregunta no me sorprende.

–Que era un malnacido.

–No. Pensé que por qué no me habías dejado tu mochila, donde llevabas las manzanas.

Trato de contener la risa, pero se me escapa por todos los poros.

–Las manzanas... Ni se me ocurrió. No pensé en ello.

–Ya me lo imagino.

Ella también se ríe.

–Lo siento.

–No pasa nada.

–No, lo siento, Beth. Por todo.

Por primera vez desde que nos reencontramos, su expresión es la de una chica de catorce años.

–Tenía ganas de abrirte la cabeza, Lucas.

–¿Ya no?

–Pensaba que era porque me habías dejado tirada aquella noche, a mí y a mi familia, al otro lado de la verja. Pero ya no estoy tan segura. No es culpa tuya. Zack trató de explicármelo muchas veces. Él siempre decía que el mundo era así, injusto. Que se dividía entre los que tenían y los que no. Que nosotros siempre habíamos estado en el lado equivocado de la verja.

Un golpe en la puerta hace temblar el suelo de la habitación. El Piojo masculla una maldición y aprieta su pequeño cuerpo contra la barricada.

–Pero no era por eso por lo que te odiaba, Lucas –continúa–. Te odiaba porque tú eras la última cosa normal que me pasó en la vida. Estaba enamorada de ti, ¿lo sabías?

¿Qué puede contestar uno a eso? Asiento levemente con la cabeza.

–Durante aquella noche, mientras caminábamos hacia el valle, y a pesar del miedo que tenía, me sentía bien, me sentía llena de vida. Mi padre y mi hermano me protegían y estaba viajando en compañía del chico de mis sueños, y todas las demás chicas, las mayores, las que te interesaban a ti, habían desparecido de un plumazo. Ese sentimiento fue el último que tuve en mi vida anterior. ¿Entiendes? Desde entonces, todo ha sido miedo, tristeza, hambre y peleas. Todo. Tú, lo que sentía por ti, era lo que quedaba de aquella Beth. Cuando nos dejaste, cuando me dejaste a mí, me quitaste eso, y no lo he vuelto a sentir. No he vivido nada parecido durante cuatro años.

–Ahora estoy aquí.

–Pero yo ya no soy Beth, Lucas. Ya no busco aquello. Como tu pequeño amigo, el Piojo, estamos demasiado lejos, nos hemos adaptado a este mundo porque no teníamos elección.

Se levanta, muy despacio. Parece una mujer mayor, cansada pero decidida.

–Por eso vamos a tomar la única decisión que se puede tomar, Lucas. No voy a dejar que me cojan viva esos...

Suena un disparo.

Cuando no lo esperas, es fácil confundirlo con un golpe, el choque de metal contra madera. Pero es un disparo, de una escopeta.

Los golpes en la puerta se detienen. El ruido de la lucha se aleja hacia la calle, más allá del pasillo y de la entrada de la propia clínica. Más disparos.

–¡Abre la puerta! –grito al Piojo–. ¡Ha llegado ayuda!

–¿Puede ser Jacob? –pregunta él mientras me ayuda a apartar el archivador.

–Son disparos de escopeta –le contesto, jadeando por el esfuerzo–. Jacob tenía un fusil automático.

Aparto el archivador que bloquea la puerta y la abro con cautela. Fuera, el pasillo está oscuro y desierto. Al final podemos ver la puerta de entrada a la clínica, que cuelga de lado medio arrancada de sus goznes, con el cristal astillado. Distingo algunas figuras que se mueven de un lado para otro.

Dos de ellas irrumpen en el pasillo. Dos hombres, uno de ellos herido, por la forma en que el otro lo aguanta contra su hombro. Tropiezan, se golpean contra las paredes, pero avanzan hacia nosotros. A contraluz, no puedo distinguir sus rostros.

Otras figuras entran en el pasillo, persiguiéndoles. El que parece sano deja al otro en el suelo y se lleva al hombro una escopeta de dos cañones que llevaba bajo el brazo y yo no había visto todavía. El disparo del calibre doce, dentro del espacio angosto del pasillo, suena como un cañonazo. Los perdigones lo barren todo y a pesar del humo veo dos o tres figuras que caen al suelo.

El hombre recoge a su compañero y sigue corriendo hacia nosotros. El Piojo levanta una tubería de cobre afilada como una lanza y congela su lanzamiento en el último segundo.

–¡Es Víctor! ¡Y Gregor!

Nos apartamos para que los dos milicianos entren en la sala como una tromba, y enseguida volvemos a cerrar la puerta y colocar la barricada.

Gregor se desploma en el suelo, con la camisa empapada

en sangre. El jefe de seguridad de la granja, el apuesto y duro ex policía, no parece ahora muy diferente de todos esos muertos que hemos encontrado por el camino. Pero aún respira.

Víctor se apoya en la escopeta y trata de recuperar el aliento.

–¡Agua!

Cruzo una mirada con Beth. Ella asiente, y le paso la cantimplora a Víctor. Se la arrebato antes de que la vacíe, pero no opone resistencia.

–¿Mara? –pregunta, y casi al mismo tiempo la ve en el sofá.

Se tambalea hacia ella, le toma el pulso y puedo ver que un enorme peso se evapora de su expresión. Acaricia sus cabellos rubios con ternura, y después me mira. Hay lágrimas en sus ojos, que abren surcos en la capa de polvo y sangre ajena que le cubre como una máscara.

–¿No has encontrado nada?

Agacho la cabeza, tragándome mi fracaso.

Esperaba un reproche, un ataque, algo. Pero Víctor se limita a llorar, arrodillado junto al sofá, con las manos de Mara entre las suyas. Por supuesto, pienso, Mara y él no tuvieron ocasión de hablar. Desde su punto de vista, sigue siendo su chica.

–Veníamos siguiéndoos –comienza tras unos segundos–. Rober rastreaba vuestra pista desde que dejasteis la granja, pero luego desapareció. No sé qué pudo pasarle, pero le perdimos. Nos separamos en grupos. Gregor y yo íbamos juntos, y encontramos algunos salvajes en el bosque. Nos hablaron de la gente que se reunía en la playa y decidimos probar allí. Los perros de Gregor reencontraron vuestra pista, y os vimos entrar en el campamento de esta chica. –Señala a Beth–. No sabíamos si ya habíais revelado la existencia de La Granja a esta gente...

–Ellos ya la conocían, Víctor –contesto–. Beth y su familia llegaron conmigo a La Granja. Son los amigos a los que no dejasteis entrar.

–¿De veras? Tanta precaución para nada... Qué ridículo resulta todo ahora.

–¿Y nos seguisteis hasta aquí? ¿Por qué?

–Teníamos que hablar con vosotros. Convenceros para volver. Gregor no quería entrar en la ciudad, pero yo insistí... Al acercarnos a la clínica, nos atacaron esos de ahí fuera. Maldita sea ¿quiénes son? Parecen... parecen... no sé, están todos tan delgados, tan pálidos, sin pelo. Les disparamos, y seguían viniendo. Nos equivocamos al meternos en un edificio; le dije a Gregor que necesitábamos espacio para disparar... y nos cayeron encima desde todas partes; no se veía nada con el humo de la pólvora...

–¿Sólo quedáis vosotros? –pregunta el Piojo, y Víctor se fija en él por primera vez.

–Piojo, debí imaginar que tú irías con ellos. ¿Tienes un cigarrillo?

–No.

–Es para Gregor.

El Piojo se lo piensa. Luego asiente y saca un cajetín arrugado y descolorido de Marlboro de uno de sus innumerables bolsillos. Le pone uno en los labios a Gregor, que abre los ojos y trata de hacer un gesto de agradecimiento.

–No lo enciendas –dice Beth–, no vale la pena.

–Víctor, escucha. –Me sorprende mi propio tono de voz, tan calmado. Tan vacío–. Tenemos una oportunidad. Cuando vuelvan a atacar, yo me quedaré aguantando la barricada. Tú puedes llevarte a Mara en brazos hasta el piso superior. Desde allí has de tomar el tercer pasillo a la izquierda. Llegarás al edificio anexo a la clínica, que tiene su propia salida a la calle, a través de Urgencias. Luego sigue la avenida principal, la paralela a la que hemos usado nosotros. No vayas hacia el sur porque está inundado y no podrás pasar.

–¿Qué quieres que haga?

–Con Mara en ese estado no llegarás nunca a La Granja. Pero puedes alcanzar el campamento donde nos viste antes. Hay tres o cuatro de días de camino, y será duro, pero puedes hacerlo. Allí hay suministros que han recuperado de los naufragios, y el que manda es Richard, el padre de Beth. Ella te ayudará.

–¿Y tú?

–Si no me quedo aquí a detenerlos nadie escapará.

–¿Y Gregor?

–Tiene reventada la arteria que pasa por la ingle, Víctor. Estará muerto antes de cinco minutos –le informa el Piojo.

–Joder.

Se levanta y deambula por la sala, pensando. Por un momento me imagino que es un padre que espera a que nazca su hijo.

–Tú quieres a Mara, Víctor –le animo, porque no disponemos de más tiempo–; sácala de aquí.

–De acuerdo –dice, y aprieta los dientes.

Se acerca y me alcanza su escopeta. Es un arma pesada, de dos cañones, recortada para poder usarla en distancias más cortas.

Saca del bolsillo dos cartuchos rojos, postas del calibre doce.

–Es todo lo que me queda. Úsalos bien.

–Marchaos ya.

¿Qué hace Beth? Se está quitando uno de los collares que

lleva, una cadenita de metal con un símbolo de la paz plateado. O puede que sea una estrella de la Mercedes. Se la da a Víctor.

–Muéstrasela a mi padre. Es una especie de contraseña, para que se fíe de ti.

–¿De qué hablas? –casi grito–. ¡Lárgate con él!

–Es un tipo fuerte –dice el Piojo–, podrá llevarse a Mara él solo. Nosotros te hacemos más falta aquí.

Estamos todos de pie en mitad de la sala, sin saber qué más decir. Descubro que la gratitud es parecida a una infusión caliente, algo que te entra en el cuerpo y te recorre las tripas y te hace sentir bien. Viene mezclada con el miedo, el miedo a ver morir a mis amigos, y la responsabilidad y la culpa, que siempre se entrelazan. Pero sienta bien.

Víctor se limita a asentir con la cabeza. Arropa a Mara en la manta y, antes de tomarla en brazos, se vuelve hacia mí, como si se acabara de acordar de algo. Se aparta, y yo me acerco. Me inclino sobre la mujer a la que llevo tanto tiempo queriendo y la beso en los labios, con ternura, como si tuviera miedo de despertarla. Ella se agita en su sueño extraño y enfermo. Un segundo después, está en brazos de Víctor. Otro más, y ambos han desaparecido de la sala, de mi vida.

Sólo quedamos Beth, el Piojo y yo. Un par de cadáveres tirados por el suelo, escombros, manchas de sangre, una barricada a punto de venirse abajo. Un escenario tan bueno como cualquier otro. Los golpes arrecian.

Nos apoyamos los tres contra la barricada. Es imposible saber si han pasado minutos u horas, pero ahí seguimos, y también siguen ahí fuera los otros, gritando. Tienen miedo, pero el hambre lo supera.

–Víctor ya debe de llevar una buena ventaja –comenta Beth.

–Seguidme –contesto, porque he tenido una idea.

Agarro los brazos de la mujer que sigue encallada en la ventana, con medio cuerpo colgando hacia dentro. Desde fuera no han podido librarla de esa espantosa situación, pero puede que desde dentro, con la parte gruesa de nuestro lado, resulte más sencillo. El Piojo y yo tiramos a la vez, cada uno de un brazo. Por un momento tengo la sensación de que vamos a mutilarla, pero luego empieza a escurrirse hasta caer al suelo ante nosotros como un trozo de carne muerta, que es precisamente lo que es.

Soy el primero en salir por la ventana, con la escopeta preparada en las manos. Con mi tamaño paso justo, por lo que Beth y el Piojo no tendrán problemas. No hay salvajes frente a mí, pero sí a unos cuantos metros a la izquierda: los últimos de la cola que se halla en la entrada y que llena el pasillo hasta nuestra barricada. Beth y el Piojo salen tras de mí y comenzamos a movernos en dirección a la calle, muy lentamente.

Un hombre enorme, asiático, se vuelve y nos ve. Grita como un animal herido, y los demás se lanzan hacia nosotros. Hay por lo menos una docena, y muchos más van saliendo de la clínica.

Disparo a bocajarro, con los dos cañones. El gigantón sale disparado varios metros hacia atrás, y por lo menos tres personas más que estaban a su lado reciben también algún perdigón. Gritos, salpicaduras de sangre, cuerpos que ruedan por el suelo. Un tipo alto, que venía corriendo y al que no he alcanzado, se abalanza sobre mí como un caballo desbocado. Me agacho al mismo tiempo que le golpeo las rodillas con los cañones de la escopeta, como si ésta fuera un bate de béisbol. Sus huesos crujen y cae para no levantarse más.

Corremos, atravesamos la calle. El Piojo salta por encima de un coche; parece que para él exista una ley de la gravedad diferente a la nuestra. Aterriza dando una voltereta y se da la vuelta para comprobar si le seguimos.

Los que nos siguen son lentos y se mueven con torpeza. Al igual que los que hemos abatido en la clínica, están muy delgados, casi ninguno tiene pelo en la cabeza y más que correr, se tambalean. Si Zack estuviera aquí diría que han salido de una película de zombis.

–¡Por allí! –grito–. ¡Hacia el parque!

Hemos de encontrar una zona sin obstáculos donde podamos dejarles atrás, ganar distancia. Giramos a la izquierda en la primera calle y nos detenemos de golpe.

Un autobús cruzado en medio de la calzada la calle nos corta el paso. El autobús nocturno que cogía a veces para volver de casa de Zack. Desde la carrocería, una modelo gigante me guiña un ojo y me asegura que su ropa interior vuelve locos a los hombres. En el techo, una hilera de buitres me mira con curiosidad. Me pregunto cuántas veces han visto ya esta película.

Los salvajes se acercan por detrás. No hay manera de rodear el autobús, empotrado en ambas fachadas, y no hay suficiente espacio para escurrirse por debajo. Pero tiene las puertas abiertas.

–¡Por dentro! –grito.

Beth es la primera en entrar, y salta por el otro lado a través de una de las ventanas rotas. El Piojo y yo nos detenemos en la puerta.

–¡Tú primero! –me dice.

No hay tiempo de discutir ni de pensar. Entro en el autobús como una bala y salto por la ventana del otro lado. Durante el segundo que tardo en atravesar el vehículo, detecto por el rabillo del ojo movimiento entre los asientos. Eso me desconcierta durante una fracción de segundo, lo suficiente para calcular mal la caída. El tobillo derecho se queja con un dolor agudo que me sube por toda la pierna hasta la cadera.

–¡Maldita sea! ¡Kevin, cuidado!

Pero el Piojo ya está en el pasillo del autobús. Los que estaban dentro, durmiendo, esperando, lo que sea, ya han reaccionado. Alguien le ha agarrado por la cintura un segundo antes de que pudiera saltar por la ventana. Le veo pelear, un borrón de movimiento, la hoja de un cuchillo, salpicaduras de sangre en los asientos. El Piojo se asoma, listo de nuevo para saltar hacia nosotros, pero una docena de brazos cadavéricos surgen tras él, lo agarran por el cuello, por el pelo, por la cintura, y tiran hacia atrás.

–¡Corred! –es todo lo que alcanza a decir antes de desaparecer dentro del autobús, que ya se ha convertido en una especie de hormiguero lleno de figuras que se mueven frenéticas.

Beth tira de mí, me arrastra para alejarme mientras los salvajes comienzan a saltar ya por las ventanas, incansables.

–¡No podemos dejarle! –grito entre lágrimas, pero mis piernas han decidido por su cuenta, y no dejo de correr, a pesar del dolor lacerante en mi tobillo, a pesar del cansancio, a pesar de que estamos dejando atrás, una vez más, a alguien a quien queremos.

Llueven piedras y gritos a nuestro alrededor. Un adoquín rebota en una farola, a pocos centímetros de mi cabeza. Ahora soy yo el que parezco un muerto viviente, tambaleándome con mi pierna inútil. Van a alcanzarnos.

Beth abre de una patada la puerta de entrada de lo que en su momento debía de ser una tienda. Una nube de polvo y el sonido de cristales rotos pisados nos dan la bienvenida. Dejamos que la penumbra nos rodee, y no puedo evitar la sensación de que estamos buscando el lugar de nuestra propia tumba. Tropiezo con estantes llenos de teléfonos móviles, que caen y rebotan en el suelo. Los gruñidos y jadeos de nuestros perseguidores se oyen cada vez más cerca, y siento la tentación de detenerme, dejar de correr, plantar cara y al menos llevarme algunos por delante antes de que...

–¡Ayúdame! –grita Beth, mientras trata de arrastrar una estantería metálica.

Entre los dos la dejamos caer en mitad del pasillo, un patético obstáculo, unos segundos más de vida.

Nos encontramos en una especie de sala con un mullido sofá circular en el centro, rodeados de pantallas gigantes. Algo se remueve en mi memoria. Soy un chaval de diez años, mis padres me dicen que ya han acabado sus compras, que es hora de volver a casa, pero yo no quiero moverme de ese sofá, un paraíso de imágenes y sonido donde los dibujos animados me rodean, me acogen.

–Conozco este sitio... –murmuro, pero Beth no me oye.

Permanecemos los dos sentados, con el muro de pantallas muertas a nuestra espalda. Las sombras de los salvajes se mueven entre los estantes, buscando. Parecen mucho más cómodos que nosotros en la oscuridad espesa de este sitio.

Mi mano busca la de Beth. He imaginado este momento muchas veces. Suponía que mis últimos pensamientos serían para mi madre. O para Mara. Estoy feliz de que ella, al menos, no esté aquí, de que tenga una oportunidad. Pero en realidad no quiero pensar en ella. No quiero pensar en nada. Sólo vivir el momento, y sentir la mano cálida y segura de Beth.

Lo más extraño es que no siento miedo. Tampoco la excitación de la batalla, esa adrenalina que te hace inmune al dolor. Es muy raro, pero sólo experimento un cansancio enorme. Y ese olor dulzón...

–Beth...

Ella siente lo mismo, lo sé. Sigue aferrando su cuchillo, pero se reclina sobre el sofá, se deja caer, cierra los ojos. Es absurdo, no podemos dormir ahora. Pero eso es precisamente lo que hacemos, mientras a nuestro alrededor las sombras se van acercando.

14

Sueño con dientes. Con brazos largos y manos huesudas que no tienen cuerpos detrás, que me arrastran hacia la oscuridad. Sueño con La Granja, con el verde de las huertas en verano. Sueño con el viejo Raúl y con Mario y con el molino de viento que hemos levantado entre todos. Estoy con Mara, y con Gaby, y tenemos los pies metidos en el agua del río y está demasiado fría pero aguanto porque no quiero que ese momento termine nunca.

Y estoy en la playa, con Beth, y veo llegar un crucero de lujo pero sé que no se va a encallar en los arrecifes, que no está lleno de muertos porque no hay gaviotas carroñeras revoloteando alrededor. Y mis padres, juntos, nos saludan desde la cubierta. Son jóvenes y van vestidos con elegancia, y ella está agarrada al brazo de él. Me dicen algo, pero no puedo oírles. Gritan, y me acerco a la orilla hasta meter los pies en el agua, pero no puedo escuchar lo que dicen porque hay otro ruido, molesto, un motor que no me deja oír su voz.

Y tengo la sensación de que me despierto, y ese sonido sigue ahí, más intenso aún, y una mano se posa en mi cara, me baja los párpados como se hace con los muertos, y trato de decir que no lo haga, que estoy vivo.

–Descansa, chico.

Y no sueño más.

El colchón es tan cómodo que me provoca dolor de espalda. No sé cómo colocarme. Las sábanas son blancas y suaves, y huelen tan bien que casi me mareo. Tardo unos segundos en darme cuenta de que hay algo aún más extraño: luz.

Me encuentro en una habitación de paredes color crema, parecida a la de una clínica, con máquinas y estantes llenos de frascos. Hay otras tres camas, dos de ellas vacías. Beth duerme en la otra, al fondo de la habitación. Le sale un tubo del brazo que va a parar a una bolsa de plástico que hay colgada de una percha junto a la cama. Suero, si no recuerdo mal, como los que mi madre me pedía que buscara en mis salidas.

Estamos vivos, en algo parecido a una clínica. Medicinas. Insulina.

Me arranco el tubo del brazo y unas cuantas gotas de sangre desgarran escandalosamente el blanco de las sábanas. Llevo una especie de tinta amarilla en brazos, piernas y torso, en torno a los cortes más superficiales. También un vendaje en el tobillo que me lastimé, aunque todavía duele bastante cuando lo apoyo en el suelo. Llevo puesto una especie de pijama azul, un poco ridículo, pero es la ropa más limpia que he llevado en mucho tiempo.

Beth está dormida, profundamente. Al principio me ha costado reconocerla. Viste un pijama igual que el mío, pero alguien le ha lavado y cepillado el pelo, que tiene ahora un brillo y una suavidad increíbles.

–Tu amiga está bien.

Mi mano se ha dirigido de forma instintiva hacia el cuchillo, pero claro, el cuchillo ya no está ahí. La mujer que me observa desde el umbral de la puerta sonríe y mueve la cabeza hacia un lado, como si me saludara o quisiera dejar claro que es amigable. Tiene unos cincuenta años, el pelo castaño recogido en un moño y lleva una especie de traje de ejecutiva que no veía desde antes del apagón. Al entrar en la habitación, lo hace con seguridad, demostrando que no tiene miedo de mí, pero también mantiene una cierta distancia y deja libre el paso hacia la puerta.

–¿Dónde estamos?¿Quiénes sois vosotros? ¿Y cómo...?

–¿Cómo es que hay luz? –continúa por mí–. Bueno, muchacho, éste es un lugar muy especial. Enseguida lo descubrirás. Lo importante es que estáis a salvo.

Me tiende la mano, un gesto cuyo significado me cuesta recordar. La estrecho y sonríe.

–Mi nombre es Alice. Estoy aquí para ayudaros.

Me siento en la cama. Con el pijama puesto y los pies descalzos, me siento como un niño al que sus padres van a ver para darle el beso de buenas noches. Y no me gusta. Echo de menos mis botas, mis andrajosos pantalones y mi cuchillo de caza. La mujer parece leerme el pensamiento.

–Luego te devolveremos tus cosas, si las quieres. De momento, tienes que descansar, alimentarte y ponerte bien. Igual que tu amiga. ¿Cómo os llamáis?

–Lucas. Ella es Beth. Había otro chico con nosotros, uno más pequeño...

–El informe no dice nada, Lucas. Sólo estabais vosotros dos. Parece que sufristeis una mala experiencia en la ciudad...

–Y ¿dónde estamos ahora?

–Poco a poco. Primero descansa. Come algo. Cuando se despierte Beth, os enseñaré el lugar y podréis preguntar lo que queráis.

Se marcha con la misma sonrisa con la que ha entrado. Unos segundos después, entra otra persona, un joven negro con el aspecto más saludable que he visto jamás. Empuja una mesita en la que hay dos bandejas con comida. Guisantes, pollo, puré y fruta en almíbar.

Se marcha sin decir una palabra. Como con ansia, como siempre desde que dejé La Granja, y apuro hasta la última miga. Después coloco una silla contra la puerta para que nadie pueda entrar sin despertarme y me tumbo de nuevo. No tengo muy claro si sigo tirado en el sofá de aquella tienda, si sigo soñando y los salvajes están a punto de destriparme. Pero me da igual, es un sueño bonito.

Alice vuelve al cabo de unas horas. Beth también se ha despertado y ha comido. Nos han dado ropa nueva, cómoda, de estilo militar: pantalones caqui, botas y camiseta. Beth se ha recogido el pelo en una coleta.

–Os llevaré ante el señor Mullroy, él es quien se encarga de que las cosas funcionen aquí.

Los pasillos y las habitaciones que recorremos son funcionales, limpios, como en un hotel para hombres de negocios. No hay cuadros en las paredes, pero sí pantallas en las que pueden verse imágenes de bosques, de mares o de selvas tropicales llenas de colorido. Las pocas personas con las que nos cruzamos, y a las que Alice saluda con cordialidad, son gente adulta, de más de cuarenta años, muy bien vestida y alimentada. Llevan el pelo bien cortado, camisas planchadas, zapatos lustrosos, y varios de ellos se dan el lujo de pasar el rato leyendo libros o simplemente charlando. ¿Dónde están los cazadores, los recolectores? Y hay algo más.

–¿Te das cuenta? –susurra Beth a mi oído–. Los pasillos son circulares, las habitaciones, redondas. Debemos estar en una torre.

Asiento levemente. Hemos subido, calculo, el equivalente a cuatro pisos. En ninguno de ellos había ventanas.

Llegamos a una habitación más grande que las otras que hemos visto. En el centro hay un enorme sofá rojo, y frente a él, una mesa llena de monitores. Un hombre de pelo blanco los observa sin mucho entusiasmo.

–Hola, Alice –saluda–, veo que has traído a dos nuevos huéspedes.

–Creo que son de nivel A, Walter.

–Excelente. Pasad, muchachos.

Walter es alto. Debe de pasar de los sesenta, pero tiene el pelo espeso, dientes blancos y perfectos y la piel morena. Como si hubiera estado tomando el sol en la playa, pienso, aunque es una idea absurda.

–¿Cómo hemos llegado hasta aquí? –pregunta Beth.

–Mis hombres os encontraron en la ciudad. Una de las bandas os tenía acorralados. Utilizamos gas para dormir a todo el mundo en la tienda donde estabais refugiados.

–¿No encontrasteis a nadie más?

–Sólo a vosotros, me temo. Y a esos salvajes que viven entre las ruinas, claro.

–¿Y estabais ahí por casualidad? –quiere saber Beth.

–Una chica desconfiada. Eso me gusta. No, querida. Tenemos instaladas cámaras en los principales accesos a la ciudad, para controlar el... digamos, flujo migratorio. Vosotros sois los primeros en entrar en mucho tiempo, por eso decidí enviar a Fitz y a sus hombres a investigar.

–¿Cómo es que no os afectó la tormenta solar?

Walter me mira con nuevos ojos.

–¿Tormenta solar? ¿Cómo sabes eso? ¡Madre de Dios! Tú debías de ser uno de los que sabían. De los que estaban preparados. Como yo. Si hubiéramos sido más...

Deambula frente a los monitores, da vueltas por la sala. La habitación circular parece el camarote de un capitán de barco. Las pantallas de las paredes no muestran aquí paisajes idílicos sino gráficas, estadísticas, mapas. Mapas como los que he visto en alguna parte...

–Os encontráis en un refugio de supervivencia extrema. El lugar más seguro del mundo, si me permitís decirlo sin modestia. Se trata de un silo para misiles intercontinentales Titán, desmantelado en los años ochenta y reconvertido en refugio para supervivientes. Para gente con previsión, huelga decirlo. Preparado para resistir un impacto nuclear indirecto de 20 megatones, incendios, inundaciones y, por supuesto, un pulso electromagnético producido por una llamarada solar de hasta 2 millones de vatios. Justo por encima de lo que sucedió una noche de hace cuatro años.

–¿Un silo? –pregunto–. ¿Estamos bajo tierra?

–Exacto. A trescientos metros. Aquí tenemos todo lo que necesitamos: filtros de aire, aguas subterráneas, nuestros propios cultivos con luz artificial. Hasta gallinas, ¡podemos comer un huevo cada día! Vosotros también tenéis buen aspecto para haber sobrevivido en el bosque...

–No lo hemos tenido tan fácil –me apresuro a decir, aunque sé que Beth tampoco hará ninguna alusión a La Granja. No hemos llegado hasta aquí fiándonos de la gente.

–Claro. Bueno, sed bienvenidos a esta comunidad. Podéis echar un vistazo, pero siempre acompañados de Alice. Es el protocolo para los nuevos; tened en cuenta que bajo tierra no hay mucho espacio y la gente es muy celosa de su intimidad. Lo primero, de todas formas, es que os recuperéis de vuestras heridas...

–Pero es que... –comienza Beth.

–Gracias –la interrumpo–, gracias por todo. Ya seguiremos hablando.

–¡Lucas! –me detiene Beth en cuanto nos encontramos en la relativa intimidad del pasillo, mientras Alice y su jefe acaban de discutir sus asuntos–. Aquí pasa algo raro, ¿es que no lo ves? ¿Te parece normal que esta gente viva escondida aquí con todos estos lujos, que no hayan contactado con nadie del exterior?

–Sí –contesto, manteniendo mi voz lo bastante baja para que no nos oiga nadie–, pero también me he dado cuenta de que tienen electricidad, y una clínica muy completa. Ésta es la respuesta a lo que andaba buscando. Si alguien puede ayudar a Mara, son ellos.

–Deberíamos esperar antes de hablar de nada...

–En eso estamos de acuerdo. Sigámosle la corriente a ese Walter, y ya veremos.

Alice nos acompaña de vuelta a la sala donde nos hemos despertado, que al parecer será nuestra habitación mientras permanezcamos aquí. Nos explica que los residentes originales tienen habitaciones más acogedoras, más parecidas a lo que era la vida antes del apagón. Pero a nosotros nos parece estupendo.

Nos hacen un millón de análisis. Pruebas de tensión, de nivel de colesterol, electrocardiogramas. Pruebas de esfuerzo, en una cinta de correr que gasta electricidad como para iluminar toda La Granja por la noche. Y cuantas más pruebas nos hacen, más me convenzo de que esta gente tiene, en algún lugar, lo que necesito para salvar a Mara.

–¿Tenéis insulina? –pregunto en tono distraído.

El doctor bajito y calvo que se encarga de las pruebas me mira de repente por encima de sus gafas de pasta, con un interés que casi parece alarma.

–¿Eres diabético? –interviene Alice, que como siempre está de pie junto a la puerta.

–No –contesto–, pero he conocido gente ahí fuera, en el bosque, que lo era.

–Bueno –responde Alice, tras interrogar con la mirada al doctor–, aquí tenemos mucha gente mayor y estamos preparados para cuidarlos. A los diabéticos también. Pero no estamos en condiciones de ayudar a la gente de fuera con todas las enfermedades que se han propagado.

–Claro.

Por la noche, Beth y yo pasamos largas horas charlando. Intentamos descubrir cómo es este lugar.

–Está claro que han aprovechado la estructura del silo de misiles –dice–, una especie de pozo enorme forrado de cemento y quién sabe qué más. Donde nos hallamos ahora era el túnel en el que estaba el misil. Más abajo está la estructura donde vivían y trabajaban los militares. Los túneles del fondo conectan con otro silo, paralelo a éste. Pude ver el esquema en una de las pantallas de Walter.

–Esos túneles siempre están cerrados.

–Sí, bueno –continúa–, Alice me ha dicho que en el silo paralelo están los almacenes de víveres y los filtros de aire. En principio están deshabitados.

–Podemos echar un vistazo –propongo, y me alegra ver la sonrisa de Beth.

Al caer la noche, nos retiramos a nuestra habitación. Nos han hecho más pruebas, nos han tomado muestras de sangre, y estoy bastante convencido de que todo ello no tiene nada que ver con la preocupación por nuestra salud. Tres días durmiendo, sintiéndonos limpios y comiendo tres veces al día nos han llenado de energía. Me siento más fuerte que nunca.

Decido usar un truco que vi en el cine una vez. Al entrar, dejamos un papel arrugado dentro de la cerradura. Cuando cierren la puerta, y hasta ahora la han cerrado todas las noches desde fuera, la cerradura no encajará bien y la puerta sólo parecerá cerrada, pero no lo estará. Esperamos a que los pasos de Alice hayan desaparecido por el pasillo y salimos.

Durante estos tres días, apenas hemos visto gente. Alice asegura que hay noventa y tres personas viviendo en este complejo, pero me cuesta creer que pasen todas sus horas encerrados en sus habitaciones. Me consta que hay un equipo médico, con el doctor al frente, y un equipo de seguridad, que debe de ser el que nos trajo aquí desde la ciudad. El resto de la gente que nos hemos cruzado en los pasillos es muy mayor, casi anciana, y no parece especialmente sana. En un conversación que mantuve con ellos de forma casual, en una especie de sala común donde matan las horas jugando al dominó o leyendo, uno de ellos me confesó que era diabético y que de vez en cuando los médicos le daban insulina, aunque no tenía ni idea de dónde la sacaban.

Avanzamos por esos extraños pasillos circulares. De noche, sólo están iluminados por una tenue luz roja. Todos parecen dormir, y nadie nos intercepta antes de que lleguemos a la escalera y comencemos a bajar pisos.

–¡Cuidado! –susurra Beth.

Unas voces suben por la escalera, en dirección opuesta a la nuestra. La única solución es una de las puertas laterales. Me sorprende comprobar que está abierta, y no tardamos en colarnos dentro. Nos quedamos pegados a la puerta hasta que las voces, dos hombres que hablan sobre los niveles de dióxido de carbono en el aire, se alejan escaleras arriba.

–¿Sois fugitivos o qué? –pregunta una voz.

Un anciano de al menos noventa años está sentado en un sillón anticuado forrado de satén rojo, casi medieval. Lleva unas lentes gruesas que parecen soldadas a su nariz aguileña, llena de arrugas. Luce un anticuado bigote, también blanco.

–No señor –respondo–, somos nuevos. Me temo que nos hemos perdido.

–¿Nuevos? –carraspea–. ¿Quién lo dice? ¡Aquí no puede haber nadie nuevo! –Rebusca frenéticamente en su mesita de noche, hasta extraer una carpeta azul–. ¡Tengo una copia del contrato! ¡Y lo pone bien claro!

La puerta se abre de pronto y aparece Walter, vestido con una especie de uniforme negro. A su lado hay un hombre alto, de hombros anchos y mandíbula cuadrada, con todo el aspecto de un militar, que dedica a los presentes una mirada de esas que constituyen una advertencia.

–¡Walter! –continúa el anciano–. ¡Estos chavales dicen que son nuevos aquí! ¡Creía que estaba muy claro que se trata de una residencia exclusiva!

–Tranquilízate, Matt. Lucas y Beth estaban en un apuro y la patrulla del señor Fitzsimmons, aquí presente, les recogió. Era un asunto de vida o muerte.

–¿Y qué? ¿Ahora ocuparán una habitación, comerán nuestra comida, respirarán nuestro aire? ¿Qué hay de la primera cláusula?

El tal Fitzsimmons, el que según parece nos salvó la vida, da un paso adelante y el anciano baja el tono inmediatamente. Walter hace un esfuerzo por mostrarse comprensivo.

–Tranquilo, Matt. Recuerda que no puedes alterarte...

Pero Matt ya está sudando, con el rostro enrojecido. Algo cede en su interior. Se lleva la mano al costado y, con una expresión de dolor intenso, se derrumba de nuevo sobre su silla.

–Llamaré al doctor... –continúa Walter, mientras nos indica con la mirada que salgamos.

–Lo pone en el contrato...–insiste Matt, en voz cada vez más tenue.

Seguimos a Walter y su guardaespaldas en silencio, de vuelta a la zona principal. Espero algún reproche por habernos colado en un lugar prohibido, pero no dice nada. Subimos en uno de los pequeños ascensores, atravesando los niveles inferiores del silo hasta el espacio central, de vuelta al despacho de Walter.

Fitzsimmons se queda junto a la puerta, como si formara parte del decorado. Beth se acomoda en uno de los sillones, sin perderle de vista, mientras Walter me guía hasta la pantalla principal. El ángulo de la habitación circular hace que casi pierda de vista a Beth y eso me proporciona una cierta intimidad con este hombre extraño.

Sigo la dirección de su mirada, fija en la pantalla, donde aparece un mapa del país con unos puntos rojos que parpadean. Los he visto antes en alguna parte...

–Lucas, eres un chaval listo. Y hace mucho tiempo que no hablo con nadie listo... Seguro que tienes muchas preguntas.

–Unas cuantas –respondo.

–Adelante. Te contestaré lo mejor que sepa.

Estiro el cuello para intentar ver a Beth. No lo consigo.

–¿Qué ha pasado con la gente? –pregunto–. ¿Dónde se han metido los millones de personas que salieron de las ciudades?

–Buena pregunta. –Walter sonríe satisfecho; es un profesor ante su mejor alumno–. De hecho, creo que es la más oportuna de todas. Tú mismo viviste la violencia de la masa, de las gentes desesperadas al darse cuenta de que no había comida, ni luz ni agua. Muchos murieron en esas primeras semanas, básicamente matándose unos a otros.

Los puntos rojos del mapa parpadean, crecen formando círculos concéntricos. Casi todo el territorio de América del Norte está ya cubierto por ellos.

–Luego vinieron las enfermedades –continúa Walter–: el cólera, el tifus, la disentería... plagas que creíamos olvidadas desde la Edad Media. La basura y los cadáveres se encargaron de propagarlas; no costó mucho en un mundo sin hospitales ni médicos. Pero eso no lo explica todo. ¿Qué conoces sobre fisión nuclear?

–Poco. Muy poco. Lo suficiente para saber que la radiación mata...

–Había ciento cuatro centrales nucleares en funcionamiento en el país en el momento del apagón. Más un número indeterminado de laboratorios militares donde se enriquecía plutonio y uranio.

–¿Esos puntos rojos?

–Exacto. Al quedarse de golpe sin electricidad ni instrumentos, las centrales comenzaron un proceso de calentamiento y fusión del uranio. Los núcleos se fundieron y cayeron sobre las piscinas de agua refrigerada. Ha pasado antes, en Chernóbil, en Fukushima. Pero siempre ocurrió en una sola central, y siempre hubo gente que puso en marcha sistemas de contención y enfriamiento. Esta vez no. Esta vez, Lucas, fueron todas las centrales del mundo a la vez. Eso no lo solucionaba ni Dios.

–¿Y la gente no huyó?

–La gente no se dio cuenta. La radiación es invisible, y

todo el mundo estaba muy ocupado buscando comida o matándose. Cuando comenzaron a perder el pelo, los dientes, cuando los niños y ancianos empezaron a morir a montones, ya era demasiado tarde.

Me fijo en la zona donde vivimos. Enormes círculos rojos ocupan toda el área de las grandes ciudades de la costa. La mía se encuentra en el límite mismo de la circunferencia, pero dentro de ella. Más al norte, las montañas mantienen alejados los círculos rojos. Entre esa mancha verde, en algún lugar, están mi valle y mi granja.

–Esa gente de la ciudad...

–¿Puedes reprocharles algo? Los que viven son los más resistentes a la radiación, y aun así son como cadáveres andantes. Tengo cámaras en las avenidas principales –muestra con un gesto su colección de monitores–, y estamos atentos a lo que sucede. Más que nada por aburrimiento, si te digo la verdad, pero para ti y tus amigos fue una suerte.

Me acerco a la pantalla. Por supuesto, tenía que ser algo así. ¿Cómo no lo pensé antes?

–¿Y nosotros no estamos contaminados?

–Sólo estuvisteis unas horas en la ciudad. No es suficiente para contaminaros... De todas formas os hemos hecho análisis y os he administrado algún medicamento.

Noto que las piernas me tiemblan, y me siento. El sofá rechina un poco bajo mi peso; habría jurado que era más nuevo. Walter se revuelve inquieto delante de mí.

–No pongas esa cara, hombre. Piensa en lo afortunado que eres... Casi todo el país es ahora una enorme zona inhabitable, Lucas. Y lo mismo sucede, imagino, en el resto del mundo, al menos las zonas más civilizadas. ¿No te das cuenta de la ironía? Ahora los más avanzados son los africanos, los esquimales, los nómadas que viven en las estepas de Asia

Central o los indios de las aldeas del Amazonas. El resto del mundo está en la Edad de Piedra.

–Vosotros no parecéis estar en la Edad de Piedra. –Sonríe–. ¿Cuánta gente vive aquí?

–Oh, ahora somos unos sesenta. Sesenta y tres para ser exactos.

–¡Walter! –La voz de Alice resuena como un trueno en las paredes curvas–. ¿Qué les estás contando?

–Tranquila, mujer. Estaba poniendo al día al joven Lucas. De todas formas, ya lo había deducido casi todo, ¿no es así?

–Sí, bueno... ¿Beth? Es hora de que nos vayamos.

Siento las miradas de Alice y de Fitzsimmons clavadas en mi nuca mientras recojo a Beth y nos encaminamos a la habitación que nos sirve de dormitorio.

Como cada noche desde que llegamos, nos espera una mesa camilla con varios platos a rebosar de comida. Me siento en la cama y me dispongo a hincarle el diente a un sabroso muslo de pollo cuando la mano de Beth me detiene.

–No sabemos si le ponen algo a la comida –susurra.

–A mí me sabe bien. ¿Por qué vamos a desconfiar de eso?

Le explico la conversación con Walter. Beth no se sorprende: Zack solía hablar sobre el holocausto nuclear muy a menudo cuando vivía con ellos en el bosque. Yo mismo reacciono de manera extraña. El fin de la humanidad es un concepto demasiado amplio o abstracto, no me produce la angustia que hubiera imaginado. Imagino que los últimos bisontes tampoco se preocupaban por ser los últimos, simplemente vivían, comían y se desplazaban de un sitio a otro. Como nosotros.

–Lo que me preocupa de verdad –dice Beth– es que nos

hayan llamado espécimen Alfa, o modelo Alfa, o algo por el estilo. No me gusta nada. Al menos hasta que nos expliquen por qué nos han acogido, nos han cuidado y nos dan de comer. No es normal.

De todas formas, al final nos comemos la cena.

15

Tres días son suficientes para reconocer este mundo cerrado y subterráneo. La población no es muy variada: de las sesenta personas que hay aquí encerradas, cincuenta son viejos. Vale, en mi vida anterior a lo mejor no los habría considerado viejos a todos, pero en el mundo que nos ha dejado el apagón no es normal llegar a esa edad. Hay seis o siete que hacen las funciones de policía, al mando del tal Fitzsimmons. Tienen pinta de ser ex militares, de esos que antes se enviaba a Irak o a Afganistán a que matasen gente por cuenta de empresas privadas. Son los que nos miran todo el rato con desconfianza, como si les preocupara que tratásemos de escapar, y no nos muestran ninguna simpatía. No me preocupan. Tengo la impresión de que éstos son los únicos que no disimulan. Es de los demás de los que no me fío.

El doctor, un tal Samuel, es seco y reservado; raciona las palabras como si fueran provisiones. Tiene una ayudante, su propia hija, Sara, que es sólo un poco mayor que yo. Ésta es aún más rara, porque por un lado parece feliz de que haya gente joven con quien hablar, pero por el otro nos rehúye como si estuviéramos contaminados. Y desde luego saben que no lo estamos, con todas las pruebas que nos han hecho.

Alice parece ser la segunda al mando aquí. Es la más

amable y, por tanto, de la que menos hay que fiarse. Se preocupa a todas horas de que estemos bien, de que hayamos comido, de que durmamos cómodamente. Ha tratado de proporcionarnos lo que ella considera diversiones para gente de nuestra edad: música, películas, incluso una consola de videojuegos. Yo prefiero pasar las horas recorriendo y estudiando este lugar, mientras Beth está sentada en el suelo afilando un cuchillo que ha robado de la cocina o fabricándose una honda con trozos de sábana.

Tener tiempo libre es lo peor que me puede pasar. Cada vez que cierro los ojos veo la imagen del Piojo en aquel autobús. No tenía ni quince años, o eso decían en La Granja, porque él no tenía ni idea de su edad. Tampoco puedo dejar de pensar en Mara. Sé que hice bien en dejarla con Víctor, no hay nadie en el mundo que se hubiera preocupado más que él por sacarla con vida de la ciudad, con la excepción de yo mismo. Si el destino me ha traído a este lugar, con toda su tecnología, es para tener la oportunidad de salvarla. Debería estar más conmocionado por lo que he descubierto. Debería estar acongojado por la muerte de casi toda la población de mi país, seguramente del mundo entero. Ciudades quemadas por la radiación, todo el territorio al sur de las montañas convertido en una fosa común. Y lo único que me remueve las entrañas es la muerte de un chaval y la enfermedad de una chica.

–Lucas.

Beth no necesita pronunciar más palabras. Cruzamos una mirada y los dos sabemos que es hora de salir de aquí.

Esta mañana se ha producido algún tipo de emergencia médica en uno de los pisos inferiores, y todo el mundo está ocupado. Alice ha desaparecido, y también el doctor Samuel. Su hija Sara está sola por una vez, limpiando y ordenando una habitación que debe de ser el laboratorio. Nos acercamos a ella como si estuviéramos dando un paseo.

–Hola –nos saluda con un titubeo.

Es la primera vez que nos vemos sin su padre por medio. Es una chica delgada, con gafas y cola de caballo. Lleva una bata blanca y un fonendoscopio colgado del cuello, pero más que un médico parece una actriz de reparto en una de esas teleseries de temática hospitalaria que veía mi madre.

–Sólo estamos dando una vuelta...

Trato de parecer inofensivo, pero algo debe de haber cambiado en mi cara durante estos años porque la chica se pone alerta enseguida. La aparición de Beth a mi lado no ayuda mucho a tranquilizarla.

–No deberíais estar aquí –comienza–, a mi padre no le hará mucha gracia.

–Debes aburrirte mucho –le contesto–; una chica joven aquí, bajo tierra, rodeada de vejestorios...

–Tengo mucho trabajo –repone–. No hay tiempo para aburrirse.

–¿Y qué trabajo es ése? –le replica Beth.

La chica la mira con aire de desconcierto, luego cierra la boca y aprieta los labios.

Retrocede lentamente, haciendo ver que busca algún instrumento o que recoloca unos papeles. El problema de tener habitaciones circulares es que, si empiezas a moverte, acabas en el mismo sitio. Sara tarda unos segundos en darse cuenta de ello.

–¿Qué hay en las salas del otro silo? –pregunta Beth.

–Nada. Suministros, supongo. Está prohibido entrar.

Retrocede, intimidada por Beth, y se topa conmigo. Al contacto de su espalda con mi pecho da un respingo y trata de recuperar la compostura.

–Dime una cosa, Sara –vuelve a la carga Beth–. ¿Qué quiere decir que somos ejemplares Alfa?

La aprendiz de doctora mira para un lado, después para el otro. Puedo imaginar lo que está pensando: que su padre, o Alice, pueden aparecer por esa puerta en cualquier momento. Y tiene razón, pero mientras eso no suceda la iniciativa es nuestra.

–¿Qué significa? –Parece increíble que Beth pueda tener semejante vozarrón.

Sara da un nuevo respingo y se arrebuja en su propia bata, como si eso la pudiera proteger.

–Alfa... quiere decir los mejores, los idóneos.

–¿Idóneos para qué?

–Pues para qué va a ser, para trasplantes.

Beth y yo nos quedamos en silencio y nos miramos durante unos segundos. Hasta que comprendemos.

–Riñones, básicamente –continúa Sara, que parece recobrar el valor ante nuestra cara de desconcierto–, también córneas, hígado, y sobre todo sangre para las operaciones. Sangre sana.

–¿Qué sois? –grito–. ¿Una especie de vampiros?

–Somos supervivientes –responde la voz seca de Walter desde la puerta.

Beth se da la vuelta con su pequeño cuchillo en la mano, pero se topa con el brazo fuerte como el acero de Fitzsimmons. En apenas un segundo, el paramilitar le retuerce el brazo como si fuera de goma y la obliga a tumbarse en el suelo, incapaz de reaccionar.

Me lanzo hacia ellos, pero Fitz es más rápido y me detiene en el aire con una patada en el estómago. El impacto de su bota me sacude todas las entrañas y me deja sin aire.

–Homeshelters es el proyecto empresarial de más éxito

en la historia de la humanidad. –Walter continúa hablando como si no hubiera pasado nada–. ¿Sabes por qué, muchacho? ¡Porque es el único! ¡No tenemos competencia! Pero eso no quiere decir que tengamos que volvernos descuidados ¿no crees?

–¿De qué diablos estás hablando? –consigo contestar aprovechando el aire que vuelve a mis pulmones.

Fitz sigue a mi lado, vigilante, dispuesto a golpearme de nuevo a la mínima señal de peligro.

–Hace veinte años que veíamos que esto iba a suceder –continúa Walter–. Por supuesto, no sabíamos cómo. Guerra atómica, pandemia, supervolcanes, asteroides, fin del petróleo... y también llamaradas solares y pulso electromagnético, por supuesto. Todo estaba previsto. La crisis financiera ayudó. Los militares nos vendieron estos viejos silos de misiles por una minucia... ¿Sabes cuánto ha pagado cada uno de mis clientes por disponer de una plaza aquí?

–¿Me estás hablando de dinero?¿Estás loco?

–Cuatro millones de dólares. –Sonríe para sí mismo, encantado de escuchar la cifra en voz alta. Tengo la sensación de que debe de repetir este discurso a menudo, delante del espejo–. Cuatro millones de dólares puede ser mucho por una habitación de seis metros, pero ¿por salvar la propia vida?

–¿Qué tiene eso que ver con nosotros? –pregunta Beth, mientras se masajea el brazo que Fitz le ha retorcido.

–Todo, querida. Mis clientes tienen un contrato que asegura todo tipo de atención médica. Y disponemos de equipo y profesionales para cubrir nuestra oferta. El problema... –Mira de reojo a la puerta, donde acaba de aparecer Alice. La mujer se hace cargo de la situación de un solo vistazo y permanece en silencio, tensa, con los brazos cruzados–. El problema –continúa Walter– es que muchos de mis clientes tardaron demasiado en llegar a los refugios. Además, los otros dos silos estaban cerca de las centrales nucleares y tuvimos que evacuarlos. Sin contar con el hecho de que muchos tienen una edad avanzada... El resultado fue que, al final, más de la mitad de las personas que viven aquí tiene algún tipo de enfermedad grave.

–Estás como una cabra...

Me mira y arquea una ceja, como si mi comentario le resultara divertido.

–Es posible. Pero ésta es mi casa y éstas son mis normas. Los contratos están para cumplirlos, si no ¿qué tipo de mundo estamos creando?

–No eres mejor que esos caníbales que se esconden en la ciudad.

–Te equivocas, hijo. Nosotros somos la civilización. El futuro de la humanidad, después de que el resto se hayan extinguido de forma natural.

–¿Vosotros vais a repoblar el mundo? –le grito a la cara–. ¿Un montón de viejos enfermos?

–Bueno –contesta él mirando a Beth–, no todos los jóvenes son donantes de órganos. Algunas muchachas tienen un destino más agradable... siempre que estén sanas. ¿Qué opinas, Alice?

–Está un poco delgada, pero tiene caderas anchas.

Beth se levanta como un resorte. Fitz intenta atraparla, pero ella se escurre entre sus piernas.

–Maldita... ¡Alice!

La secretaria de Walter, o lo que sea, trata de ponerle la zancadilla a Beth. Ágil como una pantera, la chica salta por encima, al mismo tiempo que extiende el brazo y golpea a Alice en la mandíbula. En apenas un segundo, Beth ha desaparecido por el pasillo circular. Fitz hace ademán de seguirla, pero yo me lanzo contra él. Esta vez le pillo desprevenido. Impacto en su espalda y los dos caemos al suelo. Luchamos en un lío de brazos y piernas, de insultos y de gritos. Casi me he librado cuando el brazo de Walter me agarra por el cuello y me inmoviliza. Veo a Fitz delante de mí, con el puño preparado.

–Con cuidado –dice Walter–. No dañes ningún órgano vital.

Estoy tumbado en una camilla, con los brazos y las piernas inmovilizados. Sara camina a mi lado, con expresión de tristeza.

–Os lo dije... –murmura.

Vuelvo la cabeza. Su padre, el doctor, camina al otro lado de la camilla. También está serio. Parece que piense en otra cosa, en algún problema con los suministros, en que ha de arreglar la luz de su habitación, en los problemas que le da su hija con los hombres del refugio. En cualquier cosa menos en el ganado que está transportando al matadero.

–¿No querías cruzar a la zona prohibida? –me pregunta en tono burlón.

Atravesamos las puertas que dan al pasillo que une el silo principal con el otro. Se trata de un corredor de paredes grises, de cemento, con bombillas desnudas en el techo y viejos carteles del ejército en las paredes. Trato de tranquilizarme. Forcejear ahora sólo serviría para herirme las muñecas y malgastar fuerzas.

Llegamos a una sala grande, con las paredes muy blancas. La luz es tan intensa que tengo miedo de que me deje ciego, después de tanto tiempo acostumbrado a la luz natural y a la de las velas.

–¿Beth? –pregunto a Sara.

A pesar de todo, parece ser la persona más compasiva aquí. Mira a su padre antes de contestar.

–A tu amiga la han atrapado también, Lucas. La tienen retenida en una de las habitaciones, en el silo.

Cierro los ojos. Es mentira, seguro que es mentira, Beth es demasiado rápida y lista para dejarse atrapar. Pero en una maldita torre subterránea, no hay muchos sitios a los que ir.

–No te preocupes por ella, no le harán daño.

Seguro. Sara trata de tranquilizarme, y eso es lo que más me asusta.

Dejan la camilla contra la pared, en un rincón. El doctor echa un vistazo a los papeles que cuelgan del barrote de la cama y luego se aleja con su hija. A mi alrededor hay al menos una docena de camillas más, algunas de ellas conectadas a monitores, otras a filtros de suero o a botellas de oxígeno. Tres están ocupadas.

Tardo unos segundos en darme cuenta de que puedo mover las manos. Me han desatado. Me duele terriblemente la cabeza, sobre todo la sien izquierda, donde me golpeó Fitz.

Uno de los fluorescentes del techo parpadea y crea una atmósfera extraña, irreal. Las paredes están llenas de grietas y manchas de humedad. En el suelo, una simple superficie de cemento sin pulir, también hay numerosas manchas oscuras, que prefiero no averiguar de qué son. En una de las esquinas veo una puerta que da a un lavabo, a juzgar por el símbolo, y un poco más allá una mesa llena de bandejas con restos de comida.

Decido acercarme a ver a mis compañeros de habitación. El que tengo más cerca resulta ser una chica, aunque resultaba difícil verlo porque tiene la cabeza rapada. Parece profundamente dormida, y está muy pálida. La sábana que la cubre tiene una mancha de sangre, como si le supurara una herida interna a la altura del estómago. Un poco más allá, separado por dos camas vacías, hay un chico, también con el cráneo afeitado. Es un latino que debía de tener un aspecto formidable mientras andaba libre por los bosques, con unas facciones que parecen esculpidas en piedra, mandíbula cuadrada y tatuajes en el cuello. De su brazo derecho sale un tubo como el que nos pusieron a nosotros para inyectarnos suero. Pero éste está lleno de sangre, y tengo la sensación de que no se la están introduciendo, sino extrayendo.

–No trates de hablar con ellos, no van a despertar –me dice una voz que proviene de la camilla del fondo. La luz parpadeante sólo me permite intuir el rostro del chico, pero es suficiente–. ¿Qué pasa, hombre? –continúa –¿Has visto un fantasma o qué?

–¿Zack?

El chico de la camilla se queda en silencio, inmóvil. El fluorescente decide que es el momento de rendirse y se apaga definitivamente.

–Lucas...

Me acerco muy despacio. Como si pisara cristales rotos. Hace cuatro años que dejé a mi mejor amigo, el mismo que me acababa de salvar la vida a mí y a mi familia. Le abandoné a su suerte, mientras yo vivía. Durante todos estos años, incluso mientras trataba de salvar a la chica a la que amo, sabía que tenía una deuda pendiente. Una deuda que tendría que pagar algún día.

Se levanta. Está más viejo, más gastado, más pálido y mucho más delgado. Pero sigue siendo él.

Nos abrazamos en silencio, allí en medio, rodeados de máquinas siniestras, de humedad, de cuerpos jóvenes agonizantes. Pero da igual.

–Te he echado de menos, tío –es todo cuanto consigo decir.

–¡Bah!, sabría que vendrías a buscarme tarde o temprano –contesta.

¿Lo sabía? ¿Cómo puede alguien tener tanta fe en otro ser humano cuando todo el mundo mata para sobrevivir? Pero él lo sabía. Claro que sí.

–Espera a que Beth te vea, Lucas.

–La he encontrado. He venido con ella, Zack.

Su expresión se oscurece.

–¿La tienen aquí? Lucas, ¿sabes lo que hacen aquí con las chicas como ella? ¿Y lo que van a hacer con nosotros?

–Se ha escapado, Zack. Corre por aquí, pero no creo que la pillen.

–¡Bien por Beth! Se ha convertido en una máquina, tío. Es una auténtica guerrera.

–Ya lo he visto.

–Yo... –Se tambalea, se sienta otra vez en la camilla.

–¿Estás bien?

–Sí, sólo me han quitado un poco de sangre. Un poco cada día, pero bueno. Esos dos están peor.

–¿Qué les han hecho?

–Les han quitado un riñón a cada uno. Y al chico también una pierna, ya me dirás para qué, creo que tiene algo que ver con la médula. Pero no creo que pasen de hoy; uno de los vejestorios ha empeorado y me parece que necesitan hacer otro trasplante de riñón.

–¡Están locos!

–La chica tiene todos los números; el médico dice que es la más compatible.

–No podrá vivir sin riñones.

–Eso está claro.

–¡Por Dios, Zack! ¿Y tú?

–No sé si mis riñones son de mala calidad. Sospecho que es por Walter, el jefe. Le gusta venir aquí a charlar y a jugar al ajedrez conmigo.

–Menudo hijo de...

–Sí.

Pienso en Andy y en los demás Buscadores que han desaparecido en los últimos años. En los compañeros del grupo de Beth. Prefiero seguir imaginando que les atacaron los perros, que se despeñaron por un barranco, incluso que les mató a palos algún grupo de salvajes. Todo antes de imaginarles tumbados aquí, desguazados a piezas.

–Hace casi dos meses que estoy aquí –continúa Zack–. Ya me conoces, me acerqué a la ciudad a ver si encontraba algún signo de civilización. No me creía que todo el mundo hubiera vuelto a la Edad Media de un plumazo.

–A la Edad Media no –contesto–, entonces eran más civilizados.

Pasamos horas sentados allí, conversando. Le hablo de Mara, del Piojo, de mis padres y de la gente con la que he vivido en La Granja. Él me cuenta su vida en los bosques, siempre de un lado para otro. No hay amargura, no hay rencor. Me lo cuenta como si me hablara de los tres años que pasó estudiando en otro país, como si fuéramos dos antiguos colegas de la escuela que se encuentran en la universidad. Tiene alguna cicatriz, el pelo algo más fino y los huesos más marcados, pero sigue siendo el chaval ingenioso, lleno de curiosidad, obsesionado por sus pequeñas fijaciones que yo conocía.

Escuchamos pasos. Nos miramos y, sin decir palabra, vuelvo a mi cama, me tumbo y me hago el dormido.

El doctor y Fitz aparecen, seguidos de Sara y de otro joven

rubio y alto que lleva en las manos una especie de porra. Se detienen un momento ante la camilla de Zack, que también finge dormir. Luego se dirigen hacia la chica. El doctor hace un gesto seco y su hija desconecta los tubos y se lleva a la paciente fuera de la sala.

Tengo los músculos tan tensos que un dolor agudo trepa por mi médula espinal hasta el cerebro. En cuestión de segundos calculo posiciones, movimientos, distancia, posibilidades. Zack me está mirando, niega con la cabeza con un movimiento casi imperceptible. El rubio se vuelve ahora hacia mí y me obligo a cerrar los ojos. No veo nada, pero espero recibir en cualquier momento el golpe de porra en mi rostro o mis costillas. Después le escucho bostezar, y alejarse.

–Ésa no vuelve –dice Zack.

–No podemos seguir aquí –recalco lo obvio.

–Te habrás fijado en que sólo hay una puerta –ya echaba de menos esa voz de listillo–, y te advierto que tiene tres centímetros de espesor, es de acero puro y sólo se abre desde el otro lado. Luego hay un pasillo de cien metros con otras tres puertas similares, todas cerradas. A continuación un guardia, generalmente el rubio ese que has visto con la porra y que es un psicópata, te lo aseguro. Le vi en acción el día en que uno de los chavales se despertó antes de tiempo y le entró el pánico. Y después todavía tendrías que atravesar el silo principal, con todas las cámaras y Walter que se pasa el día mirándolas, hasta llegar a las instalaciones de fuera.

–Parece factible.

Nos reímos con ganas.

–Esa Mara debe de ser especial –dice.

–Haré lo que sea por ella. Pero no le queda mucho tiempo.

–Pensé que acabarías liándote con mi hermana –comenta Zack–; siempre creí que era cuestión de tiempo, que cuando le crecieran las tetas te fijarías en ella y ¡pam! Liados.

–Bueno, las cosas han cambiado un poco. Cuando me la encontré, ella quería abrirme la cabeza.

–¡Así son las chicas! Supongo.

Nos quedamos en silencio. Las piernas de Zack cuelgan sin llegar al suelo; me doy cuenta de que se ha quedado un poco más bajito que yo. Está claro que no hemos comido igual.

–¿Tú no me guardaste rencor? –pregunto–. Ya sabes, cuando os dejé al otro lado de la verja.

–¿Qué dices? Me alegré. La verdad es que era un fastidio cuidar de vosotros todo el tiempo.

Sonrío.

El chico de la camilla comienza a gemir.

–Tendríamos que descansar un poco –sugiere Zack.

Trato de taparme la cabeza con la almohada, pero los gemidos del chico me acompañan durante horas, incluso cuando me sumerjo en mis pesadillas.

16

–¡Maldita sea!

La voz del doctor me despierta de golpe. Tardo unos segundos en asimilar dónde me encuentro. Zack está despierto en su camilla, observando la misma escena. El doctor y Fitz se hallan frente a la camilla del chaval latino, mientras el rubio vigila, un poco más apartado. Sara está apoyada en el quicio de la puerta.

–¡Sara! –grita el doctor.

Su hija da un respingo.

–¿Cuántas dosis de antibiótico le has dado?

–Las que dijiste, papá...

–Las que dije... ¡y una mierda! ¡Te olvidaste de una dosis! ¡Se nos ha ido!

–¿Quieres decir que se ha muerto?

La voz de Sara es apenas un susurro, un temblorcillo en el aire.

–¡Pues claro!¡Muerto como una maldita rata! ¡Hace horas!

Levanto la cabeza para observar. El rubio me mira y levanta su porra hacia mí, en un claro gesto de advertencia.

–Walter se va a poner hecho una furia. El señor Smith necesita el trasplante con urgencia, y el mexicano era el donante ideal. ¡Maldita sea! Habrá que comenzar con las pruebas otra vez...

–Lo siento, papá, yo...

–Le voy a colocar un riñón nuevo a Smith aunque le tenga que enchufar en vía la medicación contra el rechazo. ¡Ese viejo es insoportable, y en este maldito búnker no hay forma de esquivarlo!

El doctor da media vuelta de golpe y camina con decisión hacia la salida.

–Fitzsimmons, llévese ese cuerpo y échelo al exterior. Y tú, Sara, ve preparando el quirófano. ¡Usaremos al nuevo!

–¿Lucas?

–¡Nada de nombres! –Se han detenido en la misma puerta, y parece que el doctor vaya a golpear a su hija–. ¡Si empiezas a llamarlos por su nombre todo va a ser mucho más difícil! ¡Madura, niña! ¡Se supone que me vas a sustituir algún día!

Cierran. El portazo reverbera durante un buen rato en las paredes de cemento. Zack y yo nos hemos quedado solos.

Me levanto de un salto.

–Tiene que haber algo.

–Ya he mirado en todas partes, Lucas. Aquí no hay nada que podamos usar como arma. Además, estoy tan cansado...

–Es por la sangre que te han extraído. Pero yo ahora tengo más fuerzas que nunca. He de encontrar algo.

Aunque, naturalmente, Zack tiene razón. Ni un trozo de yeso ni una barra de metal. Los soportes de los sueros y de la sangre podrían haber servido, pero se los han llevado junto con las camillas. Trato de desmontar alguna pieza de mi cama, pero es imposible. Hay un par de armarios metálicos pegados a las paredes, pero pesan demasiado. En uno encuentro un par de rollos de vendas autoadhesivas, en el otro, una botella de plástico medio llena de alcohol. Nada que resulte útil.

–Te lo he dicho...

Me fijo en las paredes. Una de ellas tiene una grieta considerable, que baja desde el techo y se divide en dos, formando una especie de delta, al llegar al nivel del suelo. Me acerco y la golpeo con el puño, sin resultado.

–Esa pared tiene cuatro metros de espesor –dice Zack, medio dormido–, está diseñada para resistir un ataque nuclear, Lucas.

–No quiero derribarla –señalo.

Agarro mi camilla y la desplazo hasta el centro de la habitación. Luego la empujo con todas mis fuerzas contra la pared. Las ruedas chirrían y el sonido del impacto es enorme, pero no creo que nadie pueda oírnos fuera de aquí. El borde metálico de la camilla ha golpeado justo en la grieta. Repito la operación un par de veces más.

El cemento ha saltado donde la grieta se dividía en dos. Remuevo los pedazos que han quedado en el suelo. La mayoría son muy pequeños, pero encuentro uno del tamaño de una pelota de jockey y lo rasco contra el metal de la cama.

–Vaya –dice Zack.

He conseguido afilar el borde del pedazo de cemento, que ahora tiene la forma de una lasca prehistórica, como la que usaban los cromañones para hacer sus lanzas. Pesa poco y es quebradizo, seguro que si se me cae al suelo se desintegra, pero con el movimiento adecuado puede rajar los tendones de un brazo o la garganta de cualquiera. Es un arma desesperada, casi ridícula, pero me hace sentir mejor.

–¿Y ahora qué? –pregunta Zack, sonriendo, mientras me siento en mi camilla.

–Ahora a esperar a que vuelvan.

Zack duerme cuando les oigo venir. Aprieto la piedra afilada en mi puño y me tumbo para parecer dormido, pero mantengo la mirada fija en la puerta. Descorren el cerrojo. Entran.

Esta vez viene sólo Sara, con sus gafas caídas y su coleta de niña. Sigue llevando el fonendoscopio al cuello, aunque ahora su bata está manchada de sangre. Pienso en la chica que se llevaron y aprieto tanto la mano que casi me clavo la piedra en la palma.

Una mano aparece por detrás de Sara, le agarra el cuello y la empuja hacia delante.

Conozco esa mano.

Beth lleva puesto una especie de mono de trabajo, como el que he visto llevar a algunos de los habitantes del silo. Se ha recogido el pelo y distingo algunos moretones en su cara, pero ninguna herida seria.

–Siéntate ahí, niña, si no quieres recibir otra vez –ordena.

Sara obedece, con la mirada baja.

Me levanto. Nos miramos en silencio durante un segundo, cada uno comprobando el estado del otro. Después nos abrazamos. Es un abrazo primario, pura alegría, y me cuesta separarme de ella. Volvemos a mirarnos, con una sombra de embarazo y duda, pero la sonrisa de ella lo disipa todo. Es fácil: estamos vivos y nos alegramos de estar juntos.

Al ver a Zack su expresión pasa de la sorpresa a la alegría, de la alegría al miedo, del miedo a la furia. Se vuelve hacia Sara y sólo entonces veo el cuchillo que lleva en la mano, una especie de navaja militar. Distingo los cortes en el cuello de Sara y comprendo que la sangre que mancha su bata no es de la chica de la camilla.

–¡No! –exclama la hija del doctor–. ¡A ése no le hemos hecho nada!

–Es mi hermano, maldita sea...

La detengo con un gesto.

–Le han extraído sangre, pero está bien, Beth. Hemos estado hablando.

–¡Beth! ¿Ya sabe papá que estás aquí?

Los dos hermanos se funden en un abrazo. Sara mira hacia la puerta y yo le dirijo una mirada de advertencia.

–No es eso –dice–, no estoy pensando en huir. Pero mi padre vendrá en cualquier momento.

–Mejor –dice Beth–. Le esperaremos.

–Nada de eso –replica Zack–. Ya está bien de jugarse la vida. Nos vamos de aquí ahora mismo.

Salimos al pasillo y cerramos la puerta. Zack se tambalea un poco, pero por su cara parece haber recuperado toda la energía.

–Tiene que haber otra salida... –digo mirando a Sara.

–No la hay. Hay que volver al silo.

–Esto era una instalación militar –le digo–, tiene que haber otra salida en alguna parte, una salida de emergencia.

Sara vacila y eso confirma mis sospechas.

–Escucha –continúo–. Si no me dices dónde está la salida, te meteré ahí dentro otra vez, a solas con ella –señalo a Beth–. Si aún sigues con vida es porque está su hermano delante.

Sara se lleva la mano a la herida del cuello. Puedo imaginarla arrinconada en un pasillo, con la furia morena apretando un cuchillo contra su garganta y exigiéndole que la lleve con nosotros. Sara sabe que su padre la castigará, puede que la golpee si nos ayuda. Pero Beth la degollará si no lo hace.

–Hay otra salida. Al garaje, en la superficie. Por donde salen las patrullas.

–Andando –ordena Beth.

Comienzan a caminar en esa dirección, pero se detienen al ver que no les sigo.

–¿Lucas?

–He de conseguir la insulina para Mara. Marchaos vosotros, ya os alcanzaré.

Los dos hermanos se miran en silencio. Ambos conocen mi historia, y ambos me conocen a mí. Uno al antiguo Lucas, la otra al actual, pero los dos saben quién soy.

–¡No! –dice Sara–. ¡No me dejes con ella!

Beth arquea una ceja, casi diría que divertida.

–¡Yo te llevaré hasta la insulina, está en la clínica! ¡Pero no me dejes con ella, por favor!

–Ella me llevará a la clínica –decido–. Esperadme el rato que podáis, nos veremos arriba.

Zack se acerca y me abraza en silencio. Beth está a punto de seguirlo, pero parece dudar. Luego se acerca a mí.

Me besa en los labios.

–Por si acaso –dice–. Es algo que quería hacer desde niña.

Una parte de mí se aleja con ellos por ese pasillo. La idea de volver a abandonarles me genera una angustia que quema como ácido en las tripas.

–Vamos.

Sigo a Sara por los pasillos, hacia los pisos superiores del silo. Manosea nerviosa las llaves ante cada puerta, y en cada esquina espero encontrarme a Fitz o al tipo rubio. Acabo de darme cuenta de que aún aprieto la piedra afilada en la mano, y eso casi me hace sonreír.

–Están todos en el quirófano, con la chica y el doctor Smith. Pero mi padre se preguntará por qué tardo tanto –murmura Sara.

Ahora que no tiene cerca a Beth, parece estar recuperando la confianza.

La agarro por la coleta y tiro hacia atrás. Su cabeza se arquea y ahoga un grito. Me sorprendo de mi propia brutalidad, y las palabras salen solas de mi boca.

–Si me la juegas te cortaré el cuello. No tengo nada que perder, ¿entiendes? O salgo de aquí con la insulina o morimos todos.

Asiente, nerviosa. Justo en ese momento dos ancianos se acercan por el pasillo. Tengo el tiempo justo de empujar a Sara por una de las puertas. Le tapo la boca mientras la pareja, ajena a todo, pasa por fuera discutiendo sobre la última película que han visto... ¿cuántas veces ya?, se queja uno de ellos.

Segundos después entramos en la clínica. Sara no duda y abre unos estantes de los que extrae unas bolsas llenas de pequeñas botellitas de vidrio. Tienen de todo, incluso un par de neveras portátiles que uso para meter las dosis de insulina. Sara asegura que en las bolsas que meto a presión dentro de las neveras hay casi cinco mil dosis, suficientes para varios años. Años, meses, semanas, días. Me da igual. Estoy comprando vida para Mara, en un mundo en el que cualquier cosa puede matarnos en cualquier momento.

–¿Sabes que se estropeará con el calor? –observa Sara, recobrando el valor–. Supongo que no tenéis nevera en vuestro bosque.

Reprimo el instinto de golpearla.

–Mételo todo en la caja y vámonos.

–¡Sara!

La voz de su padre rebota por los pasillos circulares. El sonido se desplaza de forma caprichosa en este lugar, este tubo enorme incrustado bajo tierra. No me extraña que se estén volviendo todos locos.

Agarro a Sara por la cintura. Ella abre los ojos de forma

exagerada; me recuerda a un cordero que acaba de descubrir que le llevan al matadero. La empujo dentro del armario abierto que tiene detrás, cierro y trabo las puertas apoyando el respaldo de una silla en el ángulo adecuado. Sara ni siquiera intenta salir.

El peso de las dos neveras es tremendo, y noto un dolor frío que me trepa desde las muñecas hasta los hombros. Corro por los pasillos, bajo las escaleras, tratando de no perderme en este lugar laberíntico. Un par de residentes se cruza en mi camino y se aparta ante mi carrera, sin dejar de hacer comentarios sobre la poca educación de la juventud.

No sé cómo, pero estoy otra vez en el pasillo inferior, el que lleva a la habitación donde nos retenían. En algún lugar, detrás de mí, suena una especie de sirena.

Continúo por el corredor, que ahora es más estrecho y oscuro, iluminado por una especie de luces de emergencia que recuerdan a la entrada a una mina. Al fondo me espera una rampa y, al final de la misma, una puerta de garaje abierta. Son apenas cien metros, pero con el peso de las neveras portátiles se me antoja una tarea sobrehumana. Ruidos y gritos detrás de mí. Estoy al descubierto, sin refugio posible, rectas en curvas tras las que esconderme. Si llevan armas de fuego, estoy muerto.

Pisadas de botas militares sobre el cemento. Más gritos, pero ningún disparo. Las asas de plástico de las neveras intentan escurrirse de mis manos, pero no se lo voy a permitir. La luz de la entrada parece un poco más intensa, pero sólo un poco. ¿No debería haber llegado ya?

Alguien maldice, me ordenan que me detenga. No me atrevo a darme la vuelta; no puedo perder un segundo. Tengo la sensación de que mis brazos van a separarse de mi cuerpo en cualquier momento, de que el corazón se me va a salir por la boca. Mis piernas siguen moviéndose, ajenas a todo.

La luz de la entrada ha cambiado. Tardo un poco en darme cuenta de que la puerta se está cerrando, como la boca de un enorme animal que acaba de tragarse algo. No voy a llegar.

Algo roza mis cabellos por detrás. Casi puedo ver la mano de Fitzsimmons, una garra que ha fallado por milímetros. Entonces algo pasa zumbando junto a mi oído, como un abejorro; es absurdo pero parte de mi mente piensa que debo ir con cuidado para que no me pique.

Detrás de mí, muy cerca, se oye un impacto sordo y un gorgoteo animal. Esta vez sí que me vuelvo, apenas un segundo, y alcanzo a ver al guardia rubio y alto que se cubre la cara con la mano mientras un hilo de sangre se escurre entre sus dedos. El hombre se tambalea en su carrera, choca con la pared, rebota como una pelota y al final cae hacia atrás. Ahora puedo ver, más lejos, a Fitz y otros hombres vestidos como él, y enseguida me doy cuenta de que están demasiado lejos y no me alcanzarán.

Me escurro bajo la puerta cuando apenas queda un metro de espacio entre ésta y el suelo. Beth y Zack están allí, me ayudan a levantarme. Me cuesta soltar las asas de las neveras portátiles para que me ayuden a llevarlas. Beth mueve la honda que se ha fabricado no sé con qué, como si estuviera en una exhibición.

–Yo también sé jugar con estos trastos –dice, y sus ojos me dicen que ella también echa de menos al Piojo.

Zack manosea una caja de cables eléctricos que hay junto a la puerta y se aparta cuando estalla un chispazo.

–¡Uau! –Disfruta con esto–. Tardarán un rato en abrir esa puerta.

Por primera vez me doy cuenta de dónde estamos. Se trata de una especie de garaje enorme, con paredes sucias y el suelo lleno de grasa y vegetación que comienza a trepar por las columnas. En las paredes hay inscripciones medio borradas que hablan de compañías, batallones y secciones del ejército. Pero lo más interesante es la media docena de vehículos.

–No todos funcionan –informa Zack, que parece recuperar el color por segundos–, pero estos tipos han reparado al menos tres. Dos todoterrenos y un camión. Pero esto no es lo mejor...

Abre la portezuela trasera del camión, pero yo ya me he fijado en la publicidad de la carrocería y he notado cómo la esperanza comenzaba a brotar en algún lugar de mi interior. Chuletones, salchichas, costillas. Un negocio de carnicería. Un camión refrigerado.

–Esto es una nevera gigante, Lucas. Podemos mantener fría cualquier cosa, mientras tengamos gasolina.

Raúl sabrá cómo usar las piezas del motor, ideará un sistema para mantener en marcha el sistema de refrigeración. Podemos conservar la insulina, garantizar la vida de Mara el tiempo que sea. Podemos salir de ésta, podemos ganar la partida.

–Vamos, vamos...

Dedico un par de minutos a revisar los otros coches, a pesar de que la puerta del garaje cruje con las acometidas que efectúan desde el otro lado. Mara diría que es el espíritu de los Buscadores. Encuentro un par de bidones de gasolina llenos, un cuchillo grande, una manta térmica, un plano de carreteras de la región, una brújula y un paquete de goma de mascar de menta. Lo guardo para el Piojo.

–Arranca las tapas del delco –me grita Zack desde el camión–, para que no nos puedan seguir.

–¿Y cómo diablos sé lo que es la tapa del delco?

Zack levanta las manos, desesperado ante mi ignorancia. Cojo el cuchillo y reviento las ruedas traseras de los dos todoterrenos. El silbido del aire al salir de los neumáticos me suena a música celestial mientras entro en la cabina del camión.

–¿Están las llaves puestas? –me asombro.

–¿Y quién iba a robarlos? –contesta Zack.

Beth, sentada entre los dos, sonríe.

–Supongo que sabes conducir, Lucas.

–Cuando tenía catorce años mi padre me dio un par de clases –contesto–. Espero que sea como ir en bicicleta, algo que no se olvida.

No lo es. Antes de salir del garaje ya he chocado con uno de los jeeps, contra una columna y contra varios bidones metálicos vacíos. Podríamos habernos molestado en levantar la barrera de entrada, pero veo aparecer a nuestros perseguidores en el retrovisor, de manera que acelero y me la llevo por delante. El camión es grande y robusto, construido para ir por caminos rurales, y consigo domarlo antes de que nos estrellemos contra un árbol.

–¡Lo hemos conseguido! –grita Beth.

Es una delicia verla entusiasmada, para variar.

Siempre me fastidiaba hacer cosas por obligación, y más si era con mi padre. Debí haberle escuchado mejor. Me hago un lío con las marchas, el motor se queja de mi incompetencia. El camión avanza a toda velocidad por un camino de tierra que debe de ser ancho como una autopista pero que a mí me parece una pista de bolos. Consigo meter una marcha, pero debe de ser la más corta, porque parece que frenemos de golpe y el motor emite un ruido espantoso.

–¡Lucas! –grita Zack, pero él tiene menos idea que yo de cómo llevar este trasto.

Hemos nacido demasiado tarde, somos ya parte del mundo de después del apagón. Sabemos cazar conejos, encender un fuego con dos palos, encontrar agua potable o refugio en la montaña, pero no tenemos ni idea de cómo conducir un vehículo.

Un brinco, un golpe de volante, y nos vamos hacia la cuneta. El impacto es terrible, salen piezas volando por todas partes y el parabrisas se astilla en un millón de cristalitos. Tenemos suerte, y no nos hacemos daño. Pero el camión queda encajado entre dos árboles, en un ángulo extraño. Tardaremos horas en sacarlo de aquí, si es que lo conseguimos.

–¡Ya vienen! –grita Beth–. ¡Rápido, vámonos!

–¡No puedo dejar la insulina aquí! –grito. Pero sé muy bien cuáles son las opciones.

Forcejeo como un loco con la compuerta trasera. Al menos, salvar la insulina. Lo que sea, algunas dosis. Que dure lo que dure. No puedo volver con Mara con las manos vacías. Pero el golpe ha desencajado las puertas y ahora resulta imposible abrirlas.

–¡No! ¡No! –me desespero–. No puede ser, estábamos a punto de lograrlo.

–¡Lucas! –grita Zack–. ¡Vamos al bosque! ¡Allí no nos atraparán! ¡Ya volveremos con mi padre!

No. Están demasiado lejos. Richard jamás organizará una expedición para venir hasta aquí. No pondrá en peligro a su gente.

Suena un disparo. Las ramas del árbol más cercano escupen astillas y hojas. Estoy tan cansado que sólo tengo ganas de sentarme a esperar.

–¡Vamos!

La mano de Beth, pequeña y pálida, es una garra con una fuerza impresionante. Me levanta, me empuja. Los matorrales me arañan las piernas; de pronto sólo veo ramas y hojas por todas partes.

Corremos a través del bosque, una vez más. Siempre huyendo, siempre tratando de vivir un poquito más. Un día más, un año más. Como sea.

–Los... hemos... despistado...

Zack trata de hablar, pero ya es un milagro que sea capaz de correr. No tengo ni idea de cuánta sangre le han extraído durante este tiempo.

Frente a nosotros, entre los árboles, algo se mueve a toda velocidad. Algo grande, enorme y rápido. Qué tipo de animal...

–¡Otro coche! –grita Beth–. ¡Nos han rodeado!

Es un todoterreno de aspecto militar, con pintura de camuflaje. Un Humvee, tal como los llamaban en la televisión. Los he visto alguna vez en los desfiles de la guardia nacional. Nos quedamos paralizados, en el linde mismo del bosque, a unos veinte metros del todoterreno. Estamos demasiado cansados, y sabemos que correr en la dirección opuesta sólo nos llevaría hasta nuestros perseguidores.

La puerta se abre y sale un perro. Un can enorme y oscuro, que viene derecho hacia mí con la lengua fuera.

–¡*Kaiser!*

Casi me tira al suelo cuando clava sus patas delanteras en mi pecho, al mismo tiempo que me lame la cara con su lengua, que parece una enorme toalla mojada.

–¿Conoces a este perro? –preguntan los dos hermanos a la vez.

–¡Lucas!

Jacob tiene el mismo aspecto que el que recordaba. Parece salido de una fiesta de disfraces, con su chaleco lleno de bolsillos, su camisa recién planchada, sus gafas de sol y su sombrerito tirolés, con pluma y todo.

–Pero ¿cómo es posible? –pregunto, incapaz de asimilar su presencia en este lugar y en este momento.

–¿Qué?

Parece tan desconcertado como yo. Luego se atusa el bigote, y suelta una carcajada.

–¿Cómo has llegado hasta aquí? –pregunto, mientras trato de apartar a *Kaiser* a un lado.

–Os he seguido, naturalmente. *Kaiser* tiene un talento especial para seguir rastros.

–¿Todo el tiempo?¿Hasta la ciudad?

–Bueno, he de reconocer que ahí os perdí durante un tiempo. No me gusta nada entrar en la ciudad, y ya debes de haber descubierto por qué. Pasamos un par de días en los alrededores, hasta que recuperó la pista. Es un buen perro...

–¿Y por qué? ¿Y Ray y Nadia?

–Calma, muchacho, calma... Tus amigos se han quedado en mi casa; parece que va resultar difícil sacar de allí a esa parejita... ¡Pero no me quejo! La verdad es que me quedé un poco preocupado por vosotros. Pero ¿dónde está Mara? ¿Y quiénes son estos jóvenes?

–Jacob, tienes que ayudarnos. –Las palabras salen atropelladamente de mi boca, el tiempo se me escurre entre los dedos–. Hemos encontrado gente, como tú, con luz, con máquinas. Pero éstos son peligrosos. Secuestran a los que encuentran por ahí, los... Son mala gente, Jacob, pero tienen la insulina que necesita Mara. Tienes que ayudarme...

–Bueno, bueno. Tranquilo, Lucas. ¿Gente con tecnología, dices? Qué interesante ¿Son aquellos que se acercan entre los árboles?

Los tres nos volvemos, alarmados. Ya están ahí.

Jacob se arrodilla y atraviesa la maleza con la mirada.

–Son tres, cuatro como mucho. No son muy profesionales, por la forma de caminar.

–Van armados –informa Beth.

–Yo también, guapa –dice Jacob, al tiempo que saca un enorme revólver plateado de su funda, oculta bajo el chaleco. Lo comprueba y lo vuelve a guardar con gesto rápido y profesional–. Ocultaos allí, entre las rocas. No os mováis. A mí no me conocen, y eso me da ventaja. Además, tengo a *Kaiser*.

–¿Estás seguro de que...?

–Venga, chicos.

Obedecemos. Es ahora cuando noto el sudor frío que me cae por la frente, el temblor de mis piernas.

–Respira –me susurra Zack al oído.

–¿Qué?

–Que respires, hombre. Oye, este amigo tuyo es de fiar, supongo.

–Me salvó la vida. A mí y a mis amigos.

Zack asiente. Los dos hermanos cruzan una mirada un segundo antes de que los tres nos agachemos tras los matorrales. Desde nuestra posición, a unos veinte metros del camino, nos cuesta ver la escena. Jacob se acerca caminando tranquilamente hacia los tres hombres, que se detienen de golpe al verle. Uno de ellos levanta el fusil que lleva en las manos, pero Jacob dice algo que parece tranquilizarle.

Algo va mal.

No sé lo que es, pero algo falla. Un detalle que se me escapa, pero que es crucial.

–Tranquilo, hombre –dice Zack, en susurros–, es tu amigo el que se está jugando la vida.

No. Ya sé lo que pasa.

–*Kaiser* –digo.

–¿Qué?

–El perro. Mira cómo se mueve. Mueve la cola, da vueltas alrededor de los tipos del silo. Tiene la cabeza gacha.

–¿Y qué?

–Los conoce.

–Joder...

Camino agachado, todavía cubierto por la espesura de los matorrales. Zack y Beth han tardado unos segundos en reaccionar, pero ahora vienen detrás de mí. Me acerco al coche de Jacob, que me sirve de pantalla para ocultarme de nuestros perseguidores.

El Humvee tiene los cristales tintados y no hay forma de ver el interior.

–¿Qué buscas? –pregunta Beth.

–Debe de haber algún arma aquí dentro –contesto mientras abro la portezuela.

Dos cuerpos, atados y estirados en la parte trasera del coche.

Ray y Nadia.

–Maldita sea...

Ray gime y se remueve en sus ataduras. Están vivos, gracias a Dios.

La puerta opuesta a la mía se abre. La figura de Jacob llena todo mi campo de visión. Está sonriendo.

–Eres más listo que...

Me vuelvo de golpe pero ya están aquí, rodeándonos.

Hay un fusil clavado en el pecho de Beth, y Zack, apoyado contra la carrocería, no tiene fuerzas para luchar. Vuelvo a mirar a Jacob, que ahora me apunta con su revólver.

–No es nada personal, hijo –dice mientras caminamos de vuelta al silo.

El rubio y otro guardia se han hecho cargo del coche con Ray y Nadia, y Jacob ha preferido caminar con el otro guardia, armado con el rifle, como refuerzo.

–Es sólo un trabajo –continúa–; de hecho el único al que puede aspirar un hombre de mi edad hoy en día. –Se ríe de su propio chiste.

–¿Eso es lo que eres? –le pregunto, aunque me había prometido a mí mismo hace apenas unos segundos no volver a hablar con este hombre–. ¿Un mercenario? ¿Un traficante de personas?

–Prefiero que me llames cazador, es más elegante. De hecho, aunque no creo que te interese saberlo, soy socio de Walter. Socio fundador de Homeshelter, si me permites la falta de modestia. No te creerías todo ese rollo de las cajas de Faraday, ¿verdad? Vamos, el pulso lo fundió todo, si no, habrías encontrado miles de pirados con sus transistores intactos por todo el país. Sólo sobrevivió lo que había dentro del silo, y puede que en algún lugar haya una base militar donde todo funcione todavía. Pero a efectos prácticos, somos los únicos. Los amos de esta parte del mundo.

–¿A cuánta gente has vendido?¿Cuántos inocentes?

–Bueno –contesta, mientras escupe una ramita que estaba masticando–, a unos cuantos. Pero debo decirte que ninguno en tan buenas condiciones como los que llegaban de tu valle, incluidos vosotros. Sois una mina, si me permites la expresión.

Pasamos junto al camión, que sigue encajado entre los árboles.

–Habéis liado una buena –se ríe Jacob al verlo–. ¡A ver quién paga ahora los desperfectos! Lástima que no se os pueda denunciar...

Busco con la mirada a Zack y a Beth. Caminan en silencio, sin lloros ni súplicas. Los tres sabemos que vamos a intentarlo otra vez, todas las que hagan falta. No nos rendiremos jamás.

Llegamos a la entrada del garaje, la puerta por donde hemos huido apenas hace unos minutos. Ahí está el Humvee de Jacob, seguramente con Ray y Nadia dentro, y varias personas que nos esperan. Reconozco a Alice, con su traje de ejecutiva, las manos a la espalda. Ojalá Beth le hubiera arrancado la cabeza cuando tuvo ocasión.

–¡Alice, querida! –saluda Jacob–. ¿Dónde está Walter? Esta vez tenemos una cosecha inesperadamente buena!

–Jacob, siempre tan elegante. Walter te está esperando dentro.

Seguimos a nuestro captor como corderos. Me duelen las muñecas de tanto forzar mis ataduras, pero no hay manera de mover las manos. Entramos en el garaje.

Walter está allí, sentado en el suelo. Con un agujero en la cabeza. A su lado reposa también el rubio, con el cuello vuelto en un ángulo extraño, como un muñeco roto. Fitzsimmons está de pie a su lado, con expresión tranquila.

–¿Qué?

Jacob es rápido, casi consigue sacar el revólver antes de que Fitzsimmons le dispare con su pistola. Estamos muy cerca, y nos agachamos por instinto mientras un reguero de sangre sobrevuela nuestras cabezas, como si alguien hubiera abierto una botella de champán rojo después de agitarla.

Kaiser se lanza hacia Fitz, pero el hombre tiene tiempo de alcanzarle dos veces. El enorme perro cae muerto a sus pies.

Jacob ha quedado tumbado de espaldas, con los ojos abiertos. Un pequeño agujero en el pecho, del tamaño de una moneda de diez centavos, es la única señal de violencia de su cuerpo.

–¿Era necesario? –pregunta Alice con una mueca de disgusto.

–Iba a disparar... –comienza Fitz.

–Me refería al perro. Lo conocía desde que era un cachorro.

Beth y yo nos incorporamos despacio, sin saber muy bien qué ha sucedido. Alice hace una seña a Fitzsimmons, que se adelanta, saca una navaja y corta nuestras ataduras. Las manos me cosquillean mientras la sangre vuelve a circular.

–¿Podemos hablar de negocios?

Tardo un momento en darme cuenta de que me está hablando a mí.

Resulta que llevaba tiempo pensando en esto. Bien mirado, vivir encerrada con sesenta ancianos bajo tierra constituye una perspectiva espantosa para una mujer inteligente y todavía joven como ella. No me sorprende enterarme de que Walter era su marido. Me cuesta más creer que ella vivió con horror contenido –así lo expresa– el rapto y asesinato de jóvenes para utilizar sus órganos. Seguramente, decidió traicionar a Walter cuando éste comenzó a montar su propio harén con cautivas jovencitas con la excusa de repoblar la Tierra. En cualquier caso, la buena de Alice hizo las cosas bien. Se aseguró el apoyo de Fitz, identificó a los incondicionales de Walter, como el guardián rubio o el doctor, y se mantuvo a la espera hasta que encontró la ocasión adecuada. Nosotros no sólo le proporcionamos la distracción que necesitaba, sacando fuera del refugio a los guardias más fieles a su marido, sino que le abrimos las puertas al futuro.

–Ésa es la idea –repite mientras compartimos unos refrescos en la mesa de la sala central–. Vosotros nos enviáis productos frescos: carne, comida, harina, huevos –puedo ver la cara de Fitz salivando mientras su jefa habla–, y nosotros os entregamos generadores, medicinas y vehículos. Podemos acoger a algunos de vosotros aquí, y también espero que podáis llevaros a vuestra granja a algunos de los más ancianos. Nadie quiere morir en un agujero bajo tierra. Todos salimos ganando; vuestra prosperidad supone más alimentos para nosotros. Con el tiempo, quién sabe, a lo mejor podemos volver a reconstruir este país.

Zack y Beth me miran. He recuperado con mi amigo esa especie de comunicación telepática que nació en el patio del instituto. No nos hace falta hablar, cada uno sabe lo que piensa el otro. Y con Beth es todavía más fuerte. Sé que ahora mismo les incomoda el aire acondicionado, este asiento de plástico blando, las luces artificiales, esa musiquita de fondo que no deja de sonar por todo el recinto. La misma idea de estar a cincuenta metros bajo el nivel del suelo.

–No hace falta firmar nada. Con un apretón de manos es suficiente –prosigue Alice–. Walter pondría el grito en el cielo –añade, con una sonrisa.

Los abuelos siguen jugando al ajedrez, o viendo por enésima vez la misma película, y apenas nos dirigen una mirada curiosa cuando pasamos junto a ellos, camino de la salida.

–El doctor... –comienzo.

–Es el único que tenemos –dice Alice, en un tono de disculpa.

–Así es la vida –contesta Zack–. Mi padre siempre decía que debía estudiar Medicina, y mira por dónde tenía razón. Aunque seas el tipo más mezquino de la Tierra, todos te quieren vivo.

–Pero su hija estará encantada de echaros una mano –añade Alice, con una sonrisa maliciosa.

Ray y Clara tardan un poco en recuperarse. Jacob les puso anestésico en la bebida, su recurso habitual para mantener a las presas tranquilas hasta la entrega.

–Era un hombre encantador. Todavía no puedo creerme que...

Clara se interrumpe y reprime una náusea. Ray le acaricia el pelo.

–Pensábamos que era el paraíso, Lucas –me dice alzando la vista–. Nosotros solos, en aquella casa, después de todo lo que habíamos perdido. Jacob era como un mago, una especie de Papá Noel.

A veces, el paraíso y el infierno son la misma cosa. Pero no te das cuenta hasta que te quemas.

EPÍLOGO

Los primeros en vernos llegar son un par de niños pequeños que juegan frente a la fachada del antiguo hotel rural. Corren asustados.

–Es la primera vez que ven un vehículo en marcha –me explica Beth, sonriendo.

Está sentada a mi lado, en el asiento trasero del camión. Zack duerme al otro lado, agotado pero muy recuperado después de la comilona de despedida que nos ofreció Alice. Ray y Clara están abrazados en la última fila. Fitz conduce, rápido y seguro, y yo pienso en el tesoro que llevamos detrás, en la cámara frigorífica.

Richard aparece frente a la gran casa de piedra, con las manos en las caderas, como una estatua de piedra.

–¡Por todos los diablos! –grita–. ¡Un maldito camión que funciona!

Se abalanza sobre el capó y lo besa. Cuando se abre la puerta y aparece Beth, extiende los brazos como si quisiera abarcar el mundo entero.

–¡Niña! ¡Has vuelto! ¿Y cómo...?

Zack salta a tierra y se acerca a su padre con una gran sonrisa dibujada en la cara. Me aparto de la escena, de esos tres seres fundidos en uno solo que no pueden ser más felices en este momento. Ray y Nadia bajan también del camión, y enseguida se forma un corro de gente a su alrededor. Lo mismo sucede con Fitz, al que cosen a preguntas de todo tipo. Yo tengo pendiente mi propio reencuentro.

–¿Una chica rubia, con rizos, que llegó hace unos días?

He de preguntar a cuatro o cinco personas antes de que me indiquen dónde está Mara. La veo desde lejos, sentada en el suelo, apoyada en un árbol y con un libro en las manos. Está sana, está viva, y yo noto que respiro como si estuviera subiendo una montaña.

No dice nada. Se levanta, deja caer el libro y se lanza a mis brazos. Nos abrazamos durante una eternidad; no quiero volver a soltarla nunca más.

–Mara... ¡Mara! –La aparto con suavidad. He de decírselo–. He encontrado insulina. ¡Mejor que eso! ¡He encontrado gente con electricidad, con una clínica, un maldito laboratorio! ¡Te vas a curar! ¡Vas a vivir!

Me mira durante un segundo. Luego, sus ojos verdes se llenan de lágrimas. La dejo llorar durante un rato, la cabeza hundida en mi pecho, mientras el olor de su pelo, de su cuerpo, se mete dentro de mi cabeza, donde quiero retenerlo para siempre.

–Sabía que lo conseguirías.

La voz de Víctor rompe el hechizo. Como antes, como siempre, pero me da igual. Está plantado como un roble detrás de nosotros, los brazos cruzados y la cara deformada por la emoción.

–Te lo dije, Mara. Te lo dije desde el principio. Si alguien puede encontrar la medicina, es Lucas.

Asiento con la cabeza, agradecido por el cumplido, pero inquieto a la vez. Sus palabras son de agradecimiento, pero esconden otro significado. ¿Vamos a pelear de nuevo? Trato de recordar los momentos que vivimos en la ciudad.

Apenas hablamos, no hubo tiempo. Mara le ha contado que ahora está conmigo, seguro. ¿O no lo ha hecho?

–Mara...

Víctor da un paso adelante. De forma instintiva, me interpongo entre ellos dos.

–Víctor, déjanos –le pide ella.

–Escucha... –comienza él.

–Déjanos, en serio. Yo se lo diré.

¿Decirme qué? ¿Ha vuelto con él? Víctor se aleja, obediente, pero no demasiado.

–Lucas, tengo que pedirte perdón.

–¿De qué estás hablando?

–De mí. De nosotros. De Víctor.

–¿Qué me estás diciendo?

De pronto siento vértigo. Ya no estoy en un prado verde, rodeado de gente pacífica, sino en la cuerda floja, cruzando un abismo y a punto de caer.

–No he sido sincera contigo. Desde el principio. Yo... sigo enamorada de Víctor. Siempre lo he estado.

–Pero...

Baja la vista. Su voz tiembla y es firme a la vez, por imposible que parezca.

–Fue idea suya. De Víctor. Él sabía lo que tú sentías por mí. Cuando enfermé, e Isaac prohibió salir de la granja, Víctor me dijo que sólo tú eras capaz de encontrar la insulina, donde fuera. Que harías cualquier cosa por mí.

–Y tenía razón –añado.

Siento calma donde debería haber rabia. Soy un extraño mirándome desde fuera.

–Además, Isaac le vigilaba de cerca. Sabía que Víctor trataría de salir de La Granja. No habrían tardado ni un día en darnos alcance. En cambio, tú contabas con varias ventajas.

Eras el que mejor conocía el terreno, y además el propio Víctor, haciéndose el despechado, encabezó la partida de hombres que os perseguía. Por eso nunca nos alcanzaron. Fue él quien les despistó llevándoles tras pistas falsas. Igual que el pobre Rober, aunque no lo habían hablado.

–Lo tenías todo bien planeado –la interrumpo–. Resulta que el chico de ciudad no ha sido tan listo, al final.

–Lucas.

Trata de acariciarme la mejilla, y una parte de mí me dice que me aparte como si fuera una víbora, pero me dejo tocar; de hecho, me alegro de que lo haga.

–Yo te quiero, Lucas –continúa–, pero de otra forma. Eres mi amigo, mi compañero, y un hombre capaz de jugarse la vida por mí sin dudarlo. Es imposible no quererte, pero no puedo partirme en dos. Y lo que siento por Víctor, desde que éramos niños, es algo que llevo muy dentro. Para él ha supuesto un sacrificio enorme interpretar esta comedia, dejarme marchar contigo, quedarse atrás sin saber lo que me estaba pasando. Lucas, no espero que me perdones...

Se traga su propio sollozo. No puedo dejar de admirarla incluso ahora, por la entereza y el valor que muestra al contarme todo esto.

–Se trata de mi vida, Lucas. No lo habría hecho por ninguna otra razón. Pero no quiero morir, y tenía que intentarlo todo. Lamento mucho haberte hecho daño, pero...

–Dime una cosa. ¿Tú crees que si no me hubieras hecho creer que me querías, yo no habría salido a buscar la insulina? ¿Crees que te hubiera dejado morir sólo porque estabas con otro?

–Era un riesgo que yo... que nosotros no...

–No lo habría hecho, Mara. Incluso ahora, en este mismo momento, no hay nada que empañe la alegría que siento por haberte salvado, aunque no te lo creas.

Me acerco a ella y la beso en los labios con ternura. Víctor sigue allí, a pocos metros, observando en silencio. Si está furioso, ningún gesto le traiciona.

–El camión está refrigerado –les informo a los dos–. Dentro hay tres mil dosis de insulina y algunas cosas más, útiles para la comunidad, como piezas de recambio y un generador. También hay una chica, Sara, que debe de estar medio congelada a estas alturas, o sea que mejor sacadla. Tiene conocimientos de medicina y te ayudará, Mara. El conductor, Fitz, es un buen tipo. Él os llevará de vuelta a La Granja. Ayudadle a convencer a Isaac de que son gente pacífica. A lo mejor, entre todos, al final reconstruimos algo.

–¿Y tú? –dice Víctor–. ¿No vuelves con nosotros?

–Vamos, Víctor –contesto con una sonrisa–, tú siempre lo has dicho: ¡no tengo madera de granjero!

Me doy la vuelta y echo a andar sin mirar atrás. Tengo un puño de hierro que me aprieta el pecho por dentro, y la tentación de volverme y correr de vuelta hacia Mara es enorme, pero ambas sensaciones van disminuyendo con cada paso que doy. Me cruzo con Ray y Clara, que corren en la dirección opuesta, al encuentro de sus amigos. Adelanto a niños pequeños, sucios de barro, que picotean bayas salvajes de un plato. Hombres y mujeres vestidos ocupados en despellejar el último jabalí que han cazado, y otros que arrancan la hiedra que trepa por las paredes de su casa como si quisiera arrebatársela. Un grupo de adultos, barbudos y delgados como debían de ser los primeros europeos que llegaron a estas tierras, rodean el generador que hemos traído, comentan y examinan las piezas, sueñan con una tecnología que los más jóvenes ya no distinguirán de la magia.

–¿Qué pasa? –me saluda Zack con una sonrisa.

Está sentado junto a su hermana, los dos muy ocupados en recuperar sus cuchillos, sus zamarras, sus mantas de viaje, sus cantimploras. Los pequeños tesoros que les han mantenido vivos durante estos años.

–¿Problemas en el paraíso? –ríe Zack. Beth levanta la mirada con algo parecido a la curiosidad–. No me digas más. Al final la rubia se ha quedado con el granjero.

Abro la boca para contestar. Debería estar furioso, pero no puedo. Es como si hubiera gastado todas las reservas de furia y de tristeza.

–De todas formas, si no recuerdo mal, a ti te iban las morenas –comenta Zack, mientras le da un codazo a su hermana, que se lo devuelve.

–Entonces ¿qué? –dice Beth mientras se levanta y se ajusta el cuchillo de caza en el cinturón–. ¿No vuelves a tu valle, ahora que estáis a punto de recuperar la civilización?

–La civilización está sobrevalorada –observo.

–Amén –dice Zack.

–He pensado en volver a la ciudad –añado–. Tengo un amigo que se ha perdido allí, y me gustaría ver cómo está.

–Es una idea estupenda –dice Beth con una sonrisa.

–¿Qué dirá papá? –pregunta Zack.

–Lo sabremos cuando volvamos –repone Beth–. Pero eso será mañana. Esta noche creo que hay una fiesta.

–¿Fiesta salvaje en el bosque? –dice Zack–. ¿Con chicas ligeras de ropa, sin padres ni policía ni hora de volver a casa?

–Lo que siempre habíamos soñado, hermano –le digo.

–¡Y que lo digas!

AGRADECIMIENTOS

Esta novela no estaría en tus manos sin el apoyo y el tesón de mi editora, María José, la fe y la paciencia de mi mujer Chelo y el apoyo y ánimo de un puñado de amigos con los que comparto cada día la pasión por los libros, el cine y las buenas historias en general. Cuando llegue el apocalipsis, todos tendrán un sitio en mi Granja.

Diseño: Eva Mutter

Imagen de la sobrecubierta: YorkBerlin y YanLev
Fotografía del autor: Círculo de Lectores / G. Muñoz

Círculo de Lectores, S. A.
Travessera de Gràcia, 47-49, 08021 Barcelona
www.circulo.es
1 3 5 7 9 4 1 0 4 8 6 4 2

Depósito legal: B.4064-2014
Fotocomposición: Víctor Igual, S. L., Barcelona
Impresión y encuadernación: RODESA (Rotativas de Estella, S. A.)
Navarra, 2014. Impreso en España
ISBN 978-84-672-5920-9
N.º 20800